新时代文学批评丛书

吴义勤 主编

# 路径与坐标
## ——新时代文学演变的空间构型

徐勇 著

山东文艺出版社

图书在版编目（CIP）数据

路径与坐标：新时代文学演变的空间构型 / 徐勇著. 济南：山东文艺出版社，2024.10
（新时代文学批评丛书 / 吴义勤主编）
ISBN 978-7-5329-7154-1

Ⅰ. ①路… Ⅱ. ①徐… Ⅲ. ①中国文学－当代文学－文学评论－文集 Ⅳ. ①I206.7-53

中国国家版本馆 CIP 数据核字(2024)第 066580 号

路径与坐标——新时代文学演变的空间构型
LUJING YU ZUOBIAO——XINSHIDAI WENXUE YANBIAN DE KONGJIAN GOUXING
徐 勇 著

| | |
|---|---|
| 主管单位 | 山东出版传媒股份有限公司 |
| 出版发行 | 山东文艺出版社 |
| 社 址 | 山东省济南市英雄山路 189 号 |
| 邮 编 | 250002 |
| 网 址 | www.sdwypress.com |
| 读者服务 | 0531-82098776（总编室） |
| | 0531-82098775（市场营销部） |
| 电子邮箱 | sdwy@sdpress.com.cn |
| 印 刷 | 山东华立印务有限公司 |
| 开 本 | 710 毫米 ×1000 毫米 1/16 |
| 印 张 | 16 |
| 字 数 | 198 千 |
| 版 次 | 2024 年 10 月第 1 版 |
| 印 次 | 2024 年 10 月第 1 次印刷 |
| 书 号 | ISBN 978-7-5329-7154-1 |
| 定 价 | 65.00 元 |

版权专有，侵权必究。如有图书质量问题，请与出版社联系调换。

# 开辟文学批评的新时代

## ——"新时代文学批评丛书"总序

### 吴义勤

党的十八大以来，中国特色社会主义进入新时代，中国文学也翻开了崭新的一页。置身新时代新征程，面对丰富的史诗性伟大实践，广大作家胸怀"国之大者"，牢记初心使命，深入生活，扎根人民，与时代共振，与人民共情，用心用情用功书写新时代的中国故事，展现中国人民昂扬的精神风貌，谱写了新时代文学的辉煌篇章。

文学批评与文学创作是文学发展的车之两轮、鸟之两翼，一个时代的文学发展既需要广大作家的笔耕不辍、创新创造，也需要批评家的积极呼应、理论引领。在新时代文学不断攀登高峰的历史进程中，新时代文学批评也发挥了至关重要的作用，取得了丰硕的发展成果，形成了独特的新时代文学批评景观。习近平总书记高度重视文学批评工作，近年来就繁荣新时代文学批评发表了一系列重要讲话，做出了一系列重要指示批示。我们策划这套"新时代文学批评丛书"，就是要全面学习贯彻落实总书记关于文学批评的讲话与指示批示精神，一方面旨在呈现新时代文学批评的基本样貌、发展成果，另一方面也希望从中获得推动文学批评发展的经验和启示，为推动新时代文学理论批评建设和新时代文学繁荣提供有益的镜鉴。

本丛书遴选的作者都是长期持续坚守在新时代文学批评现场并卓有成就的优秀批评家。从年龄结构上，他们涵盖了"60后""70后""80后"，这也是当下文学批评的主力军；从批评对象的文学门类上，覆盖了小说、诗歌、散文等多个当下最具影响力的艺术门类，可以说是对新时代文学的全面阐释和研究。通过这套批评丛书，读者一方面可以深入了解新时代文学批评的丰富实践，同时可以通过文学批评了解新时代文学发展的基本风貌和历史特征。

在内容上，本丛书侧重于遴选研究新时代文学的评论文章，以对新时代十年来具有代表性的作家作品、有广泛影响的新文学现象、引人关注的文学热点事件以及文学发展中存在的症候性问题为主要研究对象，是对围绕新时代文学展开的文学批评成果的一次全面梳理和集中展示。我们希望以出版批评丛书的方式，深入总结文学批评发展的历史经验，同时吸引更多研究力量来增强对新时代文学研究的力度和深度。

本丛书的出版要感谢山东出版传媒股份有限公司副总经理李运才、山东文艺出版社社长徐迪南，他们提供了非常多的支持和帮助，也提出了许多富有建设性的意见和建议。新世纪之初，我曾和山东文艺出版社共同策划出版了一套"e批评丛书"，在学术界产生了良好的反响。今年，又再次在山东文艺出版社出版这套"新时代文学批评丛书"，可谓是一种极为特殊也极为难得的缘分，也体现了山东文艺出版社多年来一直积极参与、支持中国当代文学批评事业发展的出版精神。在此，我代表丛书编委会向山东文艺出版社表示衷心的感谢并致以崇高的敬意。

两套丛书虽然出版时间不同，但在内容上又有着一种延续性和整体性。"e批评丛书"着力呈现的是二十世纪九十年代文学批评的发展成果，也是当时年轻的"60后"批评家的一次集体亮相。"新时代文学批评丛书"更侧重于展现新世纪尤其是新时代以来的文学批评成果，参与作者既包括了"e批评丛书"中的部分作者，又吸纳了"70后""80后"等新生批评力量。两套丛书虽然侧重点不同，但形成了一种巧妙的呼应，构成了一种互补关系，具有了批评史意义上的"整体性"，某种意义上，它们就是一种特殊形态的近三十年来中国文学批评的发展史。

当然，对于新时代文学批评成果的总结展示并不意味着我们回避当下文学批评存在的问题。新时代以来，随着时代语境和文学生态的不断变化，文学批评面临着更为复杂严峻的形势和挑战，文学批评如何更好地发挥作用，真正成为助推文学发展的"磨刀石"和"利器"？这是所有文学批评者面临的共同课题和任务。出版这套丛书，我们一方面意在梳理总结这一时段文学批评发展的成果和经验，同时也希望能够从中析出当下文学批评发展存在的一些问题，以史为镜，为未来更好地推动中国文学批评发展，更好地发挥文学批评引导创作、推出精品、提高审美、引领风尚的作用提供启示和帮助。

新征程是充满光荣与梦想的远征，新时代文学正在我们面前浩浩荡荡地展开，作为文学发展的重要一翼，中国文学批评也正在砥砺前行，积极开辟一个文学批评的新时代。

是为序。

## 自序: "我们"能否确立自己和自己这代人的身份?

在今天这样一个瞬息万变、常变常新的年代,代际断裂或者说代际分野越来越明显。仅就文学写作而言,"90后"已表现出迥异于"80后"的精神气质,对于两代人的创作,显然很难用"青春文学"一词加以概括。在时代的快速发展之下,老一代与新生代之间的鸿沟会不断扩大,甚至"代内"的差异也日益凸显。但是另一方面,作为知识分子,我们实际上已经失去代言的资格,"一代人的表达"似乎已经成为神话。也就是说,随着网络时代和全媒体时代的到来,表达的渠道越来越多,代言似乎不再可能。传统媒体时代那种精英代言的模式已然解体。这是一个代际和"代内"差异明显且表达又极其多元、混乱的时代。在这样一个时代,作为"70后"的一分子,能否表达自身及自己这代人的经验,以及如何表达,似乎已成为需要不断自问且要明确其限度的问题,并摆在了我们面前。

一

在我们自问能否表达自身之前,我们首先面对的是,我们该以一种什么样的立场或身份表达自身。也就是说,我们的身份和经历,在我们这一代人的自身表达中起到什么样的作用。就"70后"而言,一个最大的问题可能是其在夹缝中的经历。撇开个人身世的差异不论,这种夹缝状态表现在物质和精神两个层面。就物质层面论，我们的成长期正好对应着从物质的相对紧缺到物质的相对丰裕的阶段的转变。这在某种程度上塑造了我们对外部世界的态度：我们既没有极强的贪欲，也没有极强的进取心。我们不像"60后"那样经历过物质的匮乏期，他们那代人在物质匮乏的时期长大，社会一旦进入高速发展阶段，匮乏带来的逆向反弹——对物质的控制欲——就会很强烈。我们也不像"80后"那样，能获得物质上的充分满足。世界之于我或者说我们这代人，似乎是无可无不可的中间状态。

就精神层面而言，我们没有遭遇理想坍塌后的失落或茫然，就像"60后"或"50后"。我们感受不到20世纪80年代那样高扬或高昂的时代精神，我们的成长阶段对应着20世纪80年代与90年代的转型期。这是一个思想和观念极其混乱的时期，对于这一时期的状况，路内的《追随三部曲》中有十分生动且鲜明的表现。也就是说，我们还没有建立或没来得及建立自己的理想或信念，就在八九十年代那种理想落潮和社会混乱且浮躁的过渡时期遭遇了挑战。可以说，成长时期的背景，在某种程度上决定了我们"70后"的精神特质或底色：我们没有明确的目标，当然也就称不上失落或堕落。进取心既不足，叛逆性也不强。我们在很大程度上是一批处于夹缝中的精神流浪汉。先天发育不足，后天营养不良。这就是我们"70后"精神成长的底色和基础。

二

这在某种程度上也培养了我们这代人的务实精神和踏实的作风。我们虽不会敬奉高头讲章或把各种宏大叙事挂在嘴边，但也不会轻易气馁或放弃。也就是说，我们是非常有韧性和耐力的一代。我们既不会用各种宏大的目标或高蹈的诉求武装自己，我们也不会被失落或迷茫压垮。这样一种中间状态或者夹缝状态，恰恰构成了我们这一代人的优势和长处。

短时间里，这种优势可能显不出来，但就长远来看，却是显而易见的。也就是说，我们这一代人登上历史或时代舞台的时间节点，可能要在整体上落后于更年轻的一代，但这并不代表或意味着我们会被上一代人和下一代人淹没。对我们这一代人而言，这可能是一种挑战，但也是机遇之所在。就是说，我们这一代人要沉得住气和稳得住神，而事实上，我们这一代人也恰恰具备这一点。上一代人的精神上的分裂和分化比我们这一代要更明显，下一代人更容易被紧张、高效或浮躁的时代影响和塑造，我们作为夹缝中的存在，则可能具有前后两代人所不具备的笃定和淡定。我们知道自己的先天不足，但也知道自己的后天优势，只要沉稳或者说坚持下去，脚踏实地，徐徐进步，我们这一代人应该会有大的作为。

但这里也存在一个严峻的亟待解决的问题，即"70后"的身份认同问题。我们虽然比上一代人更不焦虑，比下一代人更不浮躁，但也更为深陷身份认同的危机之中。夹缝中的存在状态决定了我们该以何种身份进行自我定位和自我期许。或者说，我们该如何处理自身与历史、与时代、与自我的关系？我们该如何塑造我们的身份？我们是一群经验主义者或务实主义者，经验的碎片化或者说个人化，决定了我们的认同上的流动性和易变性。对物的认同，对我们所倾注的事业的认同，在某种程度上成为我们这一代人身份认同的象征。我们把握不了世界，没有宏大的愿望或诉求，我们只能把握自己。就是说，我们这一代人的价值或身份，往往需要我们自己赋予。物的局限性，决定了我们这一代人的身份认同的局限性。因此，对于我们这一代人而言，问题的关键似乎就在于在世界和自我之间建立起一种有效的关联。换言之，能否建立或建立起什么样的关联，在某种程度上决定了我们这一代人的成就或未来。这是历史留给我们的债务，也是我们能从中得到的最大的遗产。

  时至今天，虽然"一代人的表达"已近于模糊，但一代人的某些共同的和相对稳定的经历，仍在影响着一代人的整体精神面貌的塑造。这在某种程度上决定了我们这一代仍旧是一个有效的代际存在和代际划分。就是说，我们仍然需要重塑我们的身份认同和精神状态。我们如不能明乎自身的限制，自然也不能发挥自身的优长。正所谓"成也萧何，败也萧何"，这既是历史的辩证法，也是我们这一代人的辩证法。

路径与坐标——新时代
文学演变的空间构型

# 目录

001　**第一辑　主体的追寻**

002　"寻找"主题与中国当代孤独个体的文学表征
　　　　——以田耳《洞中人》为中心的考察

018　残缺与"后成长":"新历史写作"之后的革命史叙事如何成为一种可能
　　　　——关于郑欣的《百川东到海》

026　物的关系美学与"主体间性"
　　　　——徐则臣《北上》论

039　"反传记体"与"70后"一代的"中间性格"
　　　　——关于魏微的《烟霞里》

049　**第二辑　南方的修辞**

050　第三极写作:"南方"之于中国文学的意义

054　"南方写作"的测绘与勘探
　　　　——关于"南方"的疏离与亲近之可能性的分析

063 "走出南方"的"南方写作"
　　——论东西小说的文学地理景观

074 论艾伟的《南方》及其"南方写作"

083 作为方法的"海洋"与"新南方写作"

089 **第三辑　边缘的姿态**

090 以偏离的方式接近
　　——论铁凝小说的"同时代性"与个人性内涵

101 边缘写作的困境与可能
　　——评张炜的《家族》《人的杂志》及其他

107 资本时代的边缘书写与时代寓言
　　——评王刚的《福布斯咒语》及其小说创作

114 和解的虚妄与沉重
　　——关于鬼金

118 "现实的可能性"与神经衰弱者的自我救赎
　　——论《民谣》及其"反故事体"

131　**第四辑　城乡的想象**

132　作为"他性"的城市与城市文学
　　　　——城市化进程与城市文学的理想性

139　"去文化化"视域中的城市文学写作及其理论问题

152　"反传奇化"写作与"乡土"的消失
　　　　——关于付秀莹的《陌生》及其他

163　城乡对立的全球化想象
　　　　——论东西的《篡改的命》

172　日常生活的修辞与城乡书写的重构
　　　　——关于须一瓜的《五月与阿德》

185　**第五辑　坐标的重构**

186　如何在时间的迷宫中重返现实？
　　　　——关于李陀《无名指》的四个关键词

194　怀旧、弥合与文化重建
　　　　——关于叶兆言的《很久以来》及其他

201　如何传统，怎样重铸？
　　　　——论《家山》与现代中国故事的讲述

213　生活政治、传统重造与社会转型
　　　　——关于西元小说的几个关键词

225　重建失败者的尊严与感觉
　　　　——关于残雪《西双版纳的女神》

228　**结　语**　在中国发现世界文学

232　**附　录**　近十年来青年批评的整体趋势与潜在挑战

239　**后　记**

第一辑

主体的追寻

# "寻找"主题与中国当代孤独个体的文学表征

## ——以田耳《洞中人》为中心的考察

近些年来,悬疑推理小说似已成为一股不可忽视的写作潮流,出现了《月落荒寺》(格非)、《双眼台风》《甜蜜点》(须一瓜)、《六个凶手》(李师江)等作品。悬疑推理小说之所以特别引人注目,是因为其既有大众文化的时尚元素,又有纯文学的思想深度,两者的"耦合"为我们考察这类小说提供了观察的角度。就小说叙事的情节推动力而言,某一个案件或事件的突然出现,是推动叙事展开的重要力量;而若从社会学的角度看,其意义还表现在构成事件相关人的人生关键时刻,虽然这里可能存在当事人和非当事人的区别。悬疑推理小说还涉及一个重要母题,即"寻找"主题。悬疑和寻找,构成这一类小说的关键和对位结构。这一对位结构可能隐含着我们这个时代的集体无意识:悬疑旨在引起我们对某一主题的重视和重构,寻找才是我们这个时代最具症候性的命题,虽然其所涉及的可能是各种各样的寻找。

田耳的《洞中人》也可以从悬疑推理小说的脉络加以把握,但作者显然还有另一个层面的思考和探索。这种探索涉及《洞中人》中的另一个主题,即"失踪"主题。田耳总喜欢在小说结尾处让问题和矛盾以一种主人公消失的形式表现出来。这与很多作者喜欢用死亡或意外事故表现他们的思考颇为类似,但又显然不同。主人公的消失,提出的命题是可能性与不可能性的辩证法,是变与不变的思考,是关于身处其中的个人的人生处境及其命运的重大命题等。这些都借助"寻找"的主题呈现出来。对这部小说而言，寻找和失踪才是构成其小说框架的关键环节，使得一个重要的命题得以凸显，即现代以来孤独个体的命运及其困境命题。这是困扰现代人的宏大命题，在这一小说中有极具症候性的表达和呈现，从这个角度看，《洞中人》应引起足够的重视。

## 一

《洞中人》也以寻找开头。小说伊始，柯燃冰发现男友耿多义在留下一张便签后不辞而别，讯息全无，这既让柯燃冰困惑，也充分激起她近乎执拗的推理欲。小说在某种程度上可以看成是一部推理之作——推理的逻辑或隐或显地支配着小说叙述的展开。随着探访和寻找的深入，耿多义的失踪谜团逐渐被揭开，事件的前因后果遂得以连缀贯通。在其回溯和后推的时间脉络下，隐藏着的是对逝去时代的怀念之情和对当前社会症候的忧心忡忡，其中涉及纵欲与禁欲、变与不变及孤独个体的困境等诸多命题。至此不难看出，《洞中人》的作者其实是借耿多义的失踪和对耿多义的寻找提出一系列重要的命题，以表达他的困惑、迷惘和思考。

"寻找"主题在小说中既涉及寻人，更涉及怀旧和重建等主题。寻人包含多个层面，既有柯燃冰对耿多义的寻找，又有耿多义对欧繁和莫小陌的寻找。就寻找耿多义论，柯燃冰可谓高手，她通过传统走访和现代科技等多种方式，充分发挥她的推理能力，费尽周折，最终找到耿多义。这一寻找背后，有着柯燃冰对世界、人生和社会的再度评价和思考。她是一个外向型的现代女性，早年在两性关系方面态度比较开放，宁愿"像个猎人"主动出击，也不愿意被动，甚至收获了"性瘾患者"的名声。显然，柯燃冰是一个具有女性主体意识的现代女性，她对耿多义的寻找多少带有对自己的主体性的再度确认之意。耿多义在某种程度上符合她对男性的期待："他留恋旧物，但并不怀念过去，反倒觉得只有一个人独处仍能如鱼得水地活着，才是最好的时代。"借此，"她已认定耿多义是这个城市稀有的有趣的人"。

相比之下，耿多义对欧繁和莫小陌的寻找，则带有自我放逐和对逝去时代的怀念之意。柯燃冰认为耿多义"留恋旧物，但并不怀念过去"，这是只知其一不知其二。耿多义收集旧武侠小说和连环画，恰恰表明他走不出过去。过去如同梦魇般困扰和笼罩着耿多义，他既觉得对不起欧繁，又深感愧对莫小陌。这都是欲望——他在与欧繁同居时，又与莫小陌保持暧昧的性关系——所致，所以在莫小陌失踪后，他从俚城来到韦城，开始了人为的禁欲，并坚持长期服用一种叫作贝洛可的抑制性欲的药片。显然，这是一种对欲望的"自我阉割"，其表明的是对过去的忏悔和自我救赎。在小说中，耿多义的"自我阉割"很有症候性。这里需要引起我们注意的不是禁欲本身，而是耿多义为什么要进行"自我阉割"。耿多义的"自我阉割"的背后，隐含着一种拒绝和隔离。隔离表明的是同过去的告别，拒绝则意味着对当下的有意疏离，来到韦城就是这样一种姿态的表征。他在商业发达的韦城的一个大圆机械厂租赁了一套房子，开了一家主营旧武侠小说和连环画、名为"耿记杂货铺"的网店。这是一种既与世界联系，又能很好地"隐身其中"，避免与过多的人打交道的办法。

但《洞中人》所显示出来的，并非一般意义上的怀旧。虽然侦探推理模式和"寻找"主题决定了时空延异在这部小说中的关键作用，但小说中重要的空间形态并不是城市（除了道路外），毋宁说是山洞。城市在这一小说中，只构成社会学意义上的情境或背景。俚城和韦城的分立，只代表耿多义人生中两个阶段或时代的对比：俚城对应着耿多义的青年时代和文学阶段，韦城对应着耿多义的中年时代和后文学阶段。真正决定这一小说独特风貌的，是山洞这一空间形态。

现代以来，刻意书写山洞的作品，大多集中在武侠小说领域，或革命通俗类文学领域如《林海雪原》一脉，纯文学作品很少涉及，《匿名》（王安忆）和《岁月风尘》（尹学芸）或许算是其中不多的几部。而说山洞这一空间意象在小说中意义重大，是因为它在小说主人公耿多义和莫小陌两人之间的交往中占有举足轻重的位置。他们人生中产生重要后果的关键时刻都与山洞有关。一是青少年时期耿多义和莫小陌的躲藏/寻找游戏。山洞是耿多义的写作场所，在莫小陌的频繁寻访之下，耿多义频繁地变换地点，每一次莫小陌总能准确地找到，循环反复，他们都以此为乐事。二是耿多义转而从事其他行业，很少写作并离开山洞的时候，莫小陌再次回到山洞——早年曾在山洞从事写作——从事写作。一个是走出，一个是走入。

三是莫小陌失踪多年后，耿多义重回山洞，期待对方再度出现。

　　虽然山洞构成了他们人生经历中的重要空间，但山洞这一意象在他们那里却有着截然不同和多变的意义。山洞在耿多义和莫小陌那里，其意义既不同，又具有阶段性特点。加斯东·巴什拉在《空间的诗学》中，提出"内部空间""独处空间""内心空间"①等多种范畴，其意是告诉我们，一般意义上的公共空间和私人空间的区分是不能有效说明问题的。如果说私人空间是一种内部空间的话，这一空间既可能涉及具有亲密关系的人之间的互动，也可能包括个人的独处。同样，独处也并不意味着内心的敞开，毕竟独处中的个人并不是都能够做到有意识地思考。这说明，空间范畴具有层次性问题。就此，结合戈夫曼和吉登斯提出的"前台区域"和"后台区域"，或许能说明问题。"前台区域"与"后台区域"的区别主要表现在互动这一点，能形成互动的就是"前台区域"，反之，则是"后台区域"，"后台区域"比较常见，比如休息室、角落等，同时，两者之间具有互相转换的关系。②从这个角度看，山洞则更纯粹和相对自足，它是一种更具私密性且更少互动的空间形态，这样的空间形态，按照巴什拉的看法，特别适合"忍受孤独，享受孤独，渴望孤独，接受孤独"③。但在吉登斯看来，人类具有互动和获得"本体性安全"④的渴望，就是说身处山洞这样的空间，人们也是渴望交流的，他们既"渴望孤独"，也渴望交流。概言之，山洞具有多重意涵和多个面向，这也决定了它在耿多义和莫小陌那里的不同意义。

　　在去韦城前的那段时期，山洞虽然是耿多义日常生活的重要组成部分，

---

　　①〔法〕加斯东·巴什拉：《空间的诗学》，张逸婧译，上海译文出版社2013年版，第1—13页。

　　②〔英〕安东尼·吉登斯：《社会的构成：结构化理论纲要》，李康、李猛译，中国人民大学出版社2016年版，第116—119页。

　　③〔法〕加斯东·巴什拉：《空间的诗学》，张逸婧译，上海译文出版社2013年版，第9页。

　　④〔英〕安东尼·吉登斯：《社会的构成：结构化理论纲要》，李康、李猛译，中国人民大学出版社2016年版，第46页。

但其本身却不是为互动而存在的。它对耿多义而言，首先是一个独处和相对封闭的空间，是供他思考和写作的地方。但吊诡的是，耿多义在山洞中独处时所从事的文学写作，并不是通常意义上的纯文学写作，而是通俗文学写作——武侠小说。这是一种程式化的写作，充满了套路和相对固定的模式，因而在某种程度上拒绝个人情绪的表达。相比之下，莫小陌对耿多义蛰居的山洞的寻找，表明的则是山洞的"场所"之意，"场所是指利用空间来为互动提供各种场景，反过来，互动的场景又是限定互动的情境性的重要因素"①。简言之，山洞既是他们所渴望的亲密交流之地，又能很好地满足他们对情欲满足的想象。耿多义和莫小陌之所以分道扬镳，在很大程度上正在于此。山洞并不构成耿多义的日常生活，山洞只是他用来思考和写作的地方，他仍旧需要回到现实中来。这种冲动，是他走出山洞、融入现实中去的动因，他最后离开佴城前往韦城，在某种程度上可以视为这一逻辑的延伸。

  莫小陌显然没有注意到这种差别。在青少年时期的她的眼中，山洞和一般意义上的"内部空间"并没有什么区别，她并没有意识到"空间区域化"的存在，所谓"外部空间"和"内部空间"的差别在她那里是不存在的，因而那时的她其实是没有内心生活的。这也是她那时言情小说写作总是失败的原因：没有内心深度的人，是不可能创作出具有独创性和个人体验的作品的。当她真正注意到公共空间和私人空间的区别，开始意识到幽静的山洞特别适合冥想、沉思和写作，从而有了回到山洞中去的念头时，情境已经颠倒，耿多义早已不是原来的耿多义，他已经从山洞走出，真正融入社会中了。这是小说的另一个吊诡之处。当莫小陌想成为"耿多义"时，却又一次南辕北辙。她所看到或者说注意到的只是喜欢猫在洞里的耿多义，她没有看到为了生计四处奔波的耿多义（这当然与她的家境优渥有关）。这种差别还体现在耿多义和莫小陌所从事写作或喜欢的文体中。耿多义在山洞中只写些模式化、类型化的武侠小说，他在武侠小说中看到的

---

① 〔英〕安东尼·吉登斯：《社会的构成：结构化理论纲要》，李康、李猛译，中国人民大学出版社2016年版，第111页。

（其实也是归纳出来的）只是模式化的类型，就是说，他在山洞中从事或完成的并不是孤独个体的生产工作。莫小陌却执意主攻言情小说写作，其原因或在于言情小说写作可以涵括更多的个人感受。就是说，她是把言情小说写作视为个人生命体验的一部分的，这是莫小陌从事文学写作的初衷。文学写作中有着她对个体孤独体验的认知和把握。但问题是，她在最开始并没有"空间区域化"的意识，她并不是一个具有内在深度的人，而当她具有了内在深度，回到山洞时，却已南辕北辙，距离耿多义越来越远。此时，回到山洞的莫小陌，其实是把山洞视为日常生活的避难所和退居地的。因此，一旦在山洞中不能实现自己的期待和想象，她的失踪就是必然结果。

## 二

从莫小陌和耿多义对待山洞的态度可以看出，山洞表明的是一种"空间区域化"的象征意义。虽然耿多义注意到山洞区别于校园或家庭的"区域化特征"，但山洞在他那里始终是异己化的存在，他仍旧是要回到现实生活中去的。耿多义虽不能明确意识到这点，但他很清楚自己的需求。对他而言，在山洞中独处和写作是为了更好地服务于外部的日常生活。莫小陌则不同。莫小陌的写作，自始至终都与日常生活无关（因为她生活无忧）。因此，当她真正意识到山洞作为"内心空间"，更适合沉思、冥想和进行个人的孤独体验时，回到山洞就意味着回避日常生活。

应该看到，与山洞这样一个"内部空间"相关的逆向行驶路径——一个是走出，一个是走入——在某种程度上其实是提出了当代孤独个体的产生及其生存困境的重要命题。如果说山洞这样一个"内部空间"是孕育现代个体的天然空间的话，那么与这一山洞有关的两个个体却是截然不同的。在山洞中，耿多义是很难有自己的独特体验的。他宁愿放逐自己的内心体验，拒绝思考自己的内心需求，拒绝交流，只追求表面的交往。他把自己封闭在山洞，最终是为了更好地走向外界社会。莫小陌则相反，她渴望交流，渴望独特体验的表达。这可以说是耿多义和莫小陌的根本分歧和症结所在。一个回避，山洞只是掩饰；一个渴望，但却常常碰壁。他们之间的寻找和躲避的游戏，体现出来的正是这点：一个人要不要有自己的内心世界，需不需要正视自己的内心？结论当然是肯定的，但耿多义始终拒绝承认。因此，在莫小陌失踪后他才会深深地自责和忏悔，他的禁欲行为正可以从中得到理解。

表面看来，他们彼此构成对方的他者，但其实他们的人生具有被时代塑造的隐喻性。他们酷爱文学，但他们进入文学时代时，文学时代正处于尾声。耿多义和莫小陌从事的文学写作：一个是武侠小说；一个是言情小说。这类文学的兴盛是在20世纪80年代后期到90年代。21世纪以来，流行的则是网络文学和类型文学。就是说，他们与时代构成一种错位对应关系，从这个角度看，莫小陌被时代抛弃就具有双重意义了。不难看出，耿多义和莫小陌两人围绕山洞展开的走出/走入的重复行为表明，他们构成某种程度的镜像关系。他们之间互为他者：彼此构成对方的镜像。这决定了他们会表现出寻找和逃避的交互重复关系——彼此的行为构成对方行为的重复关系。可以说，他们之间这种互为他者的镜像关系，表明的正是当代孤独个体的独特处境、困境及其悖论之所在。

这种独特处境的意义表现在，首先，它是在市场经济转型时期产生，有着市场经济转型的症候性。这些主体并不是理想时代的产物，但他们又不愿意面对现实，或者说有回避现实的倾向，他们是以夹缝中的中间状态存在的。理想时代的主体，一般是不存在分裂现象的。20世纪80年代，不论是奋进的具有现代性的主体（改革文学中的主人公身上的现代性十分明显），还是反叛的主体，都是不存在孤独体验的：他们的内心深度不够。比如，《鬈毛》（陈建功）、《少男少女，一共七个》（陈村）、《继续操练》（李晓）、《无主题变奏》（徐星）、《你别无选择》（刘索拉）等作品中的主人公，他们具有个性的反叛背后，其实代表了众多人的心声，这是一代人的叛逆。这种转型，在王刚的《月亮背面》中一度出现。小说中的主人公虽也具有个体的意义，但并不是孤独的个体，而是资本时代的野心家，他们因野心得不到满足而感到痛苦、彷徨和无助。但在莫小陌和耿多义这里，他们从外向的野心家转为具有内在性的孤独个体。他们不再或者不是很热衷于经济活动，经济活动在他们那里只具有维持日常生活的意义。这在莫小陌那里表现得尤其明显。相比之下，耿多义身上则具有市场经济时代技术主义的特征，他学的是家电维修和安装。这一行业在 20 世纪 90 年代中后期以来处于一种畸形的发展阶段，耿多义很容易融入进去，但他恰恰与之保持着适度的距离。耿多义的态度很值得分析。他始终对时代采取一种既不拒绝也不迎合的态度。创作武侠小说，使得他活在自己的想象世界中。

  同样需要探讨的是，为何莫小陌选择了自我放逐甚至可以说是自杀，耿多义却没有。他们两人的文学梦，与他们同现实保持距离有着一定的对应关系：模式化写作既拒绝个人体验，又拒绝现实。从这个角度看，莫小陌和耿多义其实是一个人的两面，即背向现实的两种可能。莫小陌从小就怀揣文学美梦，其实是想逃避现实，她与耿多义彼此心意相通，但因为她是耿多义的好友林鸣的女朋友，他们之间的鸿沟难以逾越。这里面涉及多角情欲关系，包括林鸣、耿多义、欧繁、莫小陌，甚至是莫小陌的父亲莫家谭。林鸣和莫小陌，耿多义和欧繁，他们之间又有莫家谭插足，使得本就复杂的多角情欲关系变得愈加复杂。虽然莫小陌家境优裕，但她母亲和父亲常年关系不睦，而她在父母之间来回周旋，终究也没能让父母关系转圜，母亲商业上的成功更加映衬了莫小陌的落寞：一个是融入时代商业大潮（从事盗版书业）；一个是通过文学回避现实。莫小陌的孤独只能从文学中寻找。但这在她那里，却是言情小说。文学世界的多情越发反衬出现实世界的无情——父母关系不睦，男友不懂她的内心，女友欧繁背叛她，勾引她的父亲，她无法从中得到情感的寄托；耿多义可能最懂得感情，却始终不敢逾越那道鸿沟。他喜欢莫小陌，并与之发生了关系，但同时又不断地逃避对方。这一逃避，最终使得莫小陌绝望。莫小陌的绝望背后，有着她对有情世界的寻找及失望。

  其次，这种孤独体验表现为一种无所适从感和无以表达的孤独。在某种程度上，耿多义与莫小陌所涉及的问题是现代化加速时期脱域进程中的迷惘和无所适从感。20 世纪 80 年代末 90 年代初，市场化进程的加快及其脱域化，带来身份认同的混乱。林鸣和莫小陌母亲那样具有外向型人格的人，更容易适应市场化，而内向的人更容易从事文学写作。他们只能向内，在洞中写作。文学写作是孤独的、个人的。因此，耿多义和莫小陌的形象表明的是现代孤独个体的诞生，是审美的现代性，是对世俗现代性的反抗。

在本雅明看来，随着经验的消失和"新的交流方式"——"消息"——的出现，现代小说对应的是孤独个体："讲故事的人取材于自己亲历或道听途说的经验，然后把这种经验转化为听故事人的经验。小说家则闭门独处，小说诞生于离群索居的个人。……写小说意味着在人生的呈现中把不可言诠和交流之事推向极致。囿于生活之繁复丰盈而又要呈现这丰盈，小说显示了生命深刻的困惑。"[①] 本雅明的这段话其实是表明，小说写作与孤独个体的诞生之间有着互为前提的关系。这在耿多义和莫小陌那里再明显不过。耿多义和莫小陌躲进山洞从事写作，表明的就是一种孤独体验，但吊诡的是，他们从事的是武侠和言情小说的写作。在某种程度上，这是他们悲剧性处境的根源所在。他们从事的写作，是一种类型化、模式化写作，很少涉及个人经验和体验。个人经验的缺失和文类——模式化写作——的限制，导致他们的孤独只能是一种悬浮状态，这是一种不能赋形的个人孤独。写作并不能成为他们实现个人救赎的方式。他们互为镜像的主体：莫小陌不能，耿多义也不能。耿多义的救赎，最终只能靠柯燃冰完成。

这样来看，柯燃冰的形象就显得意味深长了。柯燃冰是一个外向型的"公开的人物"[②]，或者说不是一个孤独个体。耿多义不同于莫小陌，他的中间状态决定了他最终会被柯燃冰救赎。小说最后，柯燃冰再一次来到他身边，就表明了这点。他并不拒绝现代资本，他只是保持距离，只是有意压抑自己，但压抑只是暂时的。柯燃冰把他的抑制性欲的药偷偷换掉，他十分清楚，并默默配合了柯燃冰。这说明他其实渴望获得内心的安慰和平衡，给自己一个交代。他不辞而别既是为了欧繁，也是为了莫小陌，但这种不辞而别也包含对过去的告别和对新生的期待。他要重新开始自己的生活。小说最后，他回到佴城，表明了回到现实的可能。

从这个角度看，推理侦探结构赋予这一小说一种隐喻：这是一种通过

---

[①]〔德〕瓦尔特·本雅明：《讲故事的人》，载〔德〕汉娜·阿伦特编：《启迪：本雅明文选》，张旭东、王斑译，生活·读书·新知三联书店2014年版，第99页。

[②]〔英〕詹姆斯·伍德：《小说机杼》，黄远帆译，河南大学出版社2015年版，第102页。

寻找和反思重塑自我的努力的表征。柯燃冰终于知道了自己需要什么样的男朋友，耿多义也真正找回了自己。柯燃冰和耿多义最终走到一起（不管结果如何），表明的是黑格尔意义上的分裂的自我的复归。此前，耿多义与莫小陌具有同构性，但这种同构性恰恰表明他们内在的缺失。而耿多义和柯燃冰之间，则是一种具有互补性的同构关系，因此他们的结合就是一种分散后的主体的复归，既是互补性的复归，也是失而复归。他们才真正是统一的整体，是互为他者关系的主体，而不是像耿多义与莫小陌那样的互为他者的镜像关系。从小说中不难看出一个深刻的命题，即现代主体的建立，是需要以内部的他者关系为基础、以破除镜像关系为前提的。

最后，这一孤独体验还体现在对待欲望的矛盾态度上。一直以来，欲望叙事都是当代文学不能很好地处理的难题，其自新写实小说兴起后变得尖锐起来。这里面涉及禁欲/纵欲、精神/物质、灵/肉等二元命题，需要联系具体语境加以分析。在耿多义这里，禁欲也是针对纵欲而存在的。小说中耿多义的禁欲是具有隐喻和象征意义的。莫小陌和欧繁的失踪，在他看来，都是自己没有处理好与莫小陌、欧繁之间的情欲关系所致。因此，他的禁欲带有忏悔和自我救赎之意。这是语意层面上的。但这里的禁欲还有其隐喻象征意。耿多义始终与社会保持一种若即若离的关系，既没有远离社会，也没有充分融入。如果说欲望表明的是一种对象化的双边关系，禁欲就带有自我反省和反思的意味，表明的是他的自我放逐和自我边缘化。当他走出山洞走向社会的时候，禁欲其实就是重回山洞的另一种形式，两者有着某种程度的重复关系。而如果说他待在洞中写作是为了更好地走向社会的话，那么禁欲对他而言就是一种过渡状态，禁欲其实带有重回社会的象征意义。因此，当柯燃冰挑逗他时，他半推半就地"解禁"了自己的欲望。可见，禁欲只是一种仪式，其仪式性大于实际意义，这带有告别之意，是他重新进入社会的途径。在这之后，他又回到父母所在的故乡佴城。

不难看出，孤独体验的三种表现，其所表征的是个体面对世界及自身的典型态度。面对外在的现实世界，他们呈现出若即若离的姿态，这是作为孤独个体的无力感和恐惧心态的表现。此种恐惧感的产生，使得回归内心成为必然，但他们又有着对个体之"本我"的恐惧心理，因而对自身原欲表现出欲拒还迎的矛盾态度。这种因回归内心而产生的无限迷惘与困感,正可以看成是孤独个体的自我意识存在困境的隐喻。虽很难探得其中的确切原因,但如果从社会学的角度看,则可以视为"社会生活和社会制度的情境性"[①]的表征,在某种程度上与"基本信任"[②]的匮乏及其所带来的自我认同感的缺失有关。抛开童年家庭背景因素(比如莫小陌父母关系不睦,耿多义家境贫寒且从小被兄长欺负)不论,其中显然还有他们成长过程中的社会背景因素。

## 三

现代性虽然带来了脱域的加速和人们之间空间上的更紧密的联系,增加了人们之间交往的可能,但另一方面也带来经验的失效和人们之间可交流性的日益降低。这是一体两面现象,在这当中,虽然会出现解放的宏大叙事和公共人,但也会出现孤独的个体和审美的现代性。后者具有批判世俗生活的现代性的特征。表现在空间上,就是从广场、沙龙和会场等公共空间向内部空间和私人空间的转移。

就向私人空间的转移而言,20世纪80年代和90年代之交的新写实文学思潮可谓功不可没,但这一思潮所产生的并非有内在深度的个人,其人物形象仍旧停留在平面化、扁平化的隐喻性层面,这一倾向在20世纪90年代的欲望化写作中表现明显。20世纪90年代以来,城市化进程的加快加速了中心和边缘的分化——全球等级空间日益形成并得以巩固,文学写作大多表现出回避内心的倾向,其中很多属于乡愁写作或挽歌式写作,并不特别强调个体的孤独体验,庄之蝶(贾平凹《废都》)、王琦瑶(王安忆《长恨歌》)、富贵(余华《活着》)等,莫不如此。20世纪80年代以来,真正执着于个体孤独体验表达的作家是刘震云。但他与田耳有所不同。他的重点在孤独的能否表达、如何表达上,他关注的是表达和沟通

---

[①]〔英〕安东尼·吉登斯:《社会的构成:结构化理论纲要》,李康、李猛译,中国人民大学出版社2016年版,第125页。

[②]〔英〕安东尼·吉登斯:《社会的构成:结构化理论纲要》,李康、李猛译,中国人民大学出版社2016年版,第49页。

的困境,因而带有某种程度的抽象性,具有剥离时代和具体语境的倾向。他的小说,比如《一句顶一万句》,表现出来的是孤独的永恒性和永恒复归的本质。田耳的《洞中人》显示出来的则是另一种路径,即把孤独体验置于特定时代——转型时代——的背景下展开。因而他和他的主人公的回归就带有现代性的意味。这是中国当代个体孤独体验的另一脉。

在这一脉络中,钟求是的《零年代》具有典型性。钟求是的《零年代》表现出来的就是这一趋势,小说主人公赵伏文和王云琴回到空心村就带有批判之意,《洞中人》中的山洞也是如此。但田耳十分清楚,回到山洞只是表明一种拒绝,全球化时代的距离只能是一种隐喻,实际上可能性不大。田耳在小说中曾写到旅游业对乡土景观的破坏,乡村旅游资源开发使得空间上的偏僻和边缘化也变成一种消费资源。这是一种悖论。在某种程度上,只有被遗弃才可能真正地回归。赵伏文和王云琴一起回到空心村表现出来的正是这一悖论。田耳当然知道其中的问题的复杂性,小说中的山洞既是耿多义写作的场所,也是商业的意识形态之表现。这种矛盾,使得寻求被遗弃成为现代个体的自我退守的必要之路。空心村如此,耿多义和莫小陌待过的矿上周围被遗弃的山洞也是如此。重回被遗弃的山洞,表明的是一种意识上的自觉。但田耳十分清楚,现代意义上的孤独个体的诞生,其实也意味着死亡。田耳写出了现代孤独个体的困境:他们是因为无力面对社会才回到山洞的。回归带有严重的精神创伤,钟求是写出了这种创伤在回归(空心村)中被治愈的可能,田耳则写出了虚妄之处,回到山洞带来的是越发的无力。回到山洞并不能治愈个体的创伤,相反,带来的是更大的空虚。莫小陌的经历显示出来的正是这种悖论。回到空心村几年后再度回到城市,赵伏文失去了在城市生存下去的能力,相反,耿多义则显示出了适应社会的能力,他是很早就开网店并能成功的人。他以隐居的姿态很顺利地保留了个体的自足性,而这是莫小陌所不具备的。

而说《洞中人》具有代表性,是因为它体现了现代社会中孤独个体的产生的典型性。如果说当代孤独个体的产生首先是因为缺失的话,那么寻找就成为当代孤独个体产生的重要条件。"寻找"主题所显示出来的其实就是缺失状态,包括主体性的缺失、自我的缺失以及焦虑状态——等待被救赎或自我救赎。莫小陌和耿多义表现出来的就是被救赎,其典型性正在于此。从这个角度看,《洞中人》《一句顶一万句》与格非的《月落荒寺》之间构成一种奇怪的互文关系,都是指涉个体的困境的命题,都涉及精神困境和自我救赎。在《一句顶一万句》中,寻找具有一种发生学和本体论的意义,它揭示的是人类处于永恒的寻找的孤独困境之中。这种寻找,在《洞中人》和《月落荒寺》中则具体化为具有特定倾向性的行为。

在《月落荒寺》中,格非表现出的回到私人空间的倾向正与此相似:也是寻找,也是寻而不得,也是充满了焦虑和悔恨,因而产生了自我救赎的需要。区别只在于,耿多义的寻找是在无意识中被动完成的,《月落荒寺》中的主人公则是主动的和有意识的。这样一种区别,用吉登斯的话说,就是实践意识和话语意识的区别①。耿多义代表的是前者,《月落荒寺》中的主人公代表的则是后者。就后者而言,他一直都在思考如何才能"了生死",先是从东方传统中寻找方法,而后从西方现代哲学中寻找方法,寻找一圈之后发现,都是枉然,而后犯了"忧郁症"。这样一种精神历程,在某种程度上正代表了现代以来孤独个体的普遍处境,他们的孤独体验中有着中西方文化的交融、碰撞,甚至是创伤体验。耿多义所代表的孤独个体则是另一种类型。他们被时代裹挟,被时代塑造——在小说中表现为对文学的热情、对欲望的推动——他们知道怎么做,很少去问为什么。但这种行动力使得他们感受到深深的精神危机。所谓"失踪"和"寻找",体现出的正是这种精神危机,但即使是寻找,他们也不知道寻找的是什么。这种精神危机,或许只能用社会转型来解释。他们感受到某种裂痕的存在,感到矛盾、困惑,但又无能为力,无法做出选择——这体现在耿多义、莫小陌、欧繁和林鸣等人构成的多角关系中。对他们而言,选择并不都是有意识的,毋宁说是由惯性或时间做出的,或者说是被动的,被现实所推动。他们都是被动之人,但又确确实实是现代意义上的孤独个体。田耳的深刻之处在于,他看到了其中的悖论及无可奈何之处。

就是说,他们的现代认同更多时候是实践层面的,具有朦胧的特点,比如说莫小陌之所以喜欢和耿多义在一起,从潜意识的层面看,是因为她

---

① 参见〔英〕安东尼·吉登斯:《社会的构成:结构化理论纲要》,李康、李猛译,中国人民大学出版社2016年版,第11页。

渴望同耿多义交流，而且她也隐约地感到他们是心意相通的。这种潜意识层面的心意相通就是现代认同的基础和根源。他们彼此陶醉于这种寻找和失踪的游戏，在很大程度上就源于此。但他们也知道，这种朦胧，只能停留在意识或表达的层面，一旦落实到现实层面，比如说耿多义同莫小陌发生关系之后，他们的这种朦胧、默契就会消失。他们的孤独体验，就不再是原来意义上的孤独了。这就像山洞这一空间。回到山洞，只意味着拒绝日常。悖论正在于此。幸也？非也？我们不得而知，只能留待时间去检验了。就像《月落荒寺》中的主人公多年之后遇到前女友楚云能平心静气一样，这都依赖于时间的疗救能力。时间能说明一切，但这样的说明又能说明什么呢？耿多义当然知道山洞的规定性特征，既可以沉湎其中，也可以将其作为欲望满足的场所，但他清楚一点，山洞始终只是山洞，它并不能取代日常生活。这是他的清醒之处，但也是困境所在——两者间并不总能很好地保持平衡。可见，耿多义的寻找显示出来的并不是昆德拉意义上的"存在的某种可能性"[①]，而是"现实的可能性"，就是说，这是现实层面的个体的孤独。在中国当代，真正执着于"存在的某种可能性"层面的孤独的，只有刘震云和他的《一句顶一万句》。两部小说所表现出来的，可以说是当代孤独个体的不同存在形态，且都极具症候性。

## 四

从辩证法的角度看，"寻找"主题实际上是以"迷失"主题作为前提的，二者也互为结果：是迷失导致寻找这一行为的产生，寻找的结果可能又会带来另一重意义上的迷失。这是与寻找相对的二元命题，其中存在两种意义上的寻找：一是身体层面的寻找，即寻人；二是精神层面的寻找，即精神救赎。在小说创作中，身体层面的寻找常被置于精神层面的寻找之下。比如说孙惠芬的《寻找张展》，与其说是在寻找张展这一具体的人，不如说是在寻找某种失落的抽象精神。其逻辑似乎很明显，个人的身体上

---

[①]〔法〕米兰·昆德拉：《小说的艺术》，尉迟秀译，上海译文出版社2019年版，第59页。

的迷失（失踪），在某种程度上是被作为精神迷失的象征或隐喻看待的。这样来看，寻找的意义就表现为通过对人物的身体的寻找，找回迷失的精神；"寻找"主题中隐含着精神救赎的意义。可见，"寻找"带有身体迷失和精神复归的双重含义。从这个角度看，"寻找"主题所显示出来的，其实是一种黑格尔意义上的"精神现象学"命题：身体上的迷失最终导向精神上的回归与圆满。当然，也有可能是更进一步的失落。比如说陈希我的《心！》，通过对主人公完整个人——所谓"完整心灵"——的寻找，最终发现，作为本源意义上的人的整体其实是不存在的，存在的只是表象、碎片和碎片间的颉颃与分裂。

而从历史的角度看，"寻找"主题则涉及另一重要的命题，即与新启蒙话语的对话关系。小说中耿多义和莫小陌成长于20世纪80年代中后期，新启蒙的流风余韵对于他们似乎是影响甚微。他们只是时代推动下的不能自主的个体，是时代的冗余物，既与市场大潮保持一定的距离，又与叛逆颓废或自我指涉的现代主义/后现代主义思潮无关。他们是从外在世界退回内心世界的有深度的个体，充满交流和被理解的渴望，但又混沌、懵懂，不知所以，无从表达，无法展开有效的沟通。处于夹缝中的文学写作就是这样一种状态的象征。这种孤独个体的产生在很大程度上源自启蒙话语所代表的理性精神的失效及其带来的迷惘。失语就成为他们那一代人的精神表征，他们没有自己独有且属于那一代人的语言，但又苦苦寻找。因此，"寻找"在这里还有寻找语言表达的独特意味。孤独体验正是这种寻找和迷惘的精神表征。

从这个角度看，耿多义和莫小陌的孤独体验所具有的意义就更为深广且极具症候性了：这是新启蒙思潮落潮背景下的个体存在，是不能融入社会进程和社会进步想象中去的中间状态，故而只能以边缘化和内在焦虑的形式表现出来。他们与如下人物形象彼此呼应。比如说《月落荒寺》中的主人公林宜生，有着苦苦追寻和"了生死"的自觉诉求，但终究只能做世界的冷眼旁观者和等待自救的"忧郁症"患者。或者说路内《十七岁的轻骑兵》中的路小路，他所显示出来的是另一种意义上的个体，即等待被资本接纳的个体。这是以漂浮的个体状态存在的劳动对象，虽然最终被纳入资本主义的全球协作分工体系，像路内的另一部作品《雾行者》中所显示的那样,但终究处于"雾行者"式的迷惘和哑然状态。或者说无法挣脱和逃避宿命,如鲁敏《奔月》中的主人公小六,她费尽心思玩自我失踪的游戏,发展到最后,只能以没有目的地和没有方向感的无尽的奔跑告终。或者如王安忆《匿名》中的上海退休职员,当被绑架到原始山林,在经过一系列极具象征意义的意识实践和文明学习之后,有可能回到繁华的全球化大都市上海时,却蓦然发现,任何人生过程的重启都是再一次轮回,因而在记忆恢复的瞬间毅然做出失足自溺的举动。在这里,耿多义的"自我阉割"、莫小陌的失踪、林宜生的忧郁、路小路的"反向成长"[①]、小六的奔跑和老职员的自溺,本质上并无区别。这些都是全球化时代孤独个体之独特体验的表征,无法消弭,但又不能赋形,因而只能以各种表征显现;其所具有的悲剧性色彩也体现在这种矛盾中。

---

[①] 参见徐勇:《论当前文学创作中的"成长写作"与"反成长写作"》,《当代作家评论》2014 年第 5 期。

# 残缺与"后成长":"新历史写作"之后的革命史叙事如何成为一种可能

## ——关于郑欣的《百川东到海》

21世纪以来,有关革命历史的书写似乎陷入了无力自拔的困境:很多历史小说只为了反写、重写。这一状况当然与20世纪80年代至90年代以来的"新历史写作"密不可分,革命历史写作始终被笼罩在新历史写作的阴影之下。但随着中国的崛起和中华民族复兴征程的推进,革命历史写作重又迎来新的可能,近几年来不少喜人的成果的出现就是明证。比如说尹学芸的《岁月风尘》、邵丽的《金枝》和赵本夫的《天漏邑》等,甚至连格非的《人面桃花》也可以看成是这一类成果。这些长篇小说都没有刻意解构历史,而是试图在历史和现实之间架起有效沟通的桥梁,重新发掘历史深处不可磨灭的风景;其历史叙事大都意在回应和纾解现实生活中的精神困境,历史构成现实的镜像。这些都是从精神史的角度赋予革命历史以正面积极的价值的有益尝试,于近些年出现,实乃提出了一个严峻的命题,即宏大叙事的重建及其有无可能。郑欣的《百川东到海》从另一个角度回应了这个命题。《百川东到海》与前面这些小说相比,既同也不同。其同表现在,这一小说也是从正面直视历史,并试图赋予其新的时代意义;所不同者,是这一小说没有呈现出丝毫新历史写作的"影响的焦虑",而是自觉回到革命历史小说的脉络及其传统中去,且有一定程度的接续、推进和深入的思考。

一

这一小说在叙事上有两个不同的起点：一个是隐喻意义上的起点，一个是作为故事展开的起点。隐喻意义上的起点是，小说伊始羊脂玉方壶被惠茗和敏之两姐妹玩赏时失手打碎。之所以说其是隐喻，是因为完好的方壶被打破后又被修复。这种破碎后的重组有点像本雅明所说的花瓶碎后的重拼。这里面有私人关系层面的完好、破碎和重组，还有国家层面的河山破碎后的重组，所谓"百川东到海"就是这一重组的隐喻。其背后还有另一层含义，即精神的重建。参加（民主）革命以前，唐淳祛和唐淳祐是北洋政府总理的儿子，生活优越，精神懈怠。只是因为家庭的变故（父亲唐炳铨的暴亡），他们的人生危机突显，此前平静的生活被打破，他们的人生面临重建的任务。本雅明曾用"可以辨认的碎片"[①]来阐释花瓶碎后的重拼过程，其中既涉及对碎片的重新辨认，也包括对这些"可以辨认的碎片"的重组，这一辨认和重建的过程，在某种程度上就属于精神史的重建范畴。而事实上，他们兄弟都已经成年，因此对于他们而言，这其实就已是成长之后的成长——"后成长"——了。

说其是隐喻，还在于羊脂玉方壶是惠茗打破的，但修好后，敏之把它作为定情物，送给了未婚夫唐淳祐。这里有两个层面的暗示意义：其一，玉方壶是惠茗打破的，这既预示了其此后同敏之的分道扬镳，又表明了导致分道扬镳的责任主体是惠茗；其二，将破碎之物转送的行为，具有某种转喻和延伸之意，所涉及的并不仅仅是关乎个人命运的分道扬镳，更关乎个人之外的集体和社会层面的分道扬镳及命运变迁。"百川东到海"的隐喻意义就体现在破碎后的重组及聚合上。这一重组，既是不以个人意志为转移的历史趋势，同时也与每个人的所作所为息息相关，任何人都不可以置身事外。小说《百川东到海》所要呈现的，正是这一历史趋势及身处这一趋势中的个体的困惑、选择和努力。

---

[①]〔德〕瓦尔特·本雅明：《译作者的任务》，载〔德〕汉娜·阿伦特编：《启迪：本雅明文选》，张旭东、王斑译，生活·读书·新知三联书店2014年版，第90页。

因此不难看出，残缺构成了这一小说的起源叙事，残缺后的努力重组和"寻找"主题就成为每个人的宿命。对小说中的主人公们而言，决定他们命运的是另外一个事件，那就是唐炳铨的暴亡。在这里，北洋政府总理唐炳铨的暴亡充当了小说叙事中"时序"向"时机"①、宿命向历史转变的契机。正是在这个意义上，1919年初冬才构成小说叙事的起点，与惠茗、敏之姐妹失手打破羊脂玉方壶在时间上具有同步性。唐家兄弟作为纨绔子弟，一直以来处于优越、舒适和恬静的生活之中，父亲的暴亡打破了这一状态，这也是另一重意义上的"打破花瓶"，而且父亲的暴亡并非源于突发急病，而是被人下毒。这里面有着极大的政治阴谋，因此，这一暴亡就不仅打破了原本正常的生活，而且使得正常的生活变成了问题——他们的生活进程被强行改道。而这也就提出了一个严峻的问题：作为唐炳铨的儿子，唐淳祐和唐淳祚兄弟俩该何去何从？也就是说，唐炳铨的暴亡使得唐淳祐和唐淳祚面临人生的另一次考验（因为他们得知了父亲暴亡的真相）。对唐淳祐和唐淳祚而言，这是"后成长"的考验。

## 二

唐炳铨的暴亡出现在小说第5节，他在卸任总理一职后回到天津，转任直隶总督。刚举办完两个儿子的订婚宴席，当天晚上他就被人下了毒。临死前，他特别强调道："我一生做了很多错事悔事，无颜进祖坟。"所谓"悔事"，其中重要一条就是"早知今日兔死狗烹，悔不该当初效鹰犬力"；"错事"则不得而知了。表面看来，唐炳铨的死在叙事上合乎逻辑，但让人费解，因为小说并没有告诉我们，他何以必须牺牲。小说中写到总统方家是唐炳铨暴亡的幕后指使，又写到方家曾多次设局陷害唐淳衷、唐淳祚兄弟，并夺其家产，使得唐家寸步难行。但至于方家何以这样设局且步步紧逼，却并没有交代。这些看似是小说的漏洞，但其实是小说叙事的起点，即唐家的败落、唐父的死都是作为唐家儿女再一次成长的重要前提

---

① 参见〔英〕弗兰克·克默德：《结尾的意义》，刘建华译，辽宁教育出版社、牛津大学出版社2000年版，第46页。

出现的。长子唐淳衷不明白这一点，所以他的一系列行为加速了这一败落的进程。这一步步的追杀和迫害，既加剧了唐家的败落，同时也把唐家推到了北洋军阀的对立面，唐家的子弟是在"去北洋政府"的意义上成长起来的。

唐淳祐和唐淳祛作为北洋军阀的后代，他们很难先知先觉，也不太可能主动追求思想上的启蒙。他们是作为"后五四"一代登上历史的舞台的。小说没有从五四运动开始叙述，而是从五四运动后展开故事情节，其意或许在于此，即五四运动影响的更多的是当时的工农阶层和知识界，而不太可能是北洋军阀家庭。就是说，这是属于"后五四"的一种叙事。"五四"只是作为前史，构成唐淳祐和唐淳祛两兄弟成长的精神背景。唐淳祛开始接触先进思想，但也只是接触而已；唐淳祐仍旧属于纨绔子弟。真正影响他们的人生选择的事件是父亲唐炳铨的意外死亡，以及他们对事实真相（父亲是被人下毒而亡）的了解。这使得他们违背了父亲要他们立马出国留学的遗愿。一个立志要为父亲复仇，就当时的情况看，最好的选择就是加入南方的革命党人创办的黄埔军校，这属于行动上的复仇；另一个则在思想层面展开，翻译《共产党宣言》已使唐淳祛表现出对北洋政府的质疑，父亲的暴亡更是加快了这一步伐，他后来加入共产党正是这一逻辑的演变。因此可以断定，从北洋军阀家庭中剥离出来，对唐淳祐和唐淳祛兄弟俩而言，就具有了代父赎罪的意味：这是对悔事错事的弥补，也是对自己人生道路的重新选择。从这个角度看，唐炳铨的暴亡才真正是小说的起点。这是被延缓的成长。他们在认清自己家族的原罪之后，才真正走向社会，最终成长起来。

表面看来，两兄弟的"后成长"之路可以说是分道扬镳，但终究还是殊途同归。小说通过叙述兄弟俩被延缓的成长，探讨历史潮流之下个人选择的可能及其走向。所谓的"百川东到海"，正体现在兄弟俩的人生道路的趋同上。如果逆潮流而动，则会被历史遗弃，就像他们的大哥唐淳衷或者惠茗。唐淳祛的成长仍旧延续其从自发到自觉的道路，并没有因父亲的暴亡而改变。因为英语好，他被同学邀去翻译《共产党宣言》，进而开始倾向共产主义，其父的暴亡只是使他更快地走向共产主义。唐淳祛的每一次走向共产主义的背后，都有方家人的算计——从谋划毒死唐父，到一步步设计骗取唐家财产。可以说，方家的谋害成了北洋政府黑暗政治的象征。为反抗黑暗政治，唐家两位少爷开始了他们的寻找之路。唐淳祎走向了共产主义，唐淳祐则一直在复仇——从家仇到国仇——的道路上彷徨和徘徊。从加入黄埔军校到北伐，再到向共产党靠拢，这中间颇多周折，其中关键的事件就是抗日战争。抗战叙事在革命历史小说中，向来充当着叙事上"时序"变成"时机"的功能。围绕要不要抗日，国民党和共产党表现出截然不同的态度，国民党的消极抵抗，使得国人包括爱国知识分子和正直的国民党军人，普遍表现出对国民党的不满和失望。林道静（杨沫《青春之歌》）、何剑平（高云览《小城春秋》）等众多知识分子正是在这个意义上开始了向革命道路的迈进，唐淳祐也是从彼此不同的立场中认识到国民党的虚伪寡义和共产党的深孚众望。可以说，要不要抗日构成了唐淳祐的"后成长"的关键因素，他最后之所以坚决地向共产党靠拢，与此有着内在的精神上的关联。唐淳祐立志为父报仇，反对的是北洋军阀，这是家仇意义上的政治选择，无关信仰。只是随着形势的转变，他的复仇目标变得越来越缥缈虚无。他加入国民党也无关信仰，但对国民党的深深失望，反倒促使他苦苦思考，这在某种程度上成为他意识自觉的起点。唐淳祐最后的选择，反映出历史的趋势：历史是朝向代表人民和民族利益的这一边的。

## 三

从叙事学的角度看，小说之所以要在唐淳祐和唐淳祎之间展开关于不同成长路径的思考，是想表明，近现代以来的中国社会，个体虽有多重选择，但最终都汇聚到一点，即能不能促进民族复兴和为人民带来福祉。两兄弟的成长经历告诉我们：只有中国共产党，才能领导中国，并带领中国人民真正走向和平、民主与富强之路。与这一思路相对应的是，小说采取了双线并行的明暗结构。所谓"明暗结构"，是就"内聚焦／外聚焦"的分别而言的。"内聚焦"对应的是叙事明线，除了展现情节和对话之外，还展现人物的内心世界，并以一种聚焦的方式呈现。"外聚焦"对应的是叙事暗线，一般只倾向于展现情节和对话，而对内心世界不做过多展现或直接跳过。明暗双线是为了避免叙事上的平均用力而采取的技巧，也是叙事上主次侧重的分别之体现。这就有点像电影镜头中的聚焦，当镜头聚焦某一个主人公的时候，其他的人物则处于一种失焦或淡化的状态。

这种明暗表现在两个方面：一是唐淳祐和唐淳祛兄弟俩之间叙事上的明暗两线；二是惠茗和敏之表姐妹之间叙事上的明暗两线。两个方面彼此交错缠绕。小说开始时惠茗是明线，敏之是暗线；后来敏之是明线，惠茗是暗线。对于唐淳祐，他的心路历程一直是明线；而对于其弟唐淳祛，开始还是以暗线为主。他参加文艺社票友的聚会被抓，而后被父亲营救；后来罗丹在唐淳祛家养伤避难，然后逃走，中间有过几次事件，小说都是采取暗线铺陈的方式。我们并不知道唐淳祛的心路历程，我们只知道他很忙，常不在家，惠茗非常不满，小说通过聚焦惠茗的不满来侧面表现唐淳祛的行动路径。对于唐淳祛，其明线的展开主要集中在他逃离天津后。

小说除了明暗两线之外，还有主线和副线之分。唐淳祛和罗丹的关系是主线，副线则是惠茗同王中南的关系。罗丹原是王中南的女友，因为王中南的叛变，罗丹弃他而去，最后选择了唐淳祛。王中南为了报复唐淳祛，则又勾引了唐淳祛的妻子惠茗。这是对人生道路的重新选择。这是一种情欲／情感的文化政治学。之所以出现在唐淳祛身上，是为了表现他的人生的转变。他早年是一位翩翩公子，因翻译《共产党宣言》而被马克思主义吸引，渐渐向共产党靠拢；在向共产党靠拢的同时，他也与家庭、家族之间渐行渐远。这一倾向，并没有得到惠茗的支持，反而引起对方越来越深的误会、不解和争吵。家庭的羁绊成为唐淳祛走向革命的障碍，因此，他才与罗丹一起偷偷离开天津南下（1921年夏），以表明参加革命的决心。在这一过程中，惠茗的不理解、吵闹和冷战，更进一步把唐淳祛推向革命。虽然说人生伴侣的重新选择背后，有着杨沫的《青春之歌》的影响，但终究不同于《青春之歌》。唐淳祛、罗丹、王中南和黎达泽等人在天津站被捕，是小说的转折点。黎达泽牺牲，王中南叛变，唐淳祛被家人营救，而后同罗丹一起南下。在这里，唐淳祛的离家出走，也与《青春之歌》中林道静离开余永泽相似。惠茗因为吃醋（罗丹同唐淳祛过于亲密），在偷听到唐淳祛和罗丹的密谈（谈到王中南的叛变）后闯入，并扬言如果罗丹不搬离她家，她就去警察厅告发，结果第二天，唐淳祛同罗丹一起出走，从此南下。这就有点像《青春之歌》中余永泽威胁林道静要告发卢嘉川一样。唐淳祚离家出走,就成为他走向革命的关键点。主副两线由此展开(《青春之歌》中则没有这样的主副两线,林道静投身革命后,余永泽就退出了叙事视野)。

小说中的另一条主副线与唐淳祐有关。唐淳祐和敏之是主线,桃叶、陈尔留和续春花构成副线。桃叶原是敏之的丫鬟,因嫁人回到原籍,于是就有了后来唐淳祐北伐受伤获救(被桃叶夫妇救治),以及唐淳祐抗日等一系列事情。陈尔留乃其黄埔军校的同学,因不满蒋介石的叛变而加入共产党,后来娶续春花为妻;他曾多次劝说唐淳祐加入共产党而被婉拒。续春花是唐淳祐北伐受伤住院时认识的女护士,因为仰慕唐淳祐而跟随他的脚步加入了黄埔军校。但有意味的是,唐淳祐影响了女护士,但他们却没有走到一起。其中的一个重要原因是妻子孟敏之贤惠体贴,深明大义。唐淳祐与女护士在某种程度上构成启蒙和被启蒙的关系,但后来的情况是,女护士加入了共产党,唐淳祐则一直留在国民党内。因此,随着革命形势的发展,他们之间启蒙与被启蒙的关系发生了翻转:此时,唐淳祐的思想仍旧偏于保守,在续春花的影响下,才毅然或真正走向共产党。所以续春花和陈尔留实际上成为唐淳祐的人生选择和命运变迁的参照与映衬。这是"他者"视域下的人生之路,没有这些参照和映衬,他就无法真正或有效地完成人生中最重要的一次选择。从这个角度看,小说呈现出来的并不是启蒙与被启蒙的故事,而是观察、思考、彷徨和行动的故事。小说写出了这一过程的复杂性和丰富性。

## 四

如果说唐淳祐、唐淳祚兄弟俩的"后成长"意味着残缺后的修复与圆满,那么他们走向共产主义就成为这一圆满的象征。因此,正是在这个意义上,小说才以三十年(1919—1949)作为"观察时段"来表现这一"后成长"的过程。这是一种典型的聚焦写法,即聚焦历史转折的三十年中一个家族的兴衰更替,以作为民族国家叙事的转喻。家庭的分崩离析背后,是社会关系的重组和再造。小说所写的就是封建军阀家庭出身的青年走出家庭、走向社会的过程，这既是"个体化"得以产生的必经之路，也是民族国家命运的象征。个体只有从传统家庭中挣脱出来，走向更广阔的社会，服务于人民大众而不是个人，中华民族才有希望。他们走向社会的结果是走向历史的潮流中去。在这里，"观察时段"是作为整体的象征加以呈现的。这三十年的人生选择，也是中华民族走向新生的隐喻和象征。残缺和残缺的修复，使得这一小说结构呈现出某种程度的封闭性，三十年的时间历程既是一个家族的再生所具有的起承转合的节奏，也是民族国家浴火重生的过程的象征。因此，小说中几乎没有"背景时段"的铺垫，没有对前史进行过多交代，只有危机的出现和一个个危机的解决。在这当中，1919年是"后成长"（也是再生）的起点，1921年中国共产党的成立构成历史的转折（唐淳祐正是在这一年离开天津南下的），1931年则是历史的十字路口，然后是1949年国民党的全线溃败和共产党的伟大胜利，小说围绕这些历史节点展开叙事。这四个节点一方面构成小说故事的起承转合的线索，另一方面也在一定程度上决定着主人公们的命运走向，主人公们如果不能跟上历史的节点，稍不留神，可能就会被历史遗弃或遗忘，除唐淳祐和唐淳祚之外的唐家兄妹，大抵如此。小说表现的是历史的发展大势、人心向背，而不是启蒙者与被启蒙者之间的复杂关系——可以说，正是这一点，使得《百川东到海》颇不同于20世纪50年代至70年代的革命历史小说。小说在叙事上采取的是聚焦的手法和双线并行的明暗结构，这样的好处是结构严谨，线索相对集中，但也难免出现失焦和被遮蔽的现象。但凡与历史的趋势保持距离或停留在潮流之外的人常常会被忽略，小说中有不少叙事上的空白或源于此。就文学史的角度看，能否处理好这方面的关系且保持一种动态的平衡，在某种程度上是对具有史诗性追求的作品的考验和挑战。《战争与和平》（列夫·托尔斯泰）和《李自成》（姚雪垠）是其中的两种典型和代表，如果前者可以说是旖旎多姿和恢宏绵密的话，那么后者则可以说是气势磅礴与奇峰迭起。《百川东到海》显然属于后者，其成败得失莫不与此风格有关。

# 物的关系美学与"主体间性"

## ——徐则臣《北上》论

虽然《北上》这一小说以时间的交织作为结构线索，时间的坐标及其隐喻在其中被凸显，但在我看来，这一小说更是有关空间的故事。就是说，时间的意义更在于提供了线索或障碍，透过时间的重重迷雾，我们看到的是横亘于时间之流的关于空间和距离的故事。

之所以说时间既是线索又是障碍，是因为如果没有时间脉络，我们便无从把握和编织情节以建构意义，这是我们进入小说和运河历史深处的最佳通道。但另一方面，时间在这里其实又是最大的障碍，因为正是这些看似线索清晰的时间节点，阻止或者说迷惑了我们，使我们无所适从。时间在这里是以偶然的和没有规律的形式呈现：1901年、2012年、2014年、2014年、1901年、1900年—1934年、2014年及2014年6月。这是小说的篇章名的一部分，对应着小说的三个部分。我们当然可以坦然地做出如下的抽象判断：这是"民族的秘史"。但这几乎等于没说。因为如果不能把前面罗列的几个时间坐标之间的逻辑关系弄清楚，做出这样的判断是无助于小说的深入理解和阐释的。

对这种时间迷宫，可以做两种解读。一，这是以小说的形式尝试解答一个谜语。谜面就是小说的楔子部分，即以考古发现的形式呈现出来的文物和信件。文物和信件被发掘于同一区域，这样一种空间的"巧合"是否意味着某种隐秘的关系？小说采取的是以果推因的做法，从考古发掘的时间2014年逆推至1900年，两个时间点的联系和1900年作为起点的意义，正是在逆推中建立起来的。二，如果把楔子部分的2014年看成是与结尾部分的2014年6月相呼应的话，那么这一小说可以说是一个闭合的结构。其时间点中的1901年、2012年及1900年—1934年，都是服务于或对应于这一闭合结构的。它立足当下，采取的是现实和历史的对话关系结构，就像小说的扉页上援引的爱德华多·加莱亚诺的话——"过去的时光仍持续在今日的时光内部滴答作响"——所显现出来的。从这点来看，说小说是"民族的秘史"或是为运河写史当然是有道理的。但问题是，这是"秘史"而不是"正史"。就"秘史"而言，它总是要游离于"正史"，或凸显出与"正史"的差异性。就是说，时间线索常常只是表象，它只是借时间的框架来讲述作者自己感兴趣的故事——有别于"正史"的故事。而这也意味着，时间只是谜语结构中一些闪耀的点，我们必须透过这些闪耀的点，去揭开背后的黑暗或者说无限的丰富性。这种丰富性，就其与时间的关系而言，就是关于空间和空间的隐喻。

## 一

2014年，在京杭大运河济宁段运河故道，一艘沉船和大量的文物被发掘出来，对此，小说作者有着考古学式的不厌其烦的详细罗列。物与物之间毫无逻辑的排列和它们的毫无生气，虽难免令人生发出思古之幽情，但也让人震惊和生出寒意：这些都是"死"的物，其冷艳的光芒穿越历史的隧道，指向我们和未来。显然，要想让它们恢复生气，仅仅靠考古学家的鉴定与推测是远远不够的。这些都是沉入历史深处的遗存，它们沉默不语，甚至带有欺骗性和迷惑性。它们一方面在等待人们的解读和探寻，另一方面也在嘲讽人们，诱导人们误入歧途。这也是考古学家胡念之面对这一大堆毫无逻辑的出土文物时一筹莫展的重要原因。他们缺乏大胆的想象，而有些时候，大胆的想象也是考古学产生重大发现的重要前提。物若只是物，其中没有故事，那么终究只是遗文遗物，而不能成为历史。就考古学和历史的关系而言，如果不能从一个遗迹中解读出起承转合的故事，那么它便只具有编年史的意义，它只是"死"的历史。徐则臣深谙于此，因此，紧随这些发掘出来的文物之后，徐则臣展现了济宁运河附近的居民发掘出来的另一个文物，那是一封一百余年前的信，而且是出自意大利人之手。一件瓷器、一个镇尺与一封信之间，具有了某种隐秘的关联或联系。对这种联系，素以科学和严谨著称的考古学家是无能为力的。这种联系的建立是文学家的任务。《北上》从一开始显现出来的就是文学的魅力和魔力，在某种程度上可以看成是从考古学到文学的转变。文物被挖掘出来了，对其间的联系，考古学家无能为力，或许只有文学才能在其间建立起真正的联系。就是说，这个时候，只有文学借助历史，才能使运河真正地鲜活生动起来，展现在我们面前。从这个角度看，是文学使考古学和历史学之间建立起了联系，文学才是历史的魂魄和灵韵。文学能在似是而非和没有关联的事物之间建立起大胆的想象和富有情理的逻辑。小说最后，考古学家胡念之放弃了考古学的立场和观点，转而从家族史的角度去观察，最终建立起了上述文物和那封信之间的隐秘联系。在这当中，真正发挥作用的，显然是文学及其叙事效能。

就是说，徐则臣不是在做运河的考古学研究，也不是要做运河的历史书写，他想做的是通过与运河有关的物与物之间的联系，建立起一种想象和叙事的维度，借此表现他对运河与人的关系的思考。他的立足点在空间的"关系"上，而不是运河本身。这是首先需要注意的。但对一条河流而言，真正使其具有灵魂的不是自然风物，因为自然风物在经过一百多年的历史发展后会发生巨变。在这一百余年中，运河沿岸的变化毫无疑问是翻天覆地的。在这巨大的变化中，我们看到和感受到的只是沧桑或渺茫。对运河而言，真正使其丰满起来、使其有骨骼和血肉、使其显示出持久魅力的，还是故事。附着于运河上的发生的故事，才是构成其灵魂的东西。换言之，只有人及人的活动，才能赋予运河以灵魂和历史感。这部小说以考古发现作为楔子，其意义或许正在于提供了人活动于其中的景深。

那么，现在的问题是，物与物之间的关联及其美学是如何建立起来的呢？显然，仅仅有物与物的存在，而与"人"无关，这种关系是无法建立的。在这当中，"人"的存在显然是至关重要的。物与物之间的关联的建立，显然要依靠人和人之间的关系，两者具有同构对应关系。

## 二

徐则臣的《北上》这部小说表面上是在讲述跟运河有关的一群中国人和几个外国人的故事，运河乃小说的核心，是人物发生关系的媒介，但对故事中人物间的关系而言，最重要的还是语言上的交流。因为没有语言上的交流，他们的关系就无法展开。但这种交流，是建立在"跨语际"的误读层面上的。小说的主角之一谢平遥曾是翻译，他一度提出并实践了"翻译的有效表达"这一主张，为了让清朝的官员和洋人的"谈判和交流变得更加有效"，"翻译的时候他比长官都急，长官表达不到位的意思，他用英语给补足了；洋人闪闪烁烁的话，他给彻底地翻出来，让大人们听着刺耳难受"。表面看来，这确实提高了效率，但"有效表达"带来的并不是问题的有效解决。这一情况告诉我们，翻译和表达之间存在着一种模糊性和不准确性。翻译有时候是需要"无效表达"的。

就国际关系方面的翻译而言，准确性当然是首要的。但事实上，准确性并不总是奏效或有效的。这里有一个跨语际交流的问题。就谢平遥所处的时代而言，翻译无论如何都是一个文化政治问题，其中涉及权力的诸多要素，远非准确与否所能说明或阐释的。就是说，只要涉及权力关系，跨语际的交流就不可能做到完全准确与精确。谢平遥的短暂翻译经历——先是在国与国之间，而后是在人与人之间（中国人和外国人之间）——让他本人和我们明白一点，即对交流中的关系双方而言，模糊或者说"误读"很多时候比准确更重要。可以说，恰恰是"误读"产生了文学之美和爱。在国与国之间的翻译中，谢平遥虽然失败了，但随后在充当人与人之间的翻译时，谢平遥无疑是很有魅力的：在那样一个特殊时代，正是通过他的翻译，意大利人小波罗和中国百姓之间建立了深厚的情谊。作为小波罗的翻译，谢平遥无疑是"不称职"的，因为他总是歪曲交流双方的意思。就是说，他追求的是翻译的"无效性"：明白无误的意思，他常常以歪曲甚至南辕北辙的方式表达出来。但也正是在这种南辕北辙中，人与人之间建立起了真正的稳固的关系。人与人之间的关系，并不是建立在稳固性和准确性之上的，而是建立在模糊性及超越其上的情感关系上的。"误读"是人与人情感关系建立的关键,它是为了人与人之间和谐关系的建立,而不是为了打破这种和谐关系。比如说小波罗和谢平遥之间的关系。谢平遥最初看不上小波罗的那种"装模作样":

> 这种装模作样的动作谢平遥不喜欢。这些年见了不少洋鬼子,真傻的有,大智若愚的有,懵懵懂懂的有,这些都不讨厌,看不上的就是那些装模作样的:要么刻意做出亲民的姿态,谦卑地与中国人同欢笑,骨子里头却傲慢和偏见得令人发指;要么特地模仿中国人的趣味和陋习,把自己当成一面镜子,让你在他的模仿中照见自己,曲折地鄙视和取笑你;还有就是小波罗这号人,一个观众没有,也一脸入戏的销魂表情。①

当谢平遥和李赞奇在谈论小波罗,小波罗问他们在说什么时,李赞奇和谢平遥说他的衣服和辫子很好看。这是一种明显的"误译",它避免了把人与人之间的关系往冲突和矛盾上引,而不是相反。这是其一。

其二,模糊性的"误译"也是一种凸显和忽略的双重选择。它让人忽略可以忽略的,凸显所能凸显的。可以说,正是这种模糊性,使得小波罗逐渐同与他同船的中国人之间建立了深厚的友谊。同样,也是这种模糊性,使得小波罗的兄弟马福德与中国姑娘秦如玉之间产生了深厚的爱情。这种模糊性,从其理论层面上看,起到了"去蔽"和恢复的双重作用。它使得交流双方原先的权力关系被打破,失去了作用,也正是在"去蔽"中凸显出交流双方的本性:它能起到恢复人的本性或者说使人的本性得以复归的作用,使得交流双方在这种"误译"中看到的是彼此活生生的形象。

就国与国之间的关系及其翻译来看,其涉及权力的分布和构成关系。准确固然比模糊要好,但准确背后仍旧有权力在起作用。比如说谢平遥的准确翻译,使得双方都"经常莫名地光火",因为朝廷和洋人都不想从对

---

① 徐则臣:《北上》,北京十月文艺出版社2018年版,第15页。

方的话中听出他们真实的想法或意图，他们只想停留在语言的表面。相反，内里涉及的是平等或不平等的权力关系，是傲慢、屈辱和怯懦。而这些是交流双方所不愿承认和不想表达出来的。翻译一旦把这些表达出来，就会破坏双方的平衡关系。就是说，翻译的准确或"有效表达"，其实把交流双方的权力关系赤裸裸地呈现了出来，或者说裸露了双方的权力关系。从这点来看，模糊的好处则在于对这种权力关系的屏蔽和改写，它使得翻译出来的语言对于双方而言，都是为我所用的和愿意听到的。谢平遥在一路"北上"的途中，充当的就是中国人和小波罗之间的这个角色。权力关系被遮蔽之后，人与人的关系会以一种"去蔽"或"祛魅"的方式呈现。模糊呈现出来的是语言双方的赤裸状态，或者说，翻译的模糊性呈现出来的是"非政治化"的"赤裸生命"。

  这一点，对理解小说很重要。模糊性解放了语言交流双方的人与人之间的非权力关系，同时也解放或还原了物与物的关系、物与人的关系。这样一种被解放和被还原的关系的实现，在某种程度上就是本雅明意义上的具有宽泛意味的"可译性"，模糊发挥的正是使"可以辨认的碎片"得以重新拼合和还原的神秘力量；进言之，模糊性也就是还原物与物之间、人与人之间消失了的卢卡奇意义上的"总体性"关系的力量。它是一种打破后重组的力量，也是还原的力量。它无视秩序或原则，它本身就是一种秩序，它以它的模糊性重建一种新的和无限多的可能。就小说的表现内容看，这似乎是在一种殖民话语的框架内展开的叙事：在中西方不平等的背景下，两个西方青年男性在情感上获得中国民众认同的故事。这当然有权力关系的成分隐含其中。但问题是，两个西方男性同中国民众之间亲密关系的建立，是在跨语际的模糊性的"误译"基础上完成的。这种"误译"在遮蔽和打破彼此间的权力关系和不平等关系的时候，使得超越民族国家的具有"人类命运共同体"式的人与人之间的和谐关系得以凸显。

## 三

  应该看到，这种模糊性恰好也是文学的核心要素：它是文学中人与人之间、物与物之间关系的核心构成部分。就考古学而言，当然要建立起物与物之间的逻辑关系和科学推测，但就文学而言，尽可以模糊和朦胧。它追求的是物与物之间的象征关系、隐喻关系和联想关系，或者说是似是而非、似非而是、若即若离的关系。这种模糊性就是文学的"可译性"命题。小说开头部分的出土文物之间的关系，显然是考古学家无法破译的：时代的久远，使得建立起这种联系非常困难。但对于文学而言，即使是遥远的事物之间、风马牛不相及的人与人之间，也能建立起隐秘或神秘的联系。可以说，整部小说就是想在历史与现实交织的不同时空中，在不相干的人与人、物与物之间建立起隐秘或神秘的关系。这些关系的双方有：谢平遥和小波罗、小波罗和邵常来、孙过程和小波罗、邵秉义和孙临宴、孙临宴和谢望和、胡念之和周海阔、罗盘和信件、博物馆和河船，等等。这些原本都是分散的和零碎的存在，但正因为文学及文学的联想，使得人与人、物与物彼此构成了一个有机的整体。文学（特别是小说）的力量表现在，能在这些彼此不相干的人和人、物和物之间建构起神秘的关系。从这个角度看，整部小说正是建立在模糊性基础上的"总体性"叙事重构。就是说，模糊性才是理解小说的关键。

这样来看就会发现，谢望和的《大河谭》最开始之所以拍不下去或思路受阻，正是因为它深陷于人与人、物与物之间的孤立状态之中。他看不到其间的隐秘或神秘的关系。他想以大运河为中心，但大运河在其中只起着穿针引线的作用，真正使大运河的人或物活起来的力量是文学和文学中的故事讲述法则。历史在这当中只是背景或前景，一旦离开了人或故事，运河便只能是死的和没有生气的存在。就是说，所谓"民族的秘史"，缺少了物与物、人与人之间的关系的存在，是没有意义、没有生气的。

小说中的主人公之一孙临宴举办过一个名为"时间与河流"的摄影展。这一主题形象地表明了人与人、物与物之间的关系模式。河流在时间的隧道延展，所展示出来的正是时空的辩证关系：河流既是主体，又是客体；既是空间持存，又是时间之流。这样一种时空关系，用主人公谢望和的话说就是"照片中强烈的故事性"。"哪怕只是人物的面部特写，你也会觉得那个人的表情里藏着许多故事，如果开口，讲上三五个钟头没问题。更多的照片是生活瞬间的定格，有天地、风物和人。所有景物在摄影家的镜头里都不是死的，而是处于运动中的某个环节，看得见它的承前启后。"①照片的视觉性显示出来的是人与人、物与物之间的空间上的"瞬间的定格"，"故事性"则是一种"运动"中的"承前启后"的时间持存，两者要想显示出关联，必须依靠文学的想象和联想的力量，需要用文学的眼光"读出"其中的"故事"来。这样一种"读"的行为体现出来的就是模糊性，它能建立起不同时空交错下人与人、物与物之间的呼应关系。

明白了物与物之间的关系，就可以进入这一小说的主题或者说核心——运河——了。谢望和用影像拍摄《大河谭》，在某种程度上可以看成是作者徐则臣用文字创作《北上》，两者的不同在某种程度上只在媒介上。就是说，徐则臣不是要写出运河的历史来，也不是在做运河的考古学研究，而是想以运河为媒介，写出与运河有关的物与物、物与人、人与人的关系。而这同时也是世界与人，或者说我们与世界的关系的隐喻和表征。我们与世界的关系正是建立在这种以故事为旨归和落脚点的模糊性上的。这正是我们与世界的关系中让人感动的地方：世界呈现在我们面前的并不是冷冰冰的存在，而是丰富的"故事"，等待我们去解读，并沉迷其中。文学在某种程度上正是解读的方式。

在这条运河上，发生了太多太多的故事，如何才能在这些故事之间建立起隐秘或神秘的联系呢？这种联系的建立，显然需要作为媒介的物，比如说罗盘和信件、手杖和相机，或者说作为历史遗存的纪念的人名，如马思意和胡念之等。小说中有一个细节非常具有症候性，那就是手杖里的大卫的信件的发掘。当地的一个农民挖到了一支手杖。古董商看中的只是手杖上的玉，而不是手杖中这一封有着百余年历史的信件。但在具有运河情结的商人周海阔的眼里，信件的意义则显然要大于手杖上的玉的价值。因为在他看来，这封信里藏着不可磨灭的故事，正是这故事赋予了信件以灵韵，使得它生动起来，因而它的价值是不可估量的。

这部小说的核心和关键当然是运河和它的百年历史。诚然，这部小说

---

① 徐则臣：《北上》，北京文艺出版社2018年版，第136页。

从一开头就有为运河写史的架势——运河的历史和现实联系着中华民族的近现代变迁——且表现出同作者此前的同类小说的诸多不同之处，但这只是背景或者说远景。就是说，这一小说在历史与现实的交替结构中确实呈现出某种民族国家寓言的意味，但这只是表面或浅层，更深层的意味则在于，作者想在这一背景下凸显运河和人的关系，借此写出人与人之间那种超越民族和种族的感情。这种对关系的表现，使得徐则臣能够突破民族国家寓言的写作，而上升到普遍性的高度。这集中体现在意大利人小波罗和马福德两兄弟对运河的热爱上。这里面既包含了对家乡的热爱——中国的运河让他们想到威尼斯和故乡——对他们的先辈马可·波罗的追思，也包括了对人与河流的关系的认识，更包含了关于"人类共同体"的思考。这是超越民族国家的关于人和自然的命题。这当然包含了关于中华民族的寓言，但更关乎民族国家之上的"人学"命题。

它不仅仅是"民族秘史"，更象征着一种"人类共同体"：在这条河上发生的故事，不仅是不同国家的人之间的故事，更是作为"人"的存在形态的故事。在某个关键点上，比如说1900年义和团运动和八国联军入侵中国这样的时刻，国族身份具有浓厚的政治内涵。但即使是这样的时刻，国族性及其区分也只是相对的，就像马福德和如玉的关系，他们是两个国家的青年男女，他们的关系更是超越了国族意义的爱情关系。他们之间的爱具有超越民族国家的意义，所以马福德最后会为了如玉而与日本人同归于尽。

在这条河上，有八国联军和日本人的足迹，他们作为侵略者，显示了其反动的一面。这条河同时也是闪耀着人性之光的河。在沿运河"北上"的过程中，小波罗和周围的中国百姓之间建立了深厚的友谊。同时，也是在这条河上，马福德和如玉之间产生了爱情，最后又为了庇护这份爱情，马福德舍生忘死，最终完成了涅槃重生。因为在这之前，他一直隐瞒自己的外国人的身份，他是作为一个"失语者"出现在中国北方的运河边的。他失去了他的民族国家的身份（意大利人），最后获得的却是他作为"人"的主体性：在对爱的庇护中完成了他作为大写的"人"的跃升。这可能就是徐则臣所要表现的运河的魂。

小波罗沿运河"北上"所乘坐的那艘船，在某种程度上可以看成是社会的缩影，其中有中国的士绅，有外国人，有船夫，有游民，有官吏。他们之间充满芥蒂，他们之间建立的是临时性的关系——随着旅途的结束，这种关系随即解体——但就是这样一种临时建立的关系，使得他们在漫长的"北上"途中，建立起了超越阶级和民族国家的作为个体的"人"与"人"之间的深厚的感情。这是"人"的意义上的诞生，也是和而不同的中国文化的表征。从这个角度看，对于"运河文学"，徐则臣其实是有着巨大的野心的，他是想借助运河文化以建构全球化时代国与国之间的和谐关系。这部小说虽然侧重历史，但其落脚点却在现实：现实意识，应该说是贯穿这部小说始终的。这种现实意识可以理解为一种中国特有的和谐包容精神、一种和而不同的情怀、一种超越历史和当下的胸襟和气度。如果说这部小说想要通过这条河流来表现"一个民族的秘史"的话，那这就是其秘史，隐秘而强大：作为一种精神、情怀和气度，它沿着运河从一百多年前甚至更早流向现在，若隐若现，始终存在着。从这个意义上讲，考古发现的运河文物，其意义就在如下层面显现，即它们作为传统的力量显示出其当代价值。它们是无声的，是超越国界的，但也是绵长的和持续发生作用的。

## 四

不难看出，对于《北上》而言，在人与人、物与物之间发挥作用的，是文学的想象和叙事的力量，而不是考古学层面的考据与推理。这也告诉我们，在小说中，人与人、物与物之间，或者说物与人之间，若不建立起内在的想象关系，其存在便是零碎的且彼此没有关联的，因而也就是没有灵韵的形态。徐则臣深谙于此，但在小说的最后，在处理《大河谭》的拍摄这件事上，他却有意无意地忽视了这一点。小说结尾申遗成功与否，其实并不与故事发生内在联系，与人物的命运也没有必然的关联。也就是说，运河中发生的故事其实与大运河申遗这一历史事件并没有必然联系。这是其一。其二，申遗成功与民族寓言之间也并不构成某种象征关系。当大运河真正作为遗产而被保护起来的时候，也就意味着曾经发挥巨大作用的大运河的无可挽回的没落。在小说中，作者虽然触及了这一历史趋势，但并没有刻意凸显其悲壮色彩,没有从挽歌的角度去展开故事情节的设计和历史感的表达。大运河的申遗成功和《大河谭》拍摄的峰回路转,最终使得这种挽歌倾向在一种喜气洋洋的氛围中戛然而止。

作者想写出物与物之间,或者说人与人之间的关系,却有意无意地忽略了物与人之间关系的构造。比如说罗盘之于邵秉义家,剪纸制版之于马家(如玉和马福德带着剪纸制版逃走,最后却没有派上用场),小博物馆客栈之于周家,其意义常常只停留在象征层面。换言之,在他的小说中,物与人的关系常常是彼此分裂的或相互分离的,作者无意建立两者之间的神秘关联。

这样一种凸显和忽略,在某种程度上是作者对"人"的主体性问题的思考之表征。就是说,通过对人与人、物与物之间关系的凸显所建立起来的是一种关系主体,或者说是哈贝马斯意义上的"主体间性",而不是要去揭示或探索"人"的主体的多面性和复杂性。这是一种建立在跨语际的语言交流中的"交往行为":"对哈贝马斯来说,交往不仅仅是传递信息,更是建立(或保持)与他人的关系。他说,当一个言说者试图与其对话者达成对某个世界中之物的理解时,这里有着'言说的双重结构':这两个人既在他们所讨论的对象(命题内容)的层次上交流,同时也在他们关系的主体间性的层次上交流……通过语言,我们能够表现世界,建立彼此之间的关系,并且表达我们的感受、情绪和其他内心状态。"[①]就小说而言,这样一种"主体间性"所建立的是和谐的、互为主体和"他者"的主体。如果侧重物与人之间的关系的话,则很难建构这种和谐关系。因为就物与人之间可能的关系论,它所显示出来的是主从关系或偏正关系,所谓"异化"或"物化"多产生于其中:"人"在其中要么常常显得渺小,比如说塞万提斯的《堂吉诃德》;要么就是盲目乐观,认为人定胜天,比如说笛福的《鲁滨孙漂流记》。徐则臣的《北上》无意向这些方向发展,它显示出来的是两者(如果存在主客关系的话)间的和谐关系,而不是要打破这种平衡。就此而论,《北上》呈现出来的其实就是康德美学风格上的优美,

---

[①] 芭芭拉·福尔特纳:《交往行为与形式语用学》,载芭芭拉·福尔特纳编:《哈贝马斯:关键概念》,赵超译,重庆大学出版社2016年版,第68页。

而不是崇高。

邵燕君早在十余年前就曾指出："作为一个极具潜力的新锐作家，徐则臣精于感觉、长于叙述，敏于求新，如果能在历史文化上有更深刻有力的把握，并与对现实的经验和思考贯通，将会有一个更大的气象。"[①]《北上》无疑是徐则臣在这方面努力的结晶和突破之作，这部作品与作者此前的作品相比，既有内在关联又有新的拓展。徐则臣的作品，一直以来都有全球化的背景和底色，也就是说，他始终是在全球化的背景下展开思考和尝试写作的。他通过《夜火车》和《王城如海》等一系列作品的写作，提出如下严峻命题：在全球化时代的今天，我们被召唤着、牵引着，毅然决然地离开故乡，奔赴远方，流浪于北京，然后辗转于巴黎、伦敦、纽约等全球化大都市，在经历了这样的全球性的空间旅行后回到北京，作为一个当代人，我们该如何安置自身？如何处理自己与故乡的关系？毫无疑问，故乡一直是徐则臣小说的母题和原型，但故乡在他那里其实只具有象征意义。因为全球化时代的一个残酷现实就是，原本意义上的故乡早已名存实亡或面目全非，真正意义上的故乡是回不去的。因此，文学在某种程度上只能是精神上的返乡和对故乡的想象性重构。在《北上》中，徐则臣再次提出了这一命题。但这次，他是通过两个外国人——意大利人小波罗和马福德兄弟俩——提出来的。他们在先辈马可·波罗的感召下远赴中国，马可·波罗从元朝大都沿大运河南下，他们则相反。正是在这种回溯中，历史与现实重叠、呼应。大运河使他们想起了威尼斯和他们的家乡维罗纳。这仍旧是物与物之间的关系——在这个关系中，中国的大运河和威尼斯的运河在某种程度上具有同构关系：它们作为故乡的象征，穿越历史时空的多重隧道（1900年、2014年和更早的元朝）而联系在一起。可以说，正是这种文学性的联想，建立起了他们对运河、故乡、意大利、中国乃至世界的认同：在这当中，运河、故乡、意大利、中国乃至世界，是一体的。

作者此前一再声称要"到世界去"，但其实世界既在远方，也在脚下，甚至在历史深处。对于我们而言，既是走向北京，也是回到历史和遥远

---

[①] 邵燕君：《徐步向前——徐则臣小说简论》，《当代文坛》2007年第6期。

的元大都。那是一个多么气象恢宏和具有全球视野的时代!《北上》无疑是作者对多年写作的一次总结和尝试突破之作。在这部作品中,作者不再仅仅把主人公置于现实意义的全球化背景下,而是深入历史,试图从历史深处打捞出与现实具有对话关系的资源。仅此而言,其意义就不可小觑。

# "反传记体"与"70后"一代的"中间性格"

## ——关于**魏微**的《**烟霞里**》

魏微的《烟霞里》应该说是近些年来特别有意味和张力的小说，之所以说其有意味和张力，是因为这一小说采用了编年体的形式。小说在个人传记的框架内引入时代语境，但小说的主人公田庄却是远离时代精神的具有"中间性格"的人物，如果说存在某种可以称为"时代精神"的东西的话。小说想给田庄立传，但通篇读来却让人印象模糊，通篇都在顾左右而言他，主人公的形象其实并不突出。我们也似乎并不觉得有给田庄立传的必要，毕竟她始终都是一个平庸甚至乏善可陈的人。如此种种，使得《烟霞里》以一个"问题"文本的方式凸显出来。

一

小说叙事以1970年田庄出生起始，以2011年田庄猝死终结。四十一年的历程构成这一小说的时间跨度和叙述框架。个人传记的写法并不少见，所不常见的是把个人传记置于编年体的框架内，《烟霞里》显然属于这种情况。通常情况下，传记的写作会采取这样的做法，即在与时代互文的框架内理解、把握和表现个人的命运。个人被时代宰制，努力融入时代中去，以获得成功；或被时代抛弃，郁郁而终。但魏微的《烟霞里》显现出来的却不是这样，或者说不仅仅是这样。

《烟霞里》在某种程度上可以称为"反传记体"。首先，小说采用的是编年体模式。传记体一般会选取某些关键时刻，去展现一个人的生命历程，比如郭宝平的《范仲淹》。《烟霞里》采用的是编年传记体，从主人公出生的那一年写起，依年份逐一编排，直到其死亡的那一年。采用编年体的方式记述历史有着不可否认的便利，但若用于小说创作特别是个人传记，则有着令人难以忽略的问题。首先，日常生活的重复性该如何避免？此外，琐碎的日常生活细节如果不能连贯成一个整体，会出现传主的一生并不突出、性格并不鲜明、情节性不强、结构零散等问题。其次，传主的典型程度不够。传主一般都是具有典型性格的人物，或者大都具有某些方面的突出特点，但《烟霞里》的主人公田庄却是一个存在感不强的人物，她与时代保持着一种若即若离的关系，既不过分介入，也不刻意远离。她的个性特征也并不鲜明，相反，甚至可以说相当保守。她渴望获得刻骨铭心的婚外爱情，但这样的爱情到来时又被她果断地掐断；她同母亲关系紧张，但这并没有导致她性格上的偏执和母女关系的决裂。田庄的一生，传奇色彩不强，为这样一个人物做传，其意义何在？再次，《烟霞里》虽是小说，但表现出了"去细节化""去传奇化"的特点。传记体一般受制于传主的真实身份，在大的细节上不能失真，在小的细节上则可以有所调整。《烟霞里》属于小说，可以不受这些限制。这部小说以虚构文体写传记，却有着"去传奇化"的倾向，说明了什么？最后，这部小说也并不是传记体，虽然采用的是传记体的框架。小说虽然以1970年、1971年……2011年的时序编排，也以传主的生活空间的历变（李庄、江城、清浦和广州之间的空间位移）来加以组织，但这些都只是小说的框架，小说的叙述却不是按照这样的时空关系展开的。比如"1970年"这一时间段，讲述了数十年后的事情，小说中也充斥着介入性的议论文字。这些都使得小说看起来并不像真正的传记。小说中的介入性议论，容易让人想起《弃儿汤姆·琼斯史》中的作者的介入性议论与分析。传主田庄是作为被分析探讨的人物出现的，小说与其说是在塑造田庄，不如说是在对田庄展开分析。

与"反传记体"相对应的，是小说独特的叙述方式。小说"前序"以"《田庄志》编委会"的名义写就，第一句话是"谨以此篇纪念田庄女士"。"终章"又云："本篇卷一（1970—1979年）由陈丽雅撰写，卷二（1980—1989年）由欧阳佳撰写，卷三（1990—1994年）由米丽撰写，卷四（1995—

2008年）由万里红撰写，卷五（2009—2011年）由米丽撰写。再次感谢小说家魏微为全书统稿、润色！"① 其中，关于传主田庄的材料由亲友和熟人提供，每卷撰稿人既是田庄的好友，又是材料的整理者和记录者。这样一种叙事形式表明了一点，即各卷中的议论既是众人的，也是作者的。他们的议论围绕田庄这一主人公展开，田庄只是名义上的主人公。因为显然各个撰稿人并没有想去复现田庄命运的因果线索和死亡的原因，他们致力于通过言说田庄这样一个共同的人来表现自己。议论和由议论构成的多个叙述者的形象，才是小说的真正的主人公。关系命题是这部小说重点关注的对象，因此，也就无意于情节或细节，不注重情节之间的因果关系的编织，而是关注个人与时代的互文映照关系。也正是这个原因，小说才会采用编年体。毕竟编年体的一大好处是，能在个人的微小叙事与时代的宏大叙事之间建立起有效关联。

小说各卷由多个撰稿人撰写，属于多视点叙述。以历史的眼光看，多视点叙述常被作为后现代主义小说或文本游戏的重要特点。因为各个视点叙述下的事件和人物形象会出现互相矛盾的现象，甚至出现彼此颠覆的情况，小说内部的张力得以显现。但《烟霞里》中各卷之间叙述上的差异并不明显，同一事件在不同撰稿人的笔下并没有呈现出截然不同的面目。作为读者，我们感觉不到这是不同的叙述者所叙述出来的，我们也感觉不到这是不同视角下的田庄的形象的汇聚。这并不是不同视角下的田庄形象的拼盘，而是不同素材经过加工形成的有机体。这固然与小说的编年体有关，因为编年体保证了传主田庄的故事的连贯性；同时，也与统稿人魏微的统稿、润色有关。这里更为关键的还是"终章"中的这句话："本篇是书写是复活的过程。她之死，我们得以活。"就是说，各卷的叙述者通过叙说田庄和时代的故事，以复活作为叙述者的"我们"；或者还可以说，"我们"既是在写田庄的故事，也是在写"我们"的故事，"我们"的故事与田庄的故事往往不能分开。多视点叙述与编年体的结合，构成了这部小说"反传记体"的重要特点。

---

① 魏微：《烟霞里》，人民文学出版社2022年版，第633页。

## 二

虽然说传主田庄与时代之间构成一种互文映照关系，但小说显现出来的却是"去主体化"的倾向。小说表面上为"田庄传"，其实是借田庄来表现时代与个人之间的互文关系。这是"反传记体"的编年体小说《烟霞里》所特有的方式。翻阅小说的目录，可以明显感觉到一点，即在田庄的人生中，时间和空间才是至关重要的两个因素。或者可以理解为，这是在时间和空间所构成的历时与共时的脉络中把握一个人的命运的努力，时间和空间成为理解"人"的存在的重要元素。而一旦从时间和空间的角度去理解一个人的生命历程便会发现，任何过度强调个人的主体性的做法都是不可取的。比如田庄，我们当然认为她是处于时代语境中或受时代语境塑造的人物，但这样的互文关系并不是田庄自己所设想的，在某种程度上，田庄与时代的互文关系是被倒逼和叙述出来的。

说其是被倒逼出来的，是因为田庄与时代的密切关系是通过她母亲孙月华而成为可能的。经济建设、现代化，甚至是重大历史事件，似乎都不在她的心上，但时代和社会语境又切切实实地影响着她，经由她的父母亲戚特别是母亲，间接地影响着她并决定着她的命运。

说其是被叙述出来的，是因为作者给田庄的人生设置了几个时间节点：1970年、1980年、1990年、1995年、2009年、2011年。这些节点分别对应着田庄的出生、田庄离开出生地李庄来到县城清浦、田庄从江城大学回到县城家里避乱、田庄考入中大的研究生、前一年奥运会的召开和田庄的猝死。而事实上，在叙述的时候，小说又并不是按照这些节点展开叙述的。比如"1995年"这一节点，就是从1992年的"股疯"事件开始叙述的，甚至回溯到了1987年，因为这一年，田庄的丈夫考到广州，就读于华南工学院。再比如"2009年"，这一年对于田庄而言似乎并不具有节点的意义，之所以要特别强调2009年，就是因为在前一年中国北京成功地举办了奥运会。在这些节点中，对田庄真正有着决定意义的，可能就只有1970年和2011年这两年了，因为这两年构成田庄的生死两端。几个时间节点又与地域空间勾连起来：李庄与江城、清浦、江城、广州、广州、清浦与李庄。

这是一个闭合结构。当时间的轴线对应着空间的回归，就构成一种闭合关系：人的一生，是由出生地出发到最后回到出生地的闭合过程。

但广州、江城或者清浦，也都只是背景性的空间，并不参与对田庄性格的塑造。田庄虽冲着广州是改革开放的前沿窗口而考到中大，但她却不是一个积极进取的人。她喜欢广州，也随大流，但广州的浮躁、热度都并不构成田庄的精神背景。倒是身处清浦的田庄的父母，他们的心意才真正与广州相通。小说中真正与时代构成互文关系的，是田庄的母亲孙月华。孙月华与田庄构成互文对立的关系。从1970年至2011年，这四十一年可谓是中国发展变化最为明显的时段，这中间经历了改革开放及扩大开放和奥运会的召开。时代的热点事件，在她身上几乎都有相应的表征，孙月华就像打了鸡血一样，有一股不知疲倦、猛打猛冲的劲头。但极具反讽意味的是，孙月华虽然是一个响应时代号召的人，但她总体上却是一个失败者。创业失败，教育子女失败，退休后再创业仍旧失败，这次是欠下巨债。不难看出，时代在她们身上表现出这样一种互文关系：以直接的方式作用于孙月华，以间接的方式作用于田庄。因此，不能简单地把孙月华与田庄视为母女冤家：这里的母女冤家，显然不能从弗洛伊德的精神分析的角度展开分析，田庄并没有弑母并取代母亲的意图。其对头关系，要从与时代构成互文关系的对立表现中加以理解。她们之间构成一种对位关系。田庄主动性不强，缺少行动力，但会反思，有自知之明；孙月华则表现出相反的倾向，没有自知之明，缺少反省，但极具行动力，当然也有极强的破坏力。至于为什么是让母亲而不是让父亲充当时代的直接作用者，可能在于母亲角色的间接性——她是沟通家人与时代的桥梁。

在某种程度上，孙月华才是与时代同频共振的典型形象：不知疲倦，也不会有精神上的负担和压力。这样看来，田庄倒像是"中间人物"——在与时代社会的互文关系中处于中间的位置。而恰恰是这样的"中间人物"，构成了社会的大多数。她不像她的母亲那样积极上进，奋勇直前；她也不像她的弟弟那样浑浑噩噩，不动脑子，能力不强。田庄属于中间的那一部分。既被推着往前走，又似乎想得太多；既想保持自己的主动性和选择性，又想融入社会。他们的生活充满了琐碎和非传奇性。对他们而言，猝死似乎是最大的传奇性事件。这样的人，构成时代的大多数。既具有典型性,又难描摹;既具有独特的地方,也具有普通人的特点。他们以一个个独特的身份出现,但其实表现出来的是匿名化、平凡化的倾向;他们想努力显得特立独行,但其实极其平凡。"反传记体"特别适合表现田庄这类人物的特点。

<h2 style="text-align:center">三</h2>

虽然可以说田庄作为"中间人物",人物形象的典型程度不够,但并不意味着典型性不强。在关于魏微的研究中,谈论较多的话题是"70后"代际叙事。有研究者指出:"魏微是'70后'代际作家中极具代表性的优秀作家。从1994年步入文坛以来,她始终将同代人作为写作的核心与重要题材。通过对日常生活叙事、'时/空'叙事和情感叙事三个维度的书写,她呈现出了一代人的成长、青春、情感、生活、命运及其与宏阔时代节奏同步的变迁。"[①] 魏微似乎也确实在为"70后"立传,《烟霞里》在某种程度上可以看成是为"70后"立传的总结之作。小说其实是把田庄放在"我们"的层面加以表现,以构筑其性格的独特性。这个"我们"并非匿名化的大众,而应理解为"70后"。"70后"不像他们的父母辈,他们没有太多的政治热情,他们表现出"淡化社会事件影响"[②]的倾向;他们也不像"80后"那样,与消费社会有一种天然的亲近之感。他们处在夹缝中:既想表现出不同于父辈的性格特点,又与消费社会保持一种天然的距离;既不过于叛逆,也不过于进取,同时还具有极强的忍耐力。他们生活在一种可以称为"惯性"的日常语境里。其结果是,造成了"70后"的"中间性格"。这也是不能夸大传主田庄的特立独行的个性的原因。说她属于"中间性格",还是因为田庄并不是远离时代的自我放逐的人。这种自我放逐的边缘人角色,在同是"70后"的路内、石一枫等作家的作

---

[①] 曹霞:《"70后"作家的情感结构与叙事诗学——以魏微创作为例》,《文学评论》2021年第2期。

[②] 曹霞:《"70后"作家的情感结构与叙事诗学——以魏微创作为例》,《文学评论》2021年第2期。

品里有所表现，但田庄不是这样的人。

与前一代相比，"70后"生活在"后革命"的语境中，革命的逻辑与激情似乎已远去，他们没有过多的历史负担，但这也带来"70后"的失重感，无所依傍，悬浮空中，是"70后"作家普遍表现出来的精神状态。对于"70后"而言，他们的成长期正好处在较为活跃也较为混乱的二十世纪八九十年代，生机、活力与无序、震荡并存。这种矛盾状态与历史感的缺席交汇，往往造成"70后"的失落与失重。"60后"尚有革命的激情和找回青春的热望，"70后"并没有这样的记忆。历史记忆的缺失，混乱和无序并存，如此种种，都构成了"70后"的精神烙印。"70后"在精神深度上表现出不足的特点。观望徘徊，激情不足，活力不够，等等，这些都是"70后"的精神底色。"中间性格"最不具有传奇色彩，也最难描摹。在某种程度上，"反传记体"正是这种"中间性格"得以表现的典型形式。

"70后"的"中间性格"，还可以理解为时代与个人之间的"强制阐释"关系。这样一种关系，在小说中是以编年体的形式呈现出来的。对《烟霞里》而言，其特别具有创新意义的地方可能在于，以"反传记体"的方式提出具有重大意义的命题：个人与时代的关系命题。小说并没有严格按照编年体的形式，依时序叙述田庄的生平。时序只是大体上的线索，小说常常会在时间和空间上脱离设定的框架。表面看来，小说是想通过写作来还原或者是重塑田庄和她的一生，但细细思量便会发现，小说的重心不在于塑造人物，因为这个人物在叙述者眼里是真实的存在，而且最终猝死。每个叙述者想通过回溯田庄的一生来理解田庄，进而理解同为"70后"的叙述者自己，而要真正理解田庄和"我们"自己，就必须深入理解田庄和时代之间的互文关系。从这个角度看，对田庄的塑造就变成了对田庄和时代之间的互文关系的分析。但分析不是探讨原因，这里没有原因。如果小说把田庄的死亡写成是自杀，小说可能就会往田庄何以自杀的方向展开叙述（寻找死因）。但小说中田庄的死只是因为心梗，也就是说，田庄的死亡是一个偶然事件。死亡作为终点，在这里似乎具有太多的偶然性。这样一种偶然性，使得小说在田庄的出生和死亡之间建立起严密的逻辑链变得困难重重。

小说中田庄的死亡叙事值得细究。虽然田庄与丈夫的感情出现了巨大的危机，田庄和父母的关系也遇到了巨大的挑战，但这些并没有导致田庄的直接死亡。矛盾无法解决，这似乎给小说以死亡作为终结带来便利，但作者并没有让田庄在一场意外车祸或暴力中以矛盾无法解决的方式死亡。田庄的死纯属意外。死得过于平淡或偶然，不能从中引申出过多的意义，也没有隐喻。或者可以这样理解，这是把田庄放在了拒绝隐喻和"去意义化"的层面上以展现其命运变迁。

小说不是在寻找田庄死亡的原因，而是在追溯田庄的一生。那么，如何才能建立起关于田庄一生的叙事呢？小说采用的方法是，在时代和个人之间建立起联系。这其实就是一种"强行契入"的关系。具言之就是，小说常常在讲述田庄的故事的同时，试图建立起田庄的故事与时代的线索之间的对应关系。这是一种赋予。小说用的是这种表述："这一年""这一天"……如下：

这一年，中国新生人口2710万，平均每天7.5万。无论按年计、论天计，田庄都是这庞大数字中的一个。

这一年，《人民日报》《红旗》《解放军报》发表元旦社论，题目为《迎接伟大的七十年代》。

元旦社论发表的这一天，清浦县青年田家明、孙月华结为夫妇，似乎是，他们以一场婚礼迎接伟大的七十年代的到来……

七十年代的伟大，或许还需验证，毕竟这才第一天。但他们心潮澎湃也是真的，年底，他们便生出了小孩。

新的世界正展现在他们面前。

这样一种模式的预设似乎是，生活在转折时代的人们，并不能与时代脱离。每个人只有与时代关联，才能立身存世；只有处理好个人与时代的关系，才能建构起有关个人的叙事。《烟霞里》所要做的就是以叙事的形式建立这样的联系。因此可以说，小说叙述是一种分析、一种建构、一种回顾、一种总结。既要建构个人与时代的关系，也要总结其得失成败的经验。同时，这也是在辨析和探讨，在时代与个人的互文关系中，怎样才是最好的状态。田庄父母的状态显然不是，他们都太过投入，缺少应有的审视的距离。田庄的生活方式显然也不是，否则，她也不会因心梗而死。

从时代的角度赋予个人的行为及其一生以意义，这种赋予在很大程度上是一种"强制阐释"。事实上，它们之间的关系要复杂得多。有些人，比如田庄的父母，努力从时代的角度理解和确定自己的行为，但正因为这种"强制阐释"，他们的行为多以失败告终。而有些人，比如田庄，想努力从这种"强制阐释"中挣脱出来，但最后发现，她其实根本无法逃脱这种牢笼。时代与个人之间的关系，是一种错位的对应关系。对应是一种"强制"，甚至可以说是不以个人意志为转移的，但这是一种错位的对应。田庄想努力保持同时代和社会的距离，但最终发现只是徒劳，比如父母兄弟要她接待从家乡来到广州的地方干部，父母兄弟欠下的债务要她去偿还。这其实是表明，时代和个人之间的"强制阐释"关系，任何人都不可能挣脱，越挣脱，可能会被束缚得越紧，田庄就是如此。

## 四

在某种程度上，"70后"的性格特点，正可以理解为"强行契入"的表征。"70后"想保持同时代和社会的距离，但时代和社会对于个人其实是一种"强行契入"的关系。这就造成"70后"的矛盾性格。他们想表现得极有个性，但其实是主体性不强；他们想以叛逆显示自己的存在，但其实是存在感不强。或者可以这样说，真正有个性的人，对个人与时代之间的关系有清醒的认识，小说所提出的是这样一个深刻的命题。我们生活在时代的"烟霞里"，看不清时代和个人之间的关系。"烟霞里"，可以理解为这样一种情境：时代的强光透过云雾照亮我们，我们既可能感奋于烟霞的光亮，也可能迷失于烟霞的光亮之中。这就是辩证法。从这个角度看，个人与时代的合理关系，并不体现在对时代热点的呼应与抗拒上，而是体现在对问题的解答与回应上。也就是说，"同时异代"与对话关系，可能才是对时代与个人之间关系命题的好的回应。

以问题为导向，可以较为清晰地建构起个人与时代、历史之间的复杂关系。比如小说中田家明与孙月华的家族历史。这两个家族的历史，提供了观察时代与个人之间的关系的线索。两个家族，都被时代所形塑。他们的个人能力的发挥其实是受到时代的限制并被时代影响的。这其实是提出了一个命题，即个人只有在时代的特定的范围内，才可能有所为。就是说，个人在时代中是一种"戴着镣铐跳舞"的状态。这里面既有非人为的因素，也有人为的因素，认识不到这点，便可能误入歧途或抱憾终生。小说中并没有提供个人与时代之间关系命题的典范，但它体现了非典范的意义。

小说中并没有提供答案，但把问题提出来了，为我们提供了思考的方向和存在的可能。田庄是一种可能，她的父母是一种可能，她的丈夫也是一种可能。小说以田庄的死，把问题的严峻性摆在了我们面前：是浑浑噩噩地顺其发展（王浪），还是盲目地冒进（田家明、孙月华），抑或是被推着往前走（田庄）？这既是作为主人公的田庄的难题，也是作为叙述者的"我们"的难题。从这个角度看，"同时异代"可能才是处理个人与时代之间的关系的正确方式。田庄虽然是学者，但她显然没有做到这点。她既认不清个人与时代之间的关系，也不能从历史的角度看待个人的命运；猝死在某种程度上就成为她的必然的结局。

当小说叙述者或作者说"田庄死，我们得以生"的时候，其实是在表达认识个人与时代之间的关系的热切愿望。小说叙述者试图从时代和个人的角度理解田庄，并试图把她放在历史与现实的互文关系中加以展现。作为展现的结果，让人感觉到的只是田庄的"中间性格"。这可以说是田庄的第二次死亡——在"去主体化"中第二次死亡。在展现的过程中，作为读者的"我们"，当然也包括作为叙述者和作者的"我们"，也经历了重生——在成功塑造了"70后"的典型性格后，小说提出了对个人与时代之间的关系的观照问题，"我们"在这个问题的提出过程中重生。从这个角度看，小说以"反传记体"的形式，实现的是对史诗的改写。

## 第二辑

# 南方的修辞

# 第三极写作：
# "南方"之于中国文学的意义

虽然很多作家都有明确的南方意识，比如东西和艾伟，但我始终认为他们是在从事一种可以称为"走出南方"的"南方写作"。这似乎是一种悖论，一方面他们在不断地书写着他们眼里的"南方"，另一方面他们笔下的主人公们却不断地试着逃离出去，走向城市，走向西安，走向广州或上海，甚至更远的远方。这样一种矛盾构成了他们写作中的某种宿命，能不能处理好这两者的关系，对他们而言既是诱惑和挑战，同时也可能意味着陷阱和失败。这里的"南方"包含全球化意义上的对"南方"的想象，就像福克纳意义上的"南方"，它是在南与北、东与西、全球性空间与地方性空间的多重交叉中确立位置，其所指向的"南方写作"，在某种程度上构成了以贾平凹和王安忆为代表的现代性写作的两极之外的第三极。也就是说，所谓"走出南方"的"南方写作"，是一种柄谷行人式的"风景"层面的对"南方"的重新发现。

一

对"南方"的发现，首先体现在多重空间交叉重叠下的空间意识的诞生，然后才是"南方"意识的觉醒。在这方面，东西的小说可谓是代表。他的小说中出现两个具有象征意味的空间，一个是广州（《目光愈拉愈长》），一个是西安（《不要问我》）。这样一种多重空间关系，让人浮想联翩。在新时期以来的中国现代化进程中，广州和西安的象征意义不言而喻。在这里，广州所代表或象征的是全球化，是后现代性，与这一空间相对应的，还有上海、北京、深圳等。相较之下，西安则意味着传统和对传统的眷恋及乡愁。如果说深陷于西安的"废都"情结中的贾平凹，代表的是由传统向现代转化的寓言写作，站在"魔都"的东方明珠广播电视塔上远眺的王安忆，代表的是全球化时代怀旧与超前意识的奇怪结合的话，那么东西笔下的"南方"，代表的则是全球化时代现代和传统之外的第三维空间。这一空间，既非传统也非现代；既非正统也非异端；既非中心也非边缘。

这样一种空间意识，决定了这类写作走不出"南方"，因为这样的"南方"本就是一种不确定状态，可以是具体所指。比如，对于东西而言，可能就是桂西北天峨县境内的谷里村（或谷里屯）；对于艾伟来说，可能是永城；而在苏童那里，则可能是枫杨树街；对田耳来说，可能是佴城、朗山或鹭庄；对路内而言，可能是戴城。但这样的"南方"，却是他们笔下的主人公们竭力要逃离却无法逃离的，比如苏童的《黄雀记》中的仙女，艾伟的《越野赛跑》中始终向往的神秘天柱，等等。可以说，他们是通过不断离开"南方"来建构有关"南方"的身份及其"南方"意识的。这样一种在出走和回归之间往复的中间姿态，构成了真正意义上的"南方"立场。它既是一种流动状态，拒绝固定在某一端，又始终指向"南方"或围绕对"南方"的想象展开。

## 二

这也就是说，对"南方"的发现，同时还意味着一种边缘立场和更加开放的姿态。这两者是互为前提和结果的。作为一种边缘立场，它既质疑正统和秩序，也对简单的或道德的批判保持足够的警惕。在艾伟的《小姐们》中，让妓女出现在庄重的葬礼上这一情节设计所表现出来的正是这样一种立场。简单的二元价值判断，在这里是失效的。它也质疑一切正史和宏大叙事，而是尝试从野史中引出正史（艾伟《风和日丽》），或者说以庸常解构神圣（艾伟《爱人同志》）。同时，作为一种边缘立场，它还是一种叙事角度。比如艾伟的《风和日丽》中的主人公，试图以一个革命者的私生子的身份介入革命成功后所建构的秩序中去，结果却发现这一切都不过是虚妄，自己的身份始终未被承认。比如东西的《后悔录》，试图以贯穿主人公一生的不断后悔的矛盾心态来表明对时代主题的质疑，以及背后的个人的渺小与无力感。比如苏童的《河岸》，以生活在船上的主人公的视角，表现出对"河岸"上的现存秩序的冷眼旁观。

这样一种边缘立场，也给小说带来更加开放的姿态和更加透彻的认识。吴玄小说中的妓女形象就是典型。在人物形象的塑造上如此，在主题上亦然。比如《越野赛跑》中神奇的天柱与光明村的对照，既是对以光明村为代表的理性、秩序、黑白分明、狂热的时代主题的自我放逐，也是对天柱这一神秘空间所代表的富于幻想、色彩缤纷和情思斐然的浪漫主题的否定。这部小说告诉我们，我们所生活的世界处于中间状态，既具有多种可能性，亦让我们深陷其中，甚至难以自拔。

## 三

对"南方"的发现，最后还表明某种风格特征和存在方式，它是一种戏谑、反讽和调侃的重叠。在艾伟的《小姐们》中，葬礼上出现妓女是具有很强的戏谑意味的。而东西的《篡改的命》的反讽意味表现在，汪长尺为彻底篡改儿子的农民身份而纵身一跳所表现出的庄重、坚毅和决绝，却在儿子知道自己农民出身的真实身份后的轻描淡写的态度中顷刻坍塌。这正是卡尔维诺在《新千年文学备忘录》中所说的由"重"向"轻"的反转。余华的《兄弟》的反讽和戏谑意味，不仅体现在内容的狂欢化上，更体现在上下两部的叙事风格和容量的对比上。比如东西的《目光愈拉愈长》，被拐卖的马一定被解救回农村后再一次出逃，表现出来的正是对"拐卖与解救"主题的反讽。在某种程度上，戏谑和反讽构成了"南方写作"的核心风格。但这种戏谑和反讽，又不能仅仅理解成后现代式的风格化写作。"南方写作"虽然包含一种带有狂欢意义的反讽和戏谑，但戏谑中有严肃，反讽中有硬度。它们是在秩序和权威之外或之侧，而不是在它们的对立面。就像《河岸》中所显示的那样，船只行驶在河面上，但始终被夹在两岸之间，不论它具有怎样的流动性，也不是两岸的"他者"或者"避难所"。它随时准备进入"岸"的形象所代表的秩序中去，但又不被"岸边"所代表的秩序所同化和塑造，这是一种独有的自由。

因此，表现在存在方式上，对"南方"的发现就只能是自我命名、想象和赋形的构成物。也就是说，"南方写作"始终是一种想象性的存在，需要对它进行想象性的指认，为其赋形。换言之，它是自我命名和他人确认的临时合成物。想象和确认是它的存在方式。这也意味着，一旦想象改道，它的存在形态也就随之发生变化。就本质而言，它具有无限的敞开性和未完成性，但它拒绝本质主义。它反对宏大叙事，反对史诗；它反写成长（是一种"反成长写作"），书写逆向成长的故事；它拒绝价值判断，拒绝定形；它推崇惯性和日常生活性。如此种种，不一而足。

## 四

从这个意义上看，"南方写作"虽然为南方作家所推崇，但它并不是南方作家的专利。因为事实上，"南方"可以是正南、偏南，也可以是江南、西南、东南等。这里的"南方"只是一个象征性的存在，它可以有具体所指，也可以仅仅是一种想象性的存在。"南方写作"是一种想象性的自我确认，只要立意在传统和现代之间、边缘和中心之间，不自我固化，不自我封闭，这样的写作就可以称为"南方写作"。从这个角度看，这样的作家还有很多，比如路内、田耳、朱山坡、叶弥、须一瓜等。

"南方写作"中的"南方"具有异端和边缘之意，但这里的异端不是指被正统所遗弃或流放的"他者"式存在，而是一种自我意识、一种姿态。它是拒绝正统，但又始终是正统中具有活力的那一部分。这就是"南方"和"南方写作"，在某种程度上构成了中国文学现代性的第三极的存在。

# "南方写作"的测绘与勘探
## ——关于"南方"的疏离与亲近之可能性的分析

自近现代以来,中国文学可谓经历了翻天覆地的变化。文学史上的很多文学思潮、文学范畴,都是先在外国出现、流行,而后被翻译到中国,成为文学从业者们有意或无意追求的目标。这中间,大多经历了刘禾所说的"跨语际"交流,其中既有原有意涵的流失,又有本土内涵加进去后的增值。就是说,在经过译者的翻译后,看似具有等值关系的两个范畴之间其实几近南辕北辙。对于"南方文学"或"南方写作",亦应作如是观。换言之,"南方文学"这一概念虽源自异域,但其提出自有中国本土的语境关联,亦有踪迹可循。

## 一

本文无意从词源学的角度追溯"南方文学"自提出到流入本土以来的概念谱系,这种追溯诚然必要,但容易让人陷入概念的沼泽及对其的辨析当中,反而看不出隐藏在其后的"认识论基础"。对于我们来说,只有真正揭示出"南方文学"作为一种现象出现的"认识论基础",才能从概念上把握这一文学现象。就是说,"南方文学"这一概念的提出,并不仅仅是命名革命的产物,它其实关乎"问题总领域"的变迁。

从知识考古学的角度看,"南方文学"这一概念的提出,可以追溯到20世纪70年代末的历史语境。在当时关于朦胧诗的论争中,"南方文学"显现出其诞生前的微光:那场影响深远且持续时间很长的关于朦胧诗的论争,与中国东南一隅的福建密不可分。虽然说对朦胧诗的命名与章明那篇著名的《令人气闷的"朦胧"》不无关系，但关于朦胧诗的论争，其策源地毋宁说是偏于东南的福建。彼时彼地，就舒婷的诗歌创作，《福建文学》及三明地区展开了一系列的实践活动，或编辑诗歌选本，或编辑讨论资料，或组织讨论文章等。只是因为讨论的阵地后来转移到了《文艺报》和《诗刊》，福建作为关于朦胧诗的论争的重镇才渐渐不为人所知。这种现象的出现，究其原因，是当时的语境，地域的差异性并不明显，空间上不存在南北之分，更无所谓的中心与边缘的分野。而之所以空间的"区域化特征"不明显，是因为那是一个文学共识和新时期共识产生的年代，共识之下，文学新变可以在任何一个偏远的地方发起，然后波及全国，形成联动。那是一个彼此呼应、相互联动的时代，不可能也不会有中心和边缘之分，也不会有南北之别，自然也就不会产生"南方文学"，不会出现对"南方文学"的提倡。

由此不难看出，"南方文学"浮出历史地表，有两个重要前提：第一是地域意识的凸显和边缘地域空间的浮现；第二是新时期共识的危机和文学秩序的分化。这样看来，在20世纪80年代，另有两个文化事件有必要提及，一个是1986年第三代诗人的集体出场，另一个是比这一事件稍早的杭州会议及对寻根文学的提倡。这两个事件，在"南方文学"谱系中意义重大。其重大意义体现在以下两个方面。

首先，它们都属于现代主义文学潮流。此前虽然也偶有现代主义的尝试，但往往只是作为技巧（如王蒙的意识流技巧）被提倡的，并没有上升到本体论或思潮的地步，都只是作为现实主义文学的补充。之所以说这两个事件意义重大，是因为在地域意识的凸显中现代主义起到了关键作用。在现实主义主宰文坛的时候，地域虽会被提倡，比如刘绍棠提倡乡土文学，但地域只是作为地方风俗的特质出现的，这时的地域文学带有浓厚的浪漫主义色彩。而风俗在某种程度上又同文化联系在一起。所谓京派文学、京味小说、津味小说（如冯骥才的部分小说），甚至像陆文夫的《美食家》、范小青的《裤裆巷风流记》这样的城市文化小说，都属于文化隐喻，这里的文化仍旧是抽象意义上的，都是作为传统的构成部分出现的。传统此时并没有从内部或细部被有效区分开来。而杭州会议及之后的寻根文学思潮，则开始把文化从传统的抽象性中抽离出来。文化被区分为正统文化和非正统文化,所谓"寻根",大都是寻找作为非正统文化代表的释道传统。在这种逻辑下,边缘地区或偏远山区诸如湘西、葛川江、东北林区、山西苦寒之地等,就成为寻根文学作家热衷的地域文化空间。寻根文学作家为表达他们对正统文化和儒家传统的反抗,边缘或边远就成为其策略。可以说,"南方文学"的出现,正是这一逻辑的延续,没有这种文化和传统的区分,"南方文学"便不可能浮现。这也说明在中国当代,"南方文学"的出现与现代主义的兴起息息相关,看不到这点,便可能会把"南方文学"纳入浪漫主义的脉络中去,而看不到其与浪漫主义之间的本质区别。

其次,这两个事件发生在文学最为重要的两个领域——诗歌和小说领域。这说明两个事件的出现,带有整体上反叛当时的文学格局的象征意义。如果说此前还是现实主义主宰文坛,并与浪漫主义(朦胧诗派在很大程度上可以看成是浪漫主义和现实主义之间的中间状态)构成重要的两翼关系,那么这两个文学事件的出现,则可以看成是对当时文学秩序的一次有意识的反动和拒绝,带有重建文学格局的意义。第三代诗人的登场及其表现,这方面的意图再明显不过。他们都是想通过边缘走向文学的中心。

这里需要特别注意第三代诗人的出场和寻根文学的异同。第三代诗人的出场地是深圳和安徽。为什么会选择深圳?与其身处南方且是中国改革开放的前沿阵地和窗口密不可分。虽然说第三代诗人对北京、上海之外的地域空间有着特别的强调,这从其编选的《中国现代主义诗群大观(1986—1988)》中可以看出来,但这种对地域空间的强调是同"民间性"联系在一起的,他们推崇的是"青年性、前卫性、民间性"[①]。就是说,与其说他们反对的是正统文化,不如说他们反对的是正统所代表的秩序格局。在他们的实践中,地域、边缘是同"民间"关联在一起的。他们是非官方的,是青年占主导的和具有前卫特征的,因而表现出来的是对另一种秩序的建构。它不强调正统与非正统的区分,它凸显的是前卫和保守的分野。简言之,它凸显的是边缘姿态、开放性和多种可能性。而恰恰是在这些方面,同寻根文学分道扬镳。寻根文学作家在某种程度上其实较为保守,他们只

---

① 徐敬亚:《历史将收割一切》(前言一),载徐敬亚等编:《中国现代主义诗群大观(1986—1988)》,同济大学出版社1988年版,第3页。

倾慕某些流派和文学思潮，相反，第三代诗人则具有更大的包容性。

虽然说寻根文学的出现，距离"南方文学"的提倡只有一步之遥，但湖南汨罗（韩少功）和浙江葛川江（李杭育）的出现，却并不意味着"南方"的诞生。同样，当第三代诗人在深圳作为一个群体出场的时候，也并不意味着"南方"的诞生，但深圳作为象征着"民间性"和"前沿性"的空间，孕育着"南方"文学的独有精神。可以说，正是从这一刻起，"南方文学"才真正突破地域限制，上升为既具体又抽象的指称。

## 二

可见，"南方文学"的出现，不仅意在边缘，更意在前沿，而正是从这里，"南方文学"的空间地理学意义才得以凸显——这是一种全球化时代的空间意识。理解了这一点，就可以进入对"南方文学"或"南方写作"这一范畴的考察。身处广西的东西是明确提出"南方写作"的作家，颇有代表性。在一篇类似创作谈的文章中，他曾把自己的写作明确定位为立足"南方"的"走出南方"[①]。所谓的"走出南方"，并非物理意义上的出走，而是表明一种精神状态。在看似矛盾的表述中，可以察觉出"南方写作"的逻辑之所在，即它是在空间位移的动态过程中展开自己的南方叙事的。在这里，"走出南方"只是意味着一种时空意识上的自觉姿态，这样一种姿态，既表现在作者身上，也在他笔下的主人公身上体现出来。他是以一种区别于北方的意识和姿态"走出南方"的，也就是说，他是在立足"南方"的前提下"走出南方"的，"走出"是为了更好地坚守，立足是为了更好地"走出"，其间的辩证关系是理解"南方写作"的关键。而若联系到"南方写作"提出的背景，可以肯定，"南方写作"是全球化时代的产物，没有全球化时代的空间位移，没有北方之外的非南方与非北方的存在，没有全球中心城市和城乡秩序，"走出南方"的结果就只能是落入"北方"的陷阱，是全球化使得"走出南方"真正成为可能。因为在这之前，北方

---

① 东西：《谁看透了我们》，江苏文艺出版社2011年版，第146页。

和南方的区分常常成为中心和边缘的区分的别称,是全球化的"多中心"趋势(产生多个中心,比如北上广深)使得"走出南方"成为与北方无关的空间旅行,这样也就能理解东西小说的主人公何以常常会在广西和广东(主要是广州)之间流动了。这也使得"南方"成为一个相对自足的空间形态,它以非北方和非中心的存在状态显明自己。这样也就能理解一个奇怪的现象了,那就是"南方写作"很少产生真正的怀旧或返乡主题,它始终处于一种立足"南方"的中间状态,它不是无根的,但又不固守自己的根基。

东西提出"南方文学"的口号,当然与福克纳有关,是福克纳的文字使他"坚定了做南方人的信心"①,其中有明确的地域意识,但南方在中国的空间版图中,也是有区域分隔的。比如东西,他笔下的"南方"有故乡"谷里村"的意思。这是被多重时空包裹的南方。这样的多种空间关系中的南方特质,在艾伟的小说中也有所呈现,其《南方》中的江南城市距离广东更近,因此,他笔下的主人公常常在江南和广东之间做着空间上的位移。与之相似的是另一个南方作家田耳,他喜欢在小说中设置一个佴城,与韦城的空间对立,这里的韦城毫无疑问也有广东(东莞)的影子。

从前面的例子中不难看出,"南方文学"的提出,首先是与"地域文学"的出现或者说"地域性"的提出密不可分的。但"地域文学"或"区域文学"的出现并不必然导致"南方文学"的出现。这里有一个从"地方"到"南方"的转变。在这当中,具体空间意义上的江南或南方可能有其重要意义。也就是说,"南方文学"中的"南方"并不是一个具体意义上的空间范畴,而是一个具有抽象意义的范畴,其出现必然经过扬弃的过程,即它是以华南、江南、西南等具体空间意义上的南方为前提的,经过抽象的扬弃而成。换言之,"南方文学"中的"南方"是一个既具体又抽象的范畴。具体指向如下性格气质:"溽热、湿润"②、焦躁、易冲动、好幻想、非理性、

---

① 东西:《谁看透了我们》,江苏文艺出版社2011年版,第146页。
② 陈培浩:《主持人语:"新南方写作"及其可能性》,《韩山师范学院学报》2020年第4期。

"野气横生"[①]、耽于沉思和不切实际等。抽象则意指南方所代表的文学气质,它代表着感性、浪漫、自由、开放、颓废、堕落、非秩序、非传统等。与之相对的"北方文学"中的"北方"抽象而具体,指向传统、理性、秩序、限定、保守、中庸等。这种对立甚至被描述为"南方文化与文学"的"腥臭的现实主义"特征与"北方的或主流文化的纯净雅正特征"的对立[②];其在艾伟的《越野赛跑》中有鲜明的体现。小说通过彼此对立的空间结构——光明村和天柱——的设置以象征两种截然不同的秩序,即理性的、现实的、世俗的、革命的空间与非理性的、浪漫的、神秘的、充满各种可能性的空间的对立。

但因"南方文学"有着其独特的时空意识,并且"南方文学"中的"南方"的既具体又抽象的特性,又无时无刻不处于动态过程中,所以"南方文学"是一种过渡状态,是一种向往全球化但又始终保持距离的中间状态。全球化时代的怀旧写作很难出现在"南方文学"的作家的创作中,其部分原因就在于此。他们有南方作为根基,自然很难产生王安忆式的全球化时代的怀旧,对后者来说,那是身处全球化大都市上海的无根状态的表征。同样,"南方文学"也拒绝传统文化,虽然其对全球化持有一种审视的态度,但这并不促使其向传统靠拢,因此"南方文学"不会出现贾平凹式的"文化颓废"写作。可以说,"南方写作"其实构成了王安忆和贾平凹所代表的现代性症候之外的第三种写作状态:既与传统保持距离,也同全球化保持距离;既保守,又前卫。"既非""也非"和"既""又"的辩证结合,在某种程度上构成了"南方文学"写作的逻辑思维模式和文学表征。

## 三

当今文坛,有所谓的"海派文学""西部文学"和"南方文学"的区分。这些文学现象,应该说都与全球化语境息息相关。全球化形塑着所谓

---

[①] 张燕玲:《近期广西长篇小说:野气横生的南方写作》,《文艺报》2016年3月21日。
[②] 参见王杰等:《文化全球化语境中的中国南方文学——跨学科对话与多视角阐释》,《东方丛刊》1999年第1辑。

的全球化空间和地方性空间的等级秩序；在这种秩序之下，地域写作的意义既被凸显，也被忽略。说其被忽略似乎很好理解，因为全球化的推动力及影响力势不可挡，任何对地域的强调都可能在这种驱动下烟消云散，这从李锐的《太平风物》中可以明显看出。而说其被凸显则是指，任何一味地迎合全球化的无差别性的写作，都将很快消失在无差别的历史趋势中，全球化从其反面凸显出地域性的价值。那些有抱负的作家心里大都清楚一点，要想写出不被湮灭的作品，就必须在地域性上下功夫。这种矛盾状态决定了在当前的文学写作中，地域性往往成为作家的标记和风格。很多作家都有自己的文学"自留地"，比如贾平凹的商州、莫言的高密东北乡、刘震云的大榕树下，等等。

当今文坛，"京派文学"似已很少再被提起。北京作为文化中心的包容性和北京作家构成的复杂性，在某种程度上使得任何指向北京或以北京为背景的文学写作都难以用某个范畴加以囊括。如果说"南方写作"中的"南方"是个既具体又抽象的范畴的话，那么"北方文学"中的"北方"也应作如是观。"北方文学"中的"北方"并不特指某一个地区，北京、河南、河北和西安，或者说华北、东北和西北，都可以成为"北方文学"的策源地。这同样也是一个既具体又抽象的范畴。

如果说"西部文学"中的"西部"是与空旷、粗犷联系在一起，而不特指地域上的西部的话，那么"南方文学"中的"南方"也不能理解为地域性的南方，有关南方的地域写作就不一定是"南方文学"。因此，不能把闽文化、粤文化、桂文化、江南文化等纳入"南方文学"的脉络中去。"南方文学"并不是南方作家的别称，也不是其身份标识，它只是某种文学气质的天然聚合。余华、范小青、陆文夫、鬼子、须一瓜、林那北、黄咏梅、韩东、麦家、北村、路内、陈希我、王威廉、海飞等南方作家，甚至是王安忆、韩少功，他们的作品就不一定能被称为"南方文学"。

对"南方文学"的特质的把握，有必要从与其相对的"北方"和全球化的夹缝状态中加以理解。如果需要给"南方文学"定位的话，那么"南方写作"可以说是一种具有"反全球化"倾向的南方空间的文化自觉。以此观之，余华的小说《兄弟》，虽然也是以南方小镇为中心，但却不能称为"南方文学"，因为小说中的"南方"实在是全球化时代及其进程的隐喻。

表现在时间意识上,"南方文学"淡化时间的进程,时间在其中常常是踪迹模糊的,很难还原出明晰的时间轴线。换言之,时间在其中是以某些若隐若现、断断续续的点或标记存在的,我们能感受到背后的时代背景或情境,却不必过于注重其线索,或过分突出其地位。时间在其中常常只是起着影响人物性格特征的作用,而并不能从根本上决定人物的性格特征,既不决定或促成人物命运的转折,也不构成最终解决命运难题的外部力量。

换言之,时空在"南方文学"中大都是作为一种"外来的内在力量"存在的,它们以类似中介的形式存在。这反映出"南方文学"的一个普遍趋向:在时空模糊的背景中表现人们的命运,这是一种刻意之举,也是一种无奈的选择。"南方文学"作家十分清楚,个人的命运不可能脱离时代的限制。他们笔下的主人公被这种现实的语境塑造或制约,同时也表现出自身的能动性和自主性。这种自主性,正是"南方文学"的主体性的呈现:既反抗又接受,既迎合又保持距离。在某种程度上,这是一种限度意识和自觉意识的结合,是清醒和悲观的表征。当然,也是一种选择和自我放逐的姿态。

这样来看,"南方文学"就别有一种颓废之意。就像东西的《篡改的命》中的汪长尺那样,既决绝又颓废。这样的作品还有格非的《江南三部曲》、叶弥的《风流图卷》、朱山坡的《风暴预警期》、钟求是的《零年代》和田耳的《天体悬浮》等。这是一种南方特有的"溽热"培养出来的颓废,是进取和不进取的结合,这些气质的结合构成了"南方文学"的独特魅力。这也决定了"南方文学"很难出现康德美学意义上的崇高之作,而常常只限于颓废式的优美(这里的崇高和优美之分,无关价值判断)。如果说"北方文学"是洪钟大吕,是正史,直面现实,就像石一枫的《借命而生》、周大新的《湖光山色》和徐则臣的《北上》,那么南方文学则可以说是时代的侧影,躲在自造的"小庙"中顾影自怜,就像《篡改的命》和《零年代》,他们也可以自顾风流,就像《风流图卷》中所显示的那样。这样来看,"南方文学"确实具有一种迥异于"北方文学"的气质与气象。这样一来,我们就可以大致勾勒出"南方文学"作家群的构成谱系。格非、苏童、林白、叶兆言、东西、田耳、艾伟、钟求是、朱山坡、叶弥、光盘、吴玄等人的小说,都可以说是典型的"南方写作"。这些作家的"南方"特质,可以用王德威论述苏童的"南方的堕落"时略显"虚浮"的描述作为佐证："南方的'堕落'是从头就开始的宿命：南方或者是那巫蛊蔽障的原始国度，或是那淫靡虚浮的末世天堂。南方没有历史，因为历史上该发生的一切都归向了北方。偏安在时间的逻辑之外，南方却兀自发展了自己的传奇。但不论传奇多么绚丽动人，也不过是已经过去——死了——的故事，或是与现在及未来无关的虚构。"①

## 四

当东西提出"南方写作"，并以美国南方作家福克纳作为可以参考的对象的时候，他其实十分清楚，"南方"之于"南方文学"，必须是一种似是而非的存在，同时也是必须超越的对象。就是说，必须要以一种既远离又拥抱的姿态打量南方。因此，"南方"注定是一个非本质化的存在，从表面上看，是令作家们魂牵梦绕的情感寄托，但非精神上可以返回的原乡。故乡在他们那里实在是一个颇具吊诡意味的存在，他们永远都在以一种变动的眼光打量故乡或想象中的故乡。这样一种眼光，其实也可以看成是与时代关系的隐喻式表达。他们既对故乡或南方投以审慎的目光，也对北方所代表的主流、秩序和正统保持警惕，这是一种双向的距离感和自觉意识。如此种种，都表明了"南方写作"与其所属的时代之间的特殊关系。

就是说，"南方文学"应该内含一种同其所属的时代展开对话的自觉精神。与众不同只是其表象，在根本上必须提供时代主题或精神下的另一种思考、另一种可能；在根本上必须提供时代潮流下的个人人生的另一种选择、另一种体验。提供不出这许许多多的另一种可能来，"南方文学"便也失去了意义。质言之，边缘在他们那里只是一种姿态，审视是为了更好地返回。从这个角度看，"南方文学"作家从来就不曾远离故乡，更不可能远离时代。福克纳如此，"南方文学"所代表的思潮、倾向似乎也应该如此。

---

① 王德威：《当代小说二十家》，生活·读书·新知三联书店2006年版，第107—108页。

# "走出南方"的"南方写作"

## ——论东西小说的文学地理景观

### 一

对很多作家来说,故乡和亲情是贯穿他们创作生涯的重要母题。"为什么我在伤痛的时候会想起谷里?为什么我在困难时刻'家山北望'?"① 作为一种"情感结构"的表征,谷里村(或谷里屯)常常出现在东西的小说世界中。他的《慢慢成长》《原始坑洞》《一个不劳动的下午》《幻想村庄》等,都是以之为背景和前景展开故事情节的。

在东西的小说中,这是一个极富象征意义并可以从寓言的角度加以解读的文学符号。它既不同于莫言笔下的高密东北乡和贾平凹笔下的商州地区,也迥异于刘震云心心念念的河南新乡大榕树下。对于莫言和贾平凹而言,作为故乡的高密或商州,往往是寄寓想象和情思及其逃避城市的居所;在刘震云那里,大榕树下是中原乃至中华文化的隐喻。前者是作为现代文明的"他者",后者是作为东方文明的代表,相比之下,桂西北的谷里村则要单薄得多,它没有承载太多,但极富症候性。谷里屯既是东西的小说的地理坐标,也是他想要突破的界标。小说中的谷里村或谷里大队,可以从互文的角度,借助散文中描写的谷里屯的形象加以理解。在一篇散文中,作者这样描述谷里屯:

---

① 东西:《谁看透了我们》,江苏文艺出版社2011年版,第83页。

我们老田家的人是从外省迁徙到广西的汉族，已经过来好几代人了。因为是外来户，所以住在高高的山上。山上立着二十多间歪歪斜斜的房子，生活着百来口人，养育着百来头（只）牲畜。我出生的时候这个地方叫谷里生产队，现在叫谷里屯。它坐落在桂西北天峨县境内，方圆五里全是汉人。①

这当然是作者身处现代城市回顾或追溯自己的家乡时的叙述语调，其间的距离感非常明显。身处谷里屯的山民特别是那些识字不多的人们，显然不会有这样的空间感和地理意识。因为毕竟地理意识的产生需要有"他者"的参照和视角的转变。他们身处其中，想象不出目光所不能及的远方的具体样子，眼前所呈现出来的往往只是局部的碎片化的存在。只有当远方变得清晰时，他们才能返身视之，发现以前所不曾看到的谷里。

在前引的那篇散文中，作者接着写道："我在芝麻开花节节高的日子里，曾多次跟随父母到寄爷家去吃满月酒……因而有了许多新奇的发现。首先，我发现这里门前门后全是稻田，一丘连着一丘，一直绵延到河边，简直可以用'一望无际'来形容……这样的景象……足以令一个没见过世面的小孩呼吸急促。我在这里第一次看到电灯，第一次感受到出生地的落后。"② 这一幕使我们想起社会学家曼海姆描述的农村孩子进城时发生的视角转变。"一个农民的儿子，如果一直在他村庄的狭小的范围里长大成人，并在故土度过其整个一生，那么，对于那个村庄的思维方式和言谈方式在他看来便是天经地义的。但对一个迁居到城市而且逐渐适应了城市生活的乡村少年来说，乡村的生活和思维方式对于他来说便不再是理所当然的事情了。他已经与那种方式有了距离，而且此时也许能有意识地区分乡村的和都市的思想和观念方式。"③ 所不同的是，对于作者/叙述者而言，完成这一视角转变的"他者"不是城市，而是谷里之外的平地。

---

① 东西：《谁看透了我们》，江苏文艺出版社2011年版，第84页。
② 东西：《谁看透了我们》，江苏文艺出版社2011年版，第85页。
③ 〔德〕卡尔·曼海姆：《意识形态与乌托邦》，商务印书馆2000年版，第286—287页。

可以说，正是因为有了壮族"异质文化"的参照，东西眼中的谷里才会显示出如此强烈的地理意识和空间感：谷里虽是汉族栖息地，但其实相当落后；生活在那里的人虽全是汉族，但与周边的壮族相比，却是真正的少数族群；它位于高山上，被壮族人聚居的平地所包围；而相对于整个广西，壮族人聚居的那片平地事实上又显得相对落后。如此种种，都使得谷里处于一种独特的位置，而就地理空间的分布和社会学视角的转变而言，作者 / 叙述者或主人公要想走出谷里，往往得经历这样两个过程，一是走向平地，一是走向城市。这两个过程既是从乡土文化走向城市文化，也是从汉族文化走向文化融合圈。而事实上，两个过程往往互有重叠，难分轩轾，这也使得东西的小说的文化地理内涵别具象征。

## 二

在一篇类似创作谈的文章中，作家东西曾把他的写作明确定位为"走出南方"。在这里，所谓的"走出南方"并非物理意义上的出走，而是表明一种精神状态。福克纳的文字使他"坚定了做南方人的信心"，他想通过一种有关南方的叙事来"走出南方"。[①] 这种看似复杂的表述，传达出如下意愿：通过对南方的叙事达到对南方的更高层次的扬弃，这显然是一种精神辩证运动的表达。

东西小说中的故事发生的背景大都在南方，特别是广西。中篇小说《不要问我》是其中最有代表性的一篇。这篇小说讲述的是一个叫卫国的大学副教授，因酒后失德被迫逃离陕西西安而南下广西北海的故事。小说中广西北海虽然只是作为故事发生的背景甚至符号而存在的，但因为寄寓了有关"他者"的想象而别具象征意义。如若联系到主人公原来工作的城市西安，这一空间——北海——的异质性特征就更加明显。他想切断自己的过去，让人们忘记自己的身份，故而来到一个无人能识的陌生的城市。如果说西安在小说中被赋予了文化秩序的话，那么北海显然就是一个"他者"

---

① 参见东西：《谁看透了我们》，江苏文艺出版社2011年版，第146—147页。

式的空间。从这点来看，在南下的火车上，主人公的所有证件及现金连同箱子一起失踪，恰好是主人公潜在意愿的实现。南方的充沛阳光和无垠大海，以及身处中心（文化中心、政治中心等）之外的浪漫想象和自由愿景，都使得卫国在这样一个呼吸畅通的都市能以"赤裸之生命"（没有任何身份，而只通过纯粹的身体呈现自身）来拥抱现实，但事实上，即使逃到天涯海角，社会也并不接纳一个没有身份的人。人必须有身份才能安身立命。虽然这篇小说可以从名实之间的永恒矛盾的角度加以解读，或者不妨从寓言的角度去理解，但故事的发生地——北海——仍旧是不可忽视的因素。小说提醒我们，任何赋予地域独特性的努力，在现代文明的冲击下已经变得不再可能，城市空间的差异及地域的南北划分并不重要。任何一个地域，在面对和回答现代文明提出的命题时，其困境和出路都是一样的。从这个角度看，广西北海同陕西西安并无多大差别。卫国的最终遭遇说明了这点。这样来看，短篇小说《商品》和《好像要出事了》中的空间旅行——前者是湖南麻阳和桂西北间的旅行，后者是从南宁到河池的出差——就空间的规定性而言，并没有什么不同。它们的意义在于为故事的上演和人物的出场提供舞台。东西的小说有如一场场"等待戈多"式的舞台剧，变换的常常只是布景。

即便如此，东西还是在努力思考地域的独特意义，这一努力在中篇小说《没有语言的生活》中有集中的体现；只不过这一地域已不再是现代都市，而是深山，是高地。如果说现代都市在东西这里并不具备个体和独特的意义的话，那么山村特别是山区则有另一重意义了。小说中的聋人、哑巴和盲人可以从隐喻的角度加以理解[①]。虽然说现实世界可以通过语言互相理解，但这个世界越来越充满欺骗、狡诈和不信任。这个由聋人、哑巴和盲人组成的"没有语言"的世界，虽然彼此不易沟通，但这个世界并不缺乏"倾诉和聆听"，他们通过合作最终能完成交流和沟通。而他们最终从村庄聚居地迁往河对岸的行动，也正表明这是两个彼此隔绝的世界。在这篇小说中，虽然山区的背景不具备独特的意义——故事的发生地可以是

---

① 参见东西：《谁看透了我们》，江苏文艺出版社2011年版，第16页。

城市，也可以是乡村——但只有山区才能为他们三人远离人群聚居地提供可能。既然城市使人走向死亡，那么山区实际上就成为寄寓人性的最后的退守之地。

## 三

要想真正理解东西小说中的谷里村，就必须将其放在城／乡、南／北、边缘／中心的格局与框架中。虽然说作者在多篇文章中强调故乡之于他的意义，但他并不像贾平凹、莫言或张炜。他的小说中并不存在一个离乡和返乡的结构。而对于后者，这一结构却是贯穿他们创作始终的"情结"，他们的创作在某种程度上正是这一"情结"的表征。即使是表现城市生活的小说，乡村或故乡也是贯穿始终的若隐若现的"他者"。就贾平凹而言，商州地区不仅是其小说创作的核心区域，故事展开的背景几乎不离于此。而在《商州》这样的小说中，他还集中思考了社会急遽变动的时代城／乡、传统／现代之间的复杂关系及其发生的深刻变化。

对于东西而言，城乡之间则似乎缺少必要的关联，也几无这样的紧张关系。其小说中的城市和乡村都还只是在抽象的意义上显示出它们的差异，并不具有独特的意义。换言之，城市和乡村只是故事展开的背景，并不介入叙事机理和脉络。而事实上，在东西的小说中，故事发生的背景或前景往往只是一副面孔——作家东西的标识。这样来看，他的小说很少从城乡流动或互动的角度来展开，它们即使被并置一处，往往也只是割裂开来的空间。其中最为典型的莫过于《我们的父亲》和《保佑》。在前者中，"我们"的父亲从故乡来到城里和县城——县城在中国当代的语境中常被作为城市看待——又因种种原因先后从"我们"兄妹几个的家中离去，最后倒毙街头。在小说中，"父亲"作为冷漠的现代城市文明的牺牲者出现，而其乡土身份似乎并不重要；至于父亲为什么要离乡进城，则只是作为前景出现，与小说主旨无关。在后者中，城市只是乡民李遇遗弃傻儿子李南瓜的"他者"。城乡之间虽有交叉，却并没有构成彼此对立的紧张关系。

虽然说城乡在东西的小说中并没有构成某种紧密的联系，但它们却在全球化的语境下又不可避免地纠缠在一起。《目光愈拉愈长》从这个角度——全球化角度——思考了城乡之间的错综关系。在这篇小说中，城市既充满诱惑也满是陷阱，两者纠缠在一起。农村小孩马一定被外出打工的姑姑拐卖到广州，这看似是悲剧，但又不尽如此。小说中马一定两次离开家乡的场景极富象征意义。相比第一次的十分不愿，第二次则是自动逃离。这种反差终究源于落后贫瘠的乡村同大都市间的巨大反差。对于生活在封闭环境中的农村小孩来说，当要去陌生的都市时，心里的恐惧可想而知，可一旦来到新奇的都市空间，视野突然开阔后，即使是被拐卖，也并不愿再回到农村，其被解救回家后的再次出走就说明了这点。

在这篇小说中出现的"广州"，其实大有深意。在这篇小说中，"广州"显然是同邻省广西的城市（如小说中出现的"柳州"）对立的，这种对立表明"广州"异于"柳州"等地方。而若联系到马红英（马一定的姑姑）的打工地——广州——便可明白这种空间差异的全球化表征。在这篇文本中，"广州"之于"柳州"，正如"全球性都市"之于"地方性都市"。虽然我们不能确定马一定最后是走向地方性都市还是全球性都市，但这无论如何并不是一个可有可无的命题。这似乎是一个预言，在某种程度上，也预示了在"走出南方"的过程中会遇到不可避免的困惑。

事实上，不仅城乡之间的差别很少被显现出来，民族间的殊异在东西的小说中也被有意无意地遮蔽。作者曾坦言壮族文化对他的重大影响，但这一影响很少得见于其小说，至少表面上我们看不到其小说中的民（族）俗民（族）风，更遑论民族差异。在东西的小说中，主人公的出身大都模糊不清，他们如一个个符号或面具，我们既不清楚其籍贯，也不知道他们的民族。作者的这种有意淡化出身和虚化背景的做法，说明了什么？而事实上，作者并非没有明确的"民族意识"："在我内心充满恐惧的发育期……使我有幸地接触到了壮族文化。这个民族的文化有情有趣，大胆开放，它让我在禁欲的时代看到了人性，在贫困的日子体会富裕，在无趣的年头感受快乐，而更为重要的是我在与壮族人的交往和对比中，发现了真正的人，看到了天地间无拘无束的自由。"[1] 东西的小说不涉民族，并不表

---

[1] 东西：《谁看透了我们》，江苏文艺出版社2011年版，第87页。

明在他的小说中看不到民族,而只说明,民族差异在他这里是以相反的姿态存在的。

壮族文化是作为秩序和理性之外的"异质"和冲击而存在的,这恰恰与西方的人性话语有重叠,故而东西的"走出南方"并不意味着走向西方,而是有同西方对接融合之意。弱化甚至遮蔽民族话语,正是他"走出南方"所必需的。

## 四

东西非常清楚,地域之于地域的规定性,在于其有明确的界限,不管这个界限所划何处。而对于"人性"之类的问题,则似乎并不如此。在东西的写作中,沈从文和福克纳是常被提到的两位作家,"他们都不是用南方的风景去打动读者。拨开他们像荒草一样的文字,你会看到一种被称为人性的东西慢慢地浮出来,抓住我们的心灵,使北方和南方一起感动"[①]。在这段表述中,有两点值得注意。第一,是东西的创作中"人性"的内涵、理论资源及其构成。福克纳是一位现代主义作家,而沈从文却常常被视为浪漫主义作家,作者把他们并列,虽有点不伦不类,但也表明了他眼中"人性"内涵的丰富性。第二,是文化地理的隐喻。在这里,"北方"同"南方"一样,都是隐喻式的表达。北方不仅可以理解成中国的北方,也可以理解成世界的北方,故而东西所谓的"走出南方",其实就有了从边缘走向中心,以及走向世界、融入世界的双重含义。至于如何走出,以及凭借什么,显然得依靠"人性话语"了:"人性"不仅能抓住中国人的心灵,也能抓住西方人的内心。

虽然说"人性"是东西写作的核心命题,但只有明白了"人性"所针对的对象或批判的对象,我们才能对"何为人性"有清楚的认识。在沈从文那里,"人性话语"是抵御现代文明的最后的避难所。正如王德威所言:"如果现代社会为他(指沈从文——引注)所批判,那也是在与传统社会

---

① 东西:《谁看透了我们》,江苏文艺出版社2011年版,第147页。

的参差对照下进行。"① 沈从文的小说中常常存在一种城乡对立的结构，这一结构同现代文明的反人性与边城乡土的人性的对立结构相对应。在这里，乡土社会几乎可以等同于传统社会，故而传统社会的美好的一面被小说家凸显，乡土的独异性成了对抗现代文明的他者。在这一逻辑框架下，沈从文的小说世界充满了对湘西民俗民风及苗族风情的表现。相比之下，东西小说中的"人性话语"则明显不同。这种复杂性在《后悔录》中有集中的呈现。小说的前半部分，也就是曾广贤出狱之前，讲的是"文革"及以前的事；后半部分，即出狱后，讲述的是"文革"结束后的事。虽然说叙述者即曾广贤终其一生都处在后悔当中，但他的前半生与后半生的后悔指向并不相同。如果说前半生的后悔与当时的荒谬语境息息相关，那么后半生的后悔则指向现实社会的乖违和悖谬。这篇小说虽然可以从"荒诞"的角度加以解读②，但"荒诞"的内涵在小说的前后部分却不尽相同。主人公曾广贤的前半生恰逢"日常生活政治化"的"革命"年代，日常生活中的一切包括欲望皆被改写，并以"纯洁化"和"审美化"的方式呈现出来。曾广贤和他的母亲都是被这种话语塑造的人，他们不仅因此改写了自己的欲望话语，也以此观度他人，其后的一系列荒谬事情也因此发生。但事实上，这种话语往往只能表现在理论层面，它与正常的欲望或渴望构成矛盾。曾广贤和他的母亲皆非纯粹的人，因而就有了主人公母亲的死亡和主人公因强奸入狱等一系列让人悔恨之事。可见，后悔正是"人性话语"扭曲变形之后的产物，小说以一系列略显夸张的情节彰显人性合理的一面。小说的后半部分，写的是"文革"结束后社会急遽变动的年代，主导社会的"知识型"随之发生改变。而此时，曾被监狱生活彻底改变的曾广贤还操持着原先的话语形式，他与变动社会的错位由此而生，新的后悔形式亦随之而来。如果说小说的前半部分的荒诞源于一种荒诞的现实处境对人的深刻影响的话，那么后半部分的荒诞则源于现实本身的荒诞不经导致

---

① 王德威：《写实主义小说的虚构：茅盾，老舍，沈从文》，复旦大学出版社 2011 年版，第 225 页。

② 参见陈晓明：《身体穿过历史的荒诞现场——评东西的长篇〈后悔录〉》，《南方文坛》2005 年第 4 期。

的人与人之间的隔阂。精神上仍停留在"文革"时期的曾广贤自然要被时代所淘汰。

《后悔录》在东西的小说创作中很有代表性。他的小说背景大都限定在小说所展现的两个时代上；从这个角度看，其小说中的"人性话语"也就呈现出两种面目。以此观之，东西小说中的"人性"就非一般意义上的人道主义或人文主义可比。它是一种夹杂着人道主义的存在主义意义上的"人性话语"，他的小说因而兼具现实主义和现代主义①。

## 五

虽然说作者坚定地要做一个"南方人"，但其实"南方"于他就像人性一样，并非一个本质化的范畴，也非福克纳意义上的"约克纳帕塔法县"。"南方"在东西笔下，首先是故乡谷里屯，其次是谷里屯周边的壮族聚居的平地，然后才是广西乃至中国南方，甚至是全球化背景下的南方。可见，"南方"并非简单的空间地理范畴，而是一个政治文化地理范畴。也正是因为"南方"的抽象特征，所以它不涉及穷乡僻壤，不事奇观，因而很难从民族寓言的角度加以解读。

也正是因为"南方"的非确定性，东西的小说虽然具有"南方写作"的特征，但南方的特征并不明显。这一"南方写作"显然与沈从文的"南方写作"不同。虽然作者常把沈从文挂在嘴边，并把他视为自己的同乡②，但他的小说却很少涉及地方民俗，也无意去表现民间或民族两重意义上的民风。他本人是汉族，又生活在少数民族聚居的（主要是壮族）地区，这些恰恰是他的同乡沈从文所热衷的。在他的小说中，多次出现谷里村，但谷里村只是一个符号或标记。虽然他的小说常常以南方作为背景，但南方并不具有规定性的意义。而事实上，东西的小说大都背景模糊，其故事展开的空间并不具有特别的意义，既可以是广西，也可以是广东或者河北。正如短篇小说《你不知道她有多美》一样，以发生在唐山的大地

---

① 各种现代主义也曾被视为浪漫主义的一种变体，这里取浪漫主义的广义之说。
② 参见东西：《谁看透了我们》，江苏文艺出版社2011年版，第175—177页。

震作为背景，只是为了表现爱情的力量。空间往往只是为了满足情节发展的需要。在这个意义上，短篇小说《过了今年再说》中的主人公跪平面对中国地图和火车时刻表时的茫然就别具象征意义：

> 售票室里人头浮动，五颜六色的背包挂在不同的肩膀上。方便面的气味混合着青草的苦涩。看来这才是味道十足的春天，人们都从屋子里走出来，去比较遥远的地方。跪平想我去哪里呢？他站在火车时刻表前，不知道自己要去哪里。北京？上海？广州？西藏？桂林？

在这一大串城市中，对于跪平而言，去哪里和为什么要去似乎都已无关紧要，重要的是必须"从屋子里走出来"，走向另一个空间。它们被并置一处，从象征的角度看，正表明它们之间的区别的消弭。这时，再来看置身其中的桂林就能明白，在全球化时代，"南方"又何须走出？立足某一基点，扎下根来，即意味着身处世界的中心。东西的这种不涉民俗民风和奇观的"南方写作"，实际上已经融入了全球化写作的大潮。从这个意义上看，发生在谷里村的故事，也就是发生在我们身边的故事；同样，发生在千里之外的事情，也就是发生在谷里村的事情。以此观之，《伊拉克的炮弹》中的谷里村村民王长跑也就不再仅仅是王长跑。因为电视的出现，中国南方的一个偏僻的村庄（谷里村）同万千里之外的伊拉克战争发生了联系。这是表层。体现在深层次上，是伊拉克居民的生死安危牵系着中国村民的内心。这既可以视为人性之光的闪耀，又何尝不是全球化时代"地球村"的最好隐喻呢？这篇小说通过夸张的故事情节，表现出来的正是这种时代历史的伟力和威力。也是从这里，可以看出东西的那种"走出南方"的"南方写作"的方向：小说的故事背景在南方，但指向的主题却是在南方之外。他的小说背景很具体，情节很离奇，主旨却往往抽象、深刻而有超越性。从这个意义上说，想象、惊奇和叙述上的逻辑推动力正是作者通向"人性"之岸的"涉渡之舟"。他的小说往往以夸张甚至荒诞的故事情节来表现主题，这使得他的小说中的地理空间具有漫画化的特征。

或许，正因为东西小说中的地理的不确定性，他的"南方写作"才具有了幻想的镜像风格。他的短篇小说《幻想村庄》即其最好的隐喻表达。"父亲在我写小说的这个季节朝我直面走来。"小说的开头如此写道。这不禁让人疑惑：究竟是父亲和村庄活在"我"的小说中，还是"我"的小说活在对父亲和村庄的想象中？或许，正如父亲不懂得品酒却始终要为早已离自己而去的桃子酿酒一样，这注定是三位一体的。一旦幻想这条贯穿其中的线崩断，"酒死了桃子便死了，父亲也就死了"。东西的"南方写作"正如永无止息的"酿酒"过程，至于其中的"南方"是实是虚并不重要，重要的是通过文学写作这一实践自能创造出一个"镜中之城"，身在其中，自然能获得一种自我镜像中的圆满。

# 论艾伟的《南方》及其"南方写作"

自《盛夏》和《整个宇宙在和我说话》出版以来，艾伟以年均一部长篇小说的速度出场，《南方》是他于2014年完成的长篇力作。这部作品仍是以作者所熟悉并热衷于营构的永城西门街作为背景，但与他的前几部长篇小说又不太一样。如果说此前的长篇小说讲述的是永城、上海和北京的"三城记"的话，那么这部小说则以永城和广州作为故事发生的主要时空背景。这一时空关系的转化，使得这一作品构成真正意义上的"南方写作"，因而其在某种程度上也成为有关"南方"的隐喻。

一

小说中肖长春的形象让人想起浩然的《艳阳天》中的同名人物萧长春。两个人物的类型特征何其相似，都是为革命不顾一切、公而忘私，结局也很相似：一个是儿子被害（《艳阳天》），一个是家破人亡——妻子变疯，儿媳被杀（《南方》）。对于肖长春而言，这一切皆源于他的不近人情，他亲手将作为杀人犯的儿子送上法场，妻子深受刺激，儿媳罗忆苦也因此堕落。虽然没有过多证据表明，此肖长春是对彼萧长春的重复，但作者重写和反思历史的冲动却很明显。艾伟曾坦言："人是被时代劫持的"，"人必须和所处的时代发生各种各样的关系，这种关系越紧密，人就会越具体越复杂"。① 他的写作因而带有某种政治隐喻的倾向。

但这并不能表明其新历史写作的倾向。艾伟无意于简单的反讽或寓言

---

① 艾伟：《身心之毒 艾伟随笔文论》，浙江文艺出版社2011年版，第176页。

化的处理方式。他曾多次提到"关系"一说，表明他想写出政治话语下人与政治之间的关系的复杂之处。他曾明确把他的小说视为一种"关系"写作，"直到 1994 年，我的小说词典中出现了一个词：关系……我发现人性的秘密都隐藏在关系之中"①。"'关系'是小说成立的基本常识。因为人不是孤立的，是处在关系之中的。……人处在各种力学关系中，这种力学的相互作用才决定他具体的表演"②。显然，"关系"之说表明，在艾伟的小说中，政治不仅仅表现为压迫性的力量，它更是及物的、能动的、增值的，具有生产性的特点，艾伟的政治话语在某种程度上其实就是福柯所说的"微观权力"。"现代权力是一种'关系性'权力，它'在无数的点上被运用'，具有高度不确定的品格……根本不存在可供争夺的权力源泉或中心，任何主体也不可能占有它；权力纯粹是一种结构性活动，对它来说，主体只不过是无名的导管或副产品"。道格拉斯·凯尔纳和斯蒂文·贝斯特在谈到福柯的权力概念时如是说。这样来看就会发现，艾伟小说中的政治话语显示出来的就是这样一种生产性特征，它一方面显示出权力主体的无名性特征，另一方面也极大地发挥了权力的想象力。这在艾伟的《越野赛跑》中尤为明显。而事实上，《越野赛跑》在艾伟的小说创作中是一个节点。在《风和日丽》和《爱人同志》中，权力或政治在某种程度上是单向度的，它是个人之外的异己性的压迫性力量，是与个人分离的；而在《越野赛跑》中，权力则与个人合而为一了。权力具有个人性的特点，它既体现为一种秩序和约束，也表现出一种能动性。用作者的话说，是政治给人以想象的空间，进而塑造人们的审美和想象力的，"尚武的风气改造了我们的审美，那时我们认为世上最美的事物就是武器。……军服成了世上最美的服饰"③。

可见，在艾伟的小说中，政治并不仅仅是外在的、异己的力量，它还是一种内部的形塑力。它能塑造一个人的性格，并以此规定人的行为。显然，肖长春就是这样的人物。在他身上，很难说哪些是政治行为，哪些是

---

① 艾伟：《身心之毒》，浙江文艺出版社 2011 年版，第 118 页。
② 艾伟：《身心之毒》，浙江文艺出版社 2011 年版，第 175 页。
③ 艾伟：《身心之毒》，浙江文艺出版社 2011 年版，第 3 页。

个人行为，对他而言，政治已经成为他的内在构成部分，难分彼此。他不近情理，但并非没有亲情或情感的显露，只是他必须掩盖自己的情感，一辈子绷着脸，以至于想笑都挤不出一点笑容。虽然在他身上可以看出政治对人的异化的一面，但仅仅据此是不能有效阐释的。因为他掩盖自己的情感的行为是自然且自觉的，并不是有意识的行为。这样一种自觉性，在他退休后仍复如此。

虽然说政治是艾伟的小说的切入口，但他并不想写政治与个人之间的契合，而想写个人与政治的背离。《风和日丽》和《爱人同志》明显地表现出了这点。这种背离是通过转折加以表现的。而事实上，可以说转折点是艾伟小说的关键词。他喜欢从转折点入手，以此表现两个时代、两种命运和两种心态的对照及背道而驰。也就是说，他往往是通过转折点来表现政治话语及时代精神的演变、个人命运的变迁。对艾伟笔下的主人公们而言，男女主人公的悲剧在于，他们一旦被政治塑造便很难改变，一旦时代更易，他们被抛弃的命运就不可避免。他的小说有力地表现出了政治话语对人的命运的深刻影响。《爱人同志》中的男女主人公（刘亚军、张小影）、《越野赛跑》中的常华、《南方》中的肖长春等都是如此。不难看出，艾伟的长篇小说普遍存在一种前后反转的对话结构，小说的后半部分在某种程度上构成对前半部分的反拨、反诘甚至反讽。他的小说从对政治话语的表现入手，最后成为对政治话语的反思。从这个角度看，他的小说写作其实是一种"去政治化"的写作。

就20世纪80年代以来的文学实践来看，"去政治化"是一个普遍的写作倾向，但对很多作家来说，他们这一"去"的姿态，是通过"文化化"来完成的。刘心武的《钟鼓楼》、陆文夫的《美食家》、范小青的《裤裆巷风流记》，乃至贾平凹的《废都》和王安忆的《长恨歌》等皆是如此。对这些小说而言，"文化化"的过程其实也是地域特色得以凸显的过程，以文化塑城成为这些作家构筑城市景观的重要手段，北京、苏州、西安和上海逐渐显现出它们的独特风貌。艾伟也想塑造出独特的"永城"景观，但他的小说显然不避政治话语。如若置于"去政治化"的语境下，他的小说其实有一种明显的"再度政治化"的倾向。但政治化于他并不是目的，相反，它常常只是一种视角或方法，他想通过个人对政治的热情及随之而来的疏离或被疏离，达到对人的丰富性的想象性呈现。可见，在艾伟那里，政治化是"去政治化"的前提，他是通过政治化来达到"去政治化"的写作目的的。因此可以说，在艾伟的小说中，个人与政治是彼此耦合又相互分离的。正是在这种对政治的疏离的过程中，南方逐渐显示出其地域的倾向性来，南方正好为这种疏离提供了表现的空间。永城江边的堤坝、水塔、轮船、江上的女尸、传说、越剧（或绍剧），等等，都是常常出现在他的小说中的意象。这些意象的出现，似乎意味着南方是一个浪漫的、忧郁的而又充满情欲的地方，与北京所体现出来的那种理性、狂热和秩序迥然有别。

## 二

"南方写作"在中国当代文坛一直存在，苏童和东西都是这方面的有意识的实践者。但到底何为"南方"，以及"南方"之为"南方"的规定性特征，却是写作者们始终语焉不详的。苏童笔下的南方是江南，东西笔下的南方是西南。"南方"之于他们，实际上都是偏南的地方，而非真正意义上的正南的地方。从这个角度看，艾伟的"南方写作"也并非真正意义上的"正南写作"。或许恰恰正是这一偏南的方位，决定了他们小说中的"南方"只是一个隐喻："南方"对于他们往往只是一种视角或者说一种方法，他们并非要写出有关南方的真实景观，这只是指向南方的隐喻。

就东西的小说创作实践而言，他的"南方写作"大体上经历了一个从"走出南方"到"回到南方"的过程①。这看似反复或重复，但其实蕴含的意义却是截然不同的。如果说在他最开始的"走出南方"的冲动背后，体现的是想融入北方所代表的文学秩序和中心的话，那么当他立意回到南方时，所体现出来的则是南方意识的自觉。从这个角度看，东西的小说创作代表了"南方写作"的基本趋势。对于"南方写作"而言，关键的问题

---

① 参见徐勇：《"走出南方"的南方写作——论东西小说的文学地理景观》，《广西民族大学学报》（哲学社会科学版）2014年第2期。

是"发现南方",但这一发现却不是以异己的视角观察所得,不是"自我他者化"的疏离。"发现南方"是以"走出南方"作为前提的,而后才有可能;没有出走,何来发现?从这个意义上讲,"南方写作"的诞生必须先经历一个"走出南方"的过程。

就此而言,艾伟的写作也经历了这一过程,其《风和日丽》《爱人同志》都属于这一脉络。特别是在《风和日丽》中,作者试图以一个革命者的私生子的身份介入革命成功后所建构的秩序之中,结果却发现这一切不过是虚妄,其身份始终未被承认。从这个角度看,小说讲述的就是努力靠近正统和秩序而始终不得的故事。就此而论,在小说中,边缘与中心在某种程度上同永城与北京之间形成一种同构关系。秩序强大而坚固是这部小说提供给读者的强烈感受,或者也正是因此作者才意识到,仅仅有进入中心、状写时代主题的意愿其实是远远不够的,艾伟看到了这其中的虚妄之处,并努力写了出来。这就是《风和日丽》和《爱人同志》。他的这两部小说表现出一种对宏大叙述的强烈热情,但他又始终对其若即若离。这一若即若离对于艾伟而言是双重的:首先是主人公想融入时代精神,却又感到个人的微不足道与无可奈何;其次是作者/叙述者有着清醒的自我意识,想在"一切坚固的东西都烟消云散"的时代坚守"坚固的东西",无意于缘木求鱼,是不切实际的。《爱人同志》表现出来的正是这样的悖论。从这两部小说可以看出,他是通过对进入秩序的叙述完成对秩序的疏离和背叛的,就这点而论,艾伟的小说其实是以"走出南方"的姿态完成"回到南方"的预演的。"走出南方"的写作实践使艾伟意识到,这一切都是以自我和自我意识的失去作为前提的,而要想找到并复活自我,就必须放弃这一姿态,必须始终保持一种距离。

于是,就有了《越野赛跑》和《整个宇宙在和我说话》。这两部长篇小说是可以从互文的角度加以解读的。艾伟深知,在现代性逻辑覆盖下的现代社会,想要真正远离时代社会其实是不可能的。他的很多小说都有特定的时代社会背景。但他又不想进入这些所谓的宏大叙述中去,《越野赛跑》和《整个宇宙在和我说话》显示的正是在宏大叙述的背景下对另类叙述的尝试。前者是通过一个神奇的天柱与光明村的对照,完成了对时代主题的自我放逐。如果说光明村是理性、秩序、黑白分明、狂热的象征的话,那么天柱则是富于浪漫和幻想、色彩缤纷、神秘、情思斐然的空间。对艾伟而言，这一空间的存在，在某种程度上可以看成是对理性的政治时空之外的浪漫的南方的想象。后者则试图呈现出革命之门关上后另一世界的景象，用小说中喻军的话说就是，"这世界一扇门关上，另一扇门就会打开"。这一切在小说中是通过一个若即若离的青少年的视角观察而成的。青少年那充满好奇、探知的眼光，赋予了这一世界多种可能性。在这两部小说中，艾伟尝试以一种复活神话的思维的方式开启一种想象的敞开的时空。对艾伟而言，只有神话才能给理性而狂乱的现代性逻辑注入更多想象的空间。湿热的南方提供了这种可能。

## 三

事实上，"发现南方"还是一种时空意识的自觉。换言之，南方必须在某种时空关系的参照下才能彰显其独特性。《风和日丽》中的故事发生在永城和北京，以及除此之外的四川广安和上海。在这样的空间关系中，北京作为中心就像太阳一样，永城、广安甚至上海都只是作为环绕的行星而存在的。可以说，在这样的时空背景下，是没有所谓的南方的，有的话也只是作为北方（北京）的"他者"。北京在这里其实代表的是政治话语、时代精神和主题，其常常作为贯穿艾伟小说的主线若隐若现地存在。艾伟深知，这往往只是第一步，对南方的发现只有在与之保持疏离的情况下才能实现。

在艾伟的小说中，有关上海的想象及其在多重时空关系中的位置值得玩味。在《风和日丽》中，主人公杨小翼的外公一家都在上海，但她总是回避同上海的关系：她并不愿到上海探亲。她孜孜以求的是到北京去。显然，上海在某种程度上代表着她的过去——资本家的出身背景——而北京则意味着未来，在这样一种时空关系中，她当然要孜孜以求地到北京去了。在艾伟的另一篇小说《去上海》中，上海同样值得玩味。在这部小说中，上海成了永城之外的想象世界，而在这之前，对永城之外的世界的想象是由北京提供的。但反讽的是，上海并不能给主人公和马六甲以慰藉。《风和日丽》结尾那响彻轮船的义正词严的广播，其实是在宣告：上海在小说中仍旧只能以北京所具有的革命现代性逻辑来表现自己。但这一情况在"文革"结束以后发生了逆转，"文革"结束后，上海作为她的过去，恢复了其应有的承载某种回忆的价值。这只是表面的原因，深层的原因还在于，随着革命现代性让位于资产阶级现代性，上海的地位越来越彰显出来，上海获得了相比北京而言更为开放和包容的空间象征。这在20世纪80年代的很多城市电影中都有所表现，最典型的莫过于电影《街上流行红裙子》。我们也要看到，上海虽然在某种程度上同北京相比获得了平等性，但同更为偏南的广东相比，似乎又显得落伍和保守。对于永城这样一个临近上海的城市，仅仅靠同上海的相关想象是无法写出其独特性来的。这一南方城市虽然可能充满浪漫的想象，但并不具有真正独特的南方气质。这一独特的南方气质的获得，必须在更为开放的广州、深圳这样的城市的映衬下才有可能。

对于这点，苏童其实也明显意识到了。这在他的《黄雀记》中有明显的表征，小说中仙女往返于香椿树街和深圳之间，即带有在更为开放的南方城市的映衬下表现南方的独特景观的意味。相对于秩序井然的北方，香椿树街无疑是一个充满浪漫情思和神话色彩的地方，但相对于更为开放的广东，它又稍显落后和保守，正是这样一种杂糅性，构成了《黄雀记》中南方的独特内涵和气质。这在艾伟的《南方》中有类似的呈现。小说中罗忆苦和夏小恽在广州和永城之间的空间旅行就带有这种性质。但艾伟又不同于苏童。在苏童的小说中，政治情结并不强烈，艾伟的小说则恰恰相反。

因此，对艾伟而言，对南方的发现还意味着对革命的现代性时空观的打破。在革命的现代性逻辑下，空间是有等级关系的。北京是革命的中心，其余的空间则往往只是环绕在其周边。这是一种中心和边缘的辐射关系。这样一种中心和边缘的关系，也是一种时间关系。北京既是革命的中心，也代表着未来，相比之下，永城则意味着当下和现在。除此之外，对于杨小翼（《风和日丽》）来说，上海则意味着过去。可以说，正是这样一种革命的现代性时空观，在某种程度上决定了小说的情节结构及叙事动力。

永城往往只是作为过程和过渡出现的，而上海是作为被否定和遮蔽的空间得以表现的。但这一逻辑关系随着改革开放的到来而被打破，永城作为中间地带逐渐显现出其意义。艾伟执着于转折点的写作，从这个角度看，其意义正在于凸显小说时空的独特性。就这一空间关系而言，如果说北京是理性的、革命的、秩序井然的，那么南方（永城）则是充满想象的、蓬勃的但又相对落后的，广州和深圳则是开放的、邪恶的、充满诱惑而又生机勃勃的。

王德威曾用"没有历史"来概括"南方写作"，这一点尤其体现在《南方》中。"没有历史"并不是说时间停滞，而只是表明时间的轮回和日复一日，意味着革命现代性逻辑的坍塌。这并不意味着倒退，而只表明一种拒绝和反讽的姿态。从这个角度看，"南方写作"其实是一种现代性的"颓废写作"。它不像广州和深圳那样充满生机，也不像北京那样具有象征意义。"南方写作"是一种当下写作，弥漫着死亡的气息和狂欢色彩。这些在《南方》中都有淋漓尽致的呈现。小说中的主人公罗忆苦正是典型形象。如果说在小说中，肖长春代表的是革命的逻辑的话，那么罗忆苦代表的则是欲望的逻辑，她身上集中了欲望、堕落和狂欢等多重特点。显然，在她的身上有的只是瞬间的欲望的满足，而无任何救赎可言。因此，即使死后灵魂游荡在永城的上空，她的忏悔也显得苍白而无力。

相比之下，傻子杜天宝的形象则寄寓了作者的思考与困惑。就傻子的逻辑而言，他是没有历史感的，他既活在当下，也活在永恒。傻子形象在文学史上并不少见，贾平凹的《秦腔》和阿来的《尘埃落定》等作品中都有。在这些小说中，虽然他们在平常人眼里看似很傻，但他们其实最能洞悉命运。因此，他们也最为执着和聪慧，而且他们不为俗世的思维所左右，他们本着内心生活，往往显得更为纯粹和真实。《南方》中的杜天宝也是这样的形象。艾伟的与众不同之处在于，他在傻子身上寄寓了大理想，也暗含了大困惑。杜天宝的疏离，既是针对革命逻辑的，也是针对资本逻辑的。换言之，杜天宝形象是在两个时代的过渡、演变和对照中显现其意义的。具有反讽意味的是，小说结尾，当杜天宝想起避孕套而傻笑不已，并说自己是傻瓜，少了很多乐子时，这一指认其实表明，他已深陷于平常人的思维框架中，他其实并不是真的傻。当他拒绝承认自己是傻瓜时，他是真傻；而当他指认自己是傻瓜时，他并不是真的傻。可见，傻与不傻的辩证对艾伟而言，是不可挣脱的现代性逻辑之下的两难与悖论。"南方写作"是否就是这样？当它从政治隐喻中挣脱出来时，看似恢复了"南方"的面貌，但其实又再一次陷入有关"南方"的惯常想象中。"南方"并非真正的南方，而只是有关"南方"的想象。

# 作为方法的"海洋"与"新南方写作"

## 一

一直以来,在关于"南方写作"的讨论和想象中,人们大都把北方、秩序、正统、理性等视为与其对立的要素而加以定位。在这一视域下,我们期望看到的是流动、异端、感性和边缘化的南方,我们眼中的"南方"往往成为一个高度隐喻化的存在。这种状况,至今并没有发生根本的变化。

要想改变这种状况,不仅要赋予"南方写作"以新的意涵和指向,还有必要考虑新的视角或元素。在某种程度上,"海洋性"就是这方面的重要构成。从历史的角度看,在"南方写作"中,"海洋性"始终是不可或缺的视角,但也是谈论不多的视角,这固然与海洋作为在场的缺席有关,但也与河流文明被高度推崇密不可分。

海洋文学自古以来就有,比如《山海经》中的《海经》部分。但海洋在《山海经》中,大都是神的居所,就像《山海经》中所说的"其物异形,或夭或寿,唯圣人能通其道"。因此,需要叙述者/作者做的,就是把这些状貌记录下来。其结果是,一方面海外世界渺不可知,另一方面又被高度怪异化。海洋作为在场的缺席是就这个意义上说的。晚清小说中也有关于海外世界的描述,比如李汝珍的《镜花缘》就记述了主人公们沿着海岸游历海外的故事。但对于中国传统而言,所谓海外游历,只是增加了人生阅历以验证此前的经历而已。就是说,得到的只是经验数量的累积和经验间的彼此印证,而没有知识的增加。《山海经》也大抵如此。《五藏山经》部分多写实,越到《海经》部分,越趋向于写虚;可以看到,这里隐隐约约有一种虚和实的对照关系,在某种程度上,虚的存在是为了印证前面的实。《镜花缘》采取的就是这种结构。对主人公们而言，与其说海外游历是为了增长见识，不如说是为了验证《山海经》的预见能力：在海外所见的异闻奇事皆能在《山海经》中找到解释。这种书写模式，在晚清的科幻小说如《月球殖民地小说》中也有表征；其中虽然也曾写到在美英等发达国家的游历，但这似乎并没有在主人公那里产生相应的震惊效果，有的只是似曾相识和不过如此。

海洋书写要真正突破怪异化，就必须要有新的因素的介入。在这里，有两个方面的因素值得关注：一是作为现代性的震惊体验的海外游历，这在梁启超的《新中国未来记》中有所表现；一是与南方因素的结合。从这个角度看，《月球殖民地小说》终究不同于《山海经》《镜花缘》。在这一小说中，海洋因素所具有的变动和流动特性，导致了晚清中原政治秩序的裂变。在这里，海外游历是与南方空间相呼应的。海洋元素的引入，使得看似稳定的封建社会出现了松动。从这个意义上看，这一小说具有"南方写作"的特点。

## 二

就"南方写作"而言，海洋元素的意义主要表现在以下几点。第一，震惊体验。这里有两点值得注意：一是南方的开放性和包容性，使其容易接纳现代性的震惊体验；二是现代性的震惊体验，更容易在南方作家中产生共鸣。这是一个相互作用、相互塑造的过程。一个比较明显的事实是，相比南方作家，北方作家到西方国家去，也多以保守或传统的眼光看待西方国家。20世纪80年代的游记提供了这方面的典型文本。比如茹志鹃和王安忆的《母女同游美利坚》，美国之行对王安忆的触动和对其创作转型的意义，无论怎么评价都不为过。当时到美国去的作家颇多，比如丁玲、王蒙等。但对丁玲（新中国成立后，丁玲的创作显然属于北方写作的范畴）而言，美国之行并没有让其产生震惊体验，反而是为她宣传马克思列宁主义文艺思想提供了空间上的便利。这就是南北方作家对全球化做出的不同反应。南方作家之所以更容易接纳现代性，更容易产生现代性的震惊体验，与他们身处更具包容性和开放性的南方有一定的关系，而这种包容性、开放性又是近现代历史历时性塑造的。

第二，无边界性，或者说边界的流动性。海洋虽然与陆地相连，但海洋终究是没有边界的，或者说边界并不明显。这一点使得与海洋相关的"南方写作"，具有了流动性的特征。这在高云览的《小城春秋》中表现得特别明显。小说中厦门岛与内陆的开放关系，既构成了主人公们从事革命活动的背景，也为他们的革命活动的灵活展开提供了便利。海洋的开放性为他们躲避追捕带来了极大的好处，但海洋也是充满未知和凶险的，李悦父亲的海外流浪的悲剧就是表征。

第三，边缘性。在这里，边缘是从两个方面讲的，既是与北方相对立的南方意义上的边缘，也是海洋与岛屿所构筑的边缘世界。林森的小说《岛》就是这方面的典型例子。林森的《岛》让我们看到，海洋和岛屿所构成的世界是秩序之外的世界，是天之涯和海之角，因而有了成为边缘地带的可能。这同河与岸所构筑的紧密关系明显不同，比如苏童的《河岸》把河与岸的辩证关系充分呈现出来了——既相互对立，又紧密相连；既想挣脱，又始终若即若离。

第四，未知性。当海洋不是成为大陆或腹地的对照，而是成为远离大陆的"他者"的时候，海洋元素的介入就成为"南方写作"的新的视野。在革命年代，海洋元素的流动性给革命的展开带来了便利，但就个人的命运而言，海洋则预示着未知和个人命运的渺小。在有关海洋的书写中，对后者有更多呈现，比如林那北的《峨眉》《每天挖地不止》及陈希我的《心！》。

然而在中国文学中，一个奇怪的现象是，不论是古代还是现代或当下，那些糅合了海洋因素的"南方写作"，不管海洋元素在文学中怎么表现，海洋总是作为陪衬出现。在海洋与陆地的对立关系中，陆地总是主体。海洋书写始终是中国文学/文化中的辅助性存在，这种对照关系，使得中国的海洋文学中不可能出现康拉德的《吉姆爷》那样的现代小说，也不可能出现《伊利亚特》和《奥德赛》那样的史诗作品。海洋很难成为中国人的心灵家园的象征，中国文学特别是小说中的主人公，总有回归陆地的情结。就是说，海洋只是提供了各种可能，大陆才是根本所在。

这也造成这样一种现象，即对海洋的刻意回避。这在须一瓜的小说创作中表现得较为明显。须一瓜作为厦门的代表作家，她的小说中几乎看不到厦门的影子，海洋的元素出现得也并不太多。可以说，须一瓜有着某种可以称为"返回陆地"的"南方写作"的倾向。在她的小说中，虽然海洋始终是人物活动的背景，甚至塑造了主人公的性格，但她笔下的主人公却表现出背离海洋的倾向。比如《窒息的家：宣木瓜别墅》，我们常常只能从台风中感受到海的气息。小说中的主人公王红朵和王红星留给我们的最大感受，不是无拘无束甚或无法无天，而是谨小慎微和畏缩内向。这在须一瓜的其他小说如《致新年快乐》《五月与阿德》中也有所体现。我们常常只能从主人公们朝向海洋的远眺中，感受到他们内心的狂野和躁动不安。这也是中国海洋书写的一个奇怪的特点。其重要的原因可能是有大陆作为海边的依靠：海岸不是未知的起点，而是大陆的延伸。这种辩证关系，在某种程度上束缚了中国人的思想和眼光。

可见，中国文学要想真正具有世界眼光，南方文学要想真正具有原生活力，就必须改变观察的视角，或者说采取一个不断游移的立场。就是说，有必要提倡一种新的"南方写作"，即以海洋为方法、以陆地为目的的"南方写作"。

## 三

这里可以把沟口雄三提出的中国和世界的关系，转译成海洋与陆地的关系：以往以海洋为目的的海洋文学研究/写作，是把陆地作为方法的，这是试图向陆地表明海洋的地位所带来的必然结果。把海洋作为方法，就是把海洋作为要素之一、把陆地也作为要素之一的多元的文学空间。[①] 以海洋为方法，不是意在脱离陆地，而是要把陆地和海洋置于同等地位。以海洋为方法，就是要以这样一种来回游移的角度，把陆地和海洋同时"他者化"，而不是主体化。

---

① 参见〔日〕沟口雄三：《作为方法的中国》，孙军悦译，生活·读书·新知三联书店2011年版，第130—131页。

对于"南方写作"而言,以海洋作为方法,带来的启发至少有以下几点。第一,南方不再是作为北方的"他者"或反抗者出现,南方也不再是边缘地带,甚至也不是世界前沿,而只是中国多极构成中的一极。以往的"南方写作",或者说"南方写作"提出之初,总有或隐或显的预设,即北方是秩序,是正统,因而需要加以否定或排斥。以海洋作为方法,则表明以更加公允的态度看待南方和北方,自此南方会充分建构起其秩序及其重构的意义,北方的正面意义也能得到更加充分的展现。第二,以海洋作为方法的"南方写作",就是充分挖掘海洋元素在"南方写作"中的意义。"南方写作"向来偏重从河流的角度展开。比如苏童的《河岸》《黄雀记》、叶兆言的《夜泊秦淮》、艾伟的《南方》、北村的《施洗的河》、王尧的《民谣》、徐则臣的《北上》等。这些作品都是从河流与陆地的角度展开对南方的想象的。以海洋为元素,可以有效拓展有关南方的想象,因而也就更具时空延展性。第三,以海洋为方法的"南方写作",不再是地域文学的翻版,而是全球化的本土化写作和本土化的全球化写作的结合。就是说,并不是必须以海洋作为元素的"南方写作"才是"南方写作",而是把海洋作为一个连接的符号,南方既可能与北方相对立,也可能与边缘相对立。南方在这种多重空间中,构成了更具包容性的内涵。自此,南方的建构意义才能得到充分体现。

在这方面,科幻文学提供了有益的探索。刘慈欣的《西洋》就是一个极具症候性的文本。小说假设郑和在最后一次下西洋的关键时刻并没有回返,而是继续南下,世界历史从此被改写。时至1997年,不再是香港回归中国,而是伦敦和巴黎回归英国和法国。作为读者,我们当然知道这只是假设,历史不能假设。但当这种假设是在科幻文学的框架内展开的时候,其带来的新的想象的可能性,显然是米兰·昆德拉所构想的纯文学的"可能性命题"所无法实现的。至少在哈贝马斯的眼里,科幻文学的"有效性"是要远远超过米兰·昆德拉所设定的范围的,因为米兰·昆德拉的想象,大多仅仅停留在策略或描述的层面,无法或很难更进一步。相对来说,作为方法的海洋意义上的"南方写作",却具有无限的空间可供拓展。

我们期待一种更具延展性的新的"南方写作"的出现!

路径与坐标——新时代
文学演变的空间构型

# 第三辑

# 边缘的姿态

## 以偏离的方式接近

——论铁凝小说的"同时代性"与个人性内涵

在中国当代文学领域,有一批作家,他们的创作与文学思潮之间始终保持着若即若离的关系,他们的作品虽颇难归类或命名,但他们的作品是中国当代文学史上的重要论述对象。铁凝无疑是最具代表性的作家之一①。但这并不是说铁凝的作品超越了她所属的时代的限定性内涵。对于一个作家来说,不管他们意识到与否,有些问题是他们在创作过程中始终无法绕开与回避的。文学创作与时代的关系便是其中最重要的问题之一。这可能是铁凝小说的核心命题。诚如研究者所言:"铁凝的人物的内心不管多复杂,都不会完全摆脱必要的社会背景原因。"②"一如铁凝和她的人物并非历史命运的逃遁者,她、他们也不是时代的局外人。"③也就是说,文学与时代的关系,在铁凝那里是以另一种方式呈现出来的。她的大部分作品,都自觉地与文学思潮和重大主题保持距离,但并不是远离。她以对

---

① 铁凝在一次和王尧的对话中指出:"对于研究者、批评家,他为了方便,或别的原因,他怎么表述呢,这是操作上技术上的问题,但是有的时候,或许会使事情变得粗糙和简陋,因为写作本身是一个非常个人化的东西。"(铁凝:《我画苹果树:小说家的散文》,河南文艺出版社2014年版,第134页。)

② 雷达:《长篇小说笔记之四》,《小说评论》2000年第3期。

③ 戴锦华:《涉渡之舟——新时代女性写作与女性文化》,陕西人民教育出版社2002年版,第339页。

"人类心灵能够共同感受到的东西"①的表达作为自己的目标,以至于她的创作常常表现出同时代的某种偏离,但恰恰是这种偏离成为其小说切入时代的方式。她是以偏离的方式接近自己所属的时代的。

一

铁凝的小说被谈论最多的可能还是她的早期作品《哦,香雪》。这部作品之所以常被谈及,是因为它是一个具有延展性和敞开性的文本,它始终在同它以后的现实和文学展开对话。这是一个具有超越自己所属时代的规定性的互文性文本,具有佛克马、蚁布思意义上的经典性特征,"执着于某些主题和保持某些形式上的特色"②和"提供解决问题的模式"③。《哦,香雪》正是这样一部作品。它提出了农村青年进城这一困扰中国农民大半个世纪的重大问题,以及想象性的解决方式。与一般的同类主题写作不同的是,这部作品采取的是以虚写实的做法。它没有直接写农村青年如何千方百计地走向城市,而是通过火车、铅笔盒、有机玻璃发卡、夹丝橡皮筋等象征意象,建构起农村同城市的想象性关系。这是真正意义上的想象性关系:小说的主人公在想象中与城市发生着关系。香雪中意的是火车上女学生的自动铅笔盒,她的姐妹们中意的则是城市里五光十色、丰富多彩的商品。虽然她们看中的东西不同,但逻辑却是一样的。在她们眼里,拥有了自动铅笔盒和有机玻璃发卡,就在想象中建立起了同城市的关系,或者说在想象中占有了城市。

---

① 此话出自美国《毛笔》杂志主编对《哦,香雪》的评价,铁凝也一直以此作为自己的创作目标。(参见铁凝:《像剪纸一样美艳明净》,人民文学出版社2006年版,第233—237页。)

② 〔荷兰〕佛克马、蚁布思:《文学研究与文化参与》,北京大学出版社1996年版,第53页。

③ 〔荷兰〕佛克马、蚁布思:《文学研究与文化参与》,北京大学出版社1996年版,第49页。

香雪和她的姐妹们拿自家的鸡蛋和核桃同火车上的旅客交换东西,这种交换关系的不同,既是农村青年进城问题得以想象性解决的模式的不同,也在某种程度上象征且预示着她们与城市的关系及其命运的不同。就香雪的模式而言,这在路遥的《平凡的世界》《人生》、贾平凹的《商州》等作品中也有所表现。而香雪的姐妹们通过发卡同城市建立的想象性关系,其实是一种通过占有城里的商品的方式建立的同城市的想象性关系,这与贾平凹的《极花》里的女主人公通过高跟鞋想象她与城市的关系,并没有本质上的区别。问题是商品除了具有现代性色彩,还是诱惑所在。更重要的是,城市除了有丰富的商品之外,还有看不见的陷阱。认识不到城市的多面性,最终必定会被城市吞没。《极花》里的女主人公被城里人拐卖,这在某种程度上也是香雪的姐妹凤娇等人的未来结局。这一问题其实也是现代性语境下城市和农村关系的另一种表现,也是农村在走向现代化的过程中常常表现出来的深层焦虑。从这个角度看,铁凝的这部作品其实是一座桥梁,它其实是把社会主义现实主义文学写作中的城乡关系问题,放在了新时期以来的语境中加以展现。高加林(《人生》)所不能解决的难题,在香雪的姐妹们(而不是香雪)那里会以另一种方式呈现。

通过分析可以看出,《哦,香雪》以一种以虚击实的方式,无意间构筑了不同时代同类写作的桥梁和对话性关系。也就是说,这部小说提出的问题及其解决问题的方式,具有超越特定时代规定性的特点,指向后来的创作并与之构成对话关系。这是一篇没有结局的敞开性文本,在某种程度上表现出了经典性与时代性的辩证关系。

## 二

虽然说铁凝此后的小说创作在风格和题材上屡有变化,但《哦,香雪》无疑占有重要地位,她曾用"不变的、坚实的底色"[①]来形容这种重要性。

---

[①] 铁凝把她此后的创作与《哦,香雪》之间的关系,用"不变的、坚实的底色"来形容。(参见铁凝:《我画苹果树:小说家的散文》,河南文艺出版社2014年版,第143页。)

这一"底色"在某种程度上体现着铁凝小说写作的整体倾向，即并不指向具体问题的提出及解决，而是在内心的维度上建构起主人公与世界的想象性关系，通过主人公的内心建立起其同时代的对应关系。铁凝曾说："小说可以……是'一个国家宣泄感情的痉挛'，小说家更应该耐心而不是浮躁地、真切而不是花哨地关注人类的生存、情感、心灵……"①有研究者把这样一种倾向称为"心灵风景"②。这一说法虽然抓住了铁凝小说的核心意象，但并不能凸显其叙事动力特征。我们认为用"内心的逻辑"更能说明问题。时代只有作用于个人的内心，才能显示出它的伟力和存在。可以说，正是这种"内心的逻辑"，使得铁凝的小说与现实问题之间构成一种奇特的对应关系。这种关系不是以具体问题为导向的一一对应的直接关系，而是一种以内心机制上的作用/反作用为表征的间接对应关系。

在一次讲座中，铁凝特别强调了小说中的"关系"的重要性③，"关系"在她那里，主要是指小说中人与人之间的关系。但对她而言，另有两种关系可能更为重要，那就是小说主人公与时代的关系，以及作品同时代的关系。这是更高一层的关系。比如在《哦，香雪》中，通过对香雪与她的姐妹们的关系的表现，表达了铁凝对个人与时代之间的关系的思考。凤娇等人和香雪的不同，在某种程度上体现为对城市的思考方向和态度的不同，凤娇想到的是对商品的占有，而香雪想到的是对知识的占有。虽然铁凝没有对哪一种态度做出判断，但从她把焦点和视角放在香雪身上，无疑可以感受到她在情感上的倾向。香雪与她的姐妹们的不同体现在，香雪是一个不满足于消费而有着个人奋斗目标的个体，她的姐妹们则是仅仅停留在物品所带来的消费的满足上。显然，联系那个时代，香雪身上更具有20世纪80年代的时代精神。这可能就是铁凝小说的关键所在。她关注的是一个时代的主导精神，或者说是一个时代的重

---

① 铁凝：《我画苹果树：小说家的散文》，河南文艺出版社2014年版，第120页。

② 毕光明：《文明落差间的心灵风景——重读铁凝〈哦，香雪〉》，《名作欣赏》2008年第10期。

③ 参见铁凝：《我画苹果树：小说家的散文》，河南文艺出版社2014年版，第119—131页。

要的思想命题,而不仅仅是一个个具体的问题。时代精神的命题,在她那里不是以问题导向的方式提出的,而是以内心机制上的作用/反作用的方式提出的。在某种程度上,这也就是阿甘本所说的"同时代性":"同时代性就是指一种与自己时代的奇特关系,这种关系既依附于时代,同时又与它保持距离。更确切而言,这种与时代的关系是通过脱节或时代错误而依附于时代的那种关系。过于契合时代的人,在所有方面与时代完全联系在一起的人,并非同时代人,之所以如此,确切的原因在于,他们无法审视它;他们不能死死地凝视它。"[1] 简言之,在铁凝那里,她是以偏离的方式努力接近她所属的那个时代的。

比如说铁凝的另一篇影响颇大的小说《没有纽扣的红衬衫》。安然当然是这部小说的核心主人公,但若以为小说只是通过安然和她的班主任韦婉的对比来表达对个性的尊重,则有简单化的嫌疑。在某种程度上,小说作者是把视角人物安静放在同韦婉对应的关系位置上加以表现的。也就是说,安静和韦婉之间的关系其实是一种隐蔽的镜像关系:不仅韦婉不能理解安然,安静也并不能真正理解她。爱与被爱的关系,阻碍了安静对安然的客观审视和深入理解。在这里,人物之间的关系当然是这部作品的文眼,但这样的关系其实是服务于更高一层的关系的,即个人与时代的关系。韦婉给安静的诗中出现了"奔四化"的说法,这三个字无疑是小说的重要线索,也暴露了作者的意图。小说通过对三个人物的塑造及她们之间关系的表现表达了如下思考:四化建设所需要的是安然这样的有个性、有思想、能独立思考的个体,还是相反?这种问题,在那个倡导以现代化的意识形态对桀骜不驯的个体展开"规训"的年代,是很少有人涉及的,但铁凝提出来了。这是铁凝具有超前意识的表现。此小说虽不属于彼时方兴未艾的改革文学,但能说它无关改革、无关20世纪80年代的时代精神吗?答案显然是否定的。

《麦秸垛》是铁凝的小说中另外一部影响较大、争议也较大的作品,其在当时招致批评,与小说表现出来的与时代的偏离有关。在小说中,杨

---

[1] 〔意〕吉奥乔·阿甘本:《裸体》,黄晓武译,北京大学出版社2017年版,第20—21页。

青之所以在回城后表现出对陆野明的淡漠，是因为当回到相对正常且宽松的社会环境而不再压抑时，她那种潜在的"驾驭谁的欲望"也就随之消失了。这也说明，此前陆野明、沈小凤和杨青三人之间奇怪的情爱关系，表现出来的其实是特定年代对人的压抑（性的压抑、个性的压抑），小说其实是从反面提出了对正常人性的吁求和复归等命题。而这恰恰是20世纪80年代特别是80年代初的文学创作所热衷讨论的命题，铁凝与他们的不同在于，她是把这一命题放在内心的逻辑层面加以表现的，因而也就显得更为深入和深刻。

铁凝的另外几部重要作品也是如此。《玫瑰门》可能是铁凝的小说中最为关注个人与时代之间的关系的一部。司猗纹就读于新式学校，渴望进步，后来同革命青年华致远恋爱，但就在她努力融入时代的时候，又表现出犹豫和不彻底，这种矛盾使她失去了华致远。新中国成立后，为响应新婚姻法和争得自身的权利，她毅然离开庄家和有名无实的婚姻，与另一个男人朱吉开同居，但她同样是不彻底的。她并没有在法律上结束和丈夫的婚姻关系，结果换来的是朱吉开的入狱。这种不彻底，在20世纪60年代前后，则表现在她与街道办主任兼邻居罗大妈的关系中。她想通过讨好罗大妈表现出她的革命性，但这种讨好显示出来的其实是两个女人之间的内心较量。她的革命姿态具有某种程度的表演性特征。可以说，不彻底而又工于心计，使得司猗纹的一生具有了悲剧的意味。她并不是不想融入时代，只是这种想并不总能契合她的内心，加之自身受传统文化的限制①，她缺乏对自己内心的审视，但又受到时代的推动或鼓动。这使她看似勇敢，实则懦弱，两者的悖论式共存就成为她的失败人生的写照。她的不彻底，造成了其与时代的若即若离和悲剧人生。时代在她那里，体现在她同他人的内心较量或内心"格斗"②上。因此，人与人之间的内心较量，就具有了一种关系的文化政治学内涵。这可能就是铁凝所说的"思想的表情"和"表

---

① 参见李扬：《文化与心理：〈玫瑰门〉的世界》，《当代作家评论》1989年第4期。
② 张志忠称司猗纹为"生命与命运的抗争、与死亡的抗争"和"生存'格斗'"。（参见张志忠：《少女的启示录——评铁凝〈玫瑰门〉》，《小说评论》1989年第2期。）

情的力度"与"深度"。①她通过对人与人之间关系的表现,表达了对个人与时代的关系这一命题的独特看法。个人既无法脱离时代,又无法挣脱内心力量的制约,宿命式的失败可能就是一种人生常态。

《大浴女》中的尹小跳的人生也是这样一种状态。她恋爱多次,却总是无法走入婚姻。这在某种程度上源于她内心的"扭结":她受内心的驱使,却无法真正面对和审视它;她深爱自己的父母,却总是感到别扭。如此种种,皆因那里潜藏着某种不可告人"原罪"。这样来看,小说中尹小跳和尹小帆两姐妹之间那种互相依存而又互相折磨的关系,就不难理解了。在这里,作者是把时代施加给人的影响放在两个人的扭曲关系及其内心的较量中加以表现的。尹小帆的矛盾性格的形成让人费解。因为小说的视角人物是尹小跳,我们无法窥探尹小帆的内心,而只能通过行为加以解读。但换一个角度看,不妨把这样一种两个人物之间的内心较量看成同一个人内心镜像的象征:她们是一种互为"他者"的镜像关系。两个人的互相否定和彼此依存关系是一种移情和投射,表现出来的实际上是自己对自己的否定和批判。

再来看《无雨之城》,其所关心的仍是"内心深处的花园"。比如普运哲,他虽有抱负,但其实是一个没有内心深度的人,他的内心被陶又佳唤醒,他重新发现了自己。但这种发现其实又极具惰性,或者说受实用理性支配。当这种发现有碍于他的事业或与实用性不符的时候,他会毫不犹豫地退缩。也就是说,他抛弃陶又佳这一行为,表现出来的其实是对追求自己内心深度的放弃。他实在是一个平面的和单向度的人。而这其实触及了20世纪90年代初小说创作的核心命题。这是一个放逐精神的时代。但这种放逐并不是通过用欲望取代精神来完成的,恰恰相反,是通过对欲望的满足及因之产生的对内心的精神性的发现来达到对精神的放逐的。精神被欲望启蒙,普运哲的内心被陶又佳唤醒,但这带来的却是另一重失落。这可能是铁凝这部小说显得格外深刻的地方。她在这里完成的是双重的放逐:在一个精神被放逐的年代,发现内心(也是一种柄谷行人意义上的"风

---

① 铁凝:《我画苹果树:小说家的散文》,河南文艺出版社2014年版,第120页。

景"）的同时，也就意味着它的再度丧失。在小说中，这点是通过普运哲和他的妻子葛佩云的关系的变化加以表现的。葛佩云的变化——显得贤惠和善于交际——使得普运哲重又认同了她。这是多么讽刺啊！一个没有内心深度的人，是不需要用内心的深度来拯救的，他所需要的仅仅是没有深度的生活。

《笨花》是历史小说，但并不是新历史，也无意延续此前的革命历史小说写作传统。作者既无意隐去大历史的线索，小说中出现了孙传芳等军阀形象，也无意反写日常生活，即不是以对日常生活的表现来颠覆大历史叙事的。而是以平和的手法甚至是看似笨拙的方法，来表现历史语境中的"人"的真实性或本真性：个人既不能挣脱内心的逻辑加于自身的影响，也不能摆脱历史和时代对自己的强加式塑造。比如小说中的主人公向喜，他本是一介武夫（将军），但在对待妻子和其他家人时的那种谨慎、无力和无奈，却让读者深切感受到"人"之为"人"的渺小与卑微。新时期以来，历史小说的写作总是处于为反写而反写的循环之中，在预设的理念的制约下，很难做到雍容自如。铁凝的这部小说可以说展示了某种新的可能性，这可能就是历史的原生态。铁凝以这部作品告诉读者，个人总是不能超越自己及其所属的时代的限制，不论是历史人物还是普通大众，都是如此。她写出了在时代和个人内心双重影响下的历史个人。这恰好与《玫瑰门》构成某种对照关系：对《玫瑰门》而言，是个人的不彻底使得主人公在处理个人同历史的关系时进退失据；对《笨花》来说，则是时代的限定性使得个人终究无法挣脱历史的束缚。这两部作品告诉我们，个人摆脱不了历史加诸个人身上的影响，问题只是个人如何处理同历史和时代的关系。或许正是出于对这一问题的思考，铁凝才始终与时代保持若即若离的关系。因为她深知，个人无法摆脱所属的时代的限制，她所能做到的，是如何把这种关系更加生动地而不是趋同式地表现出来。

## 三

这也使得另一个问题被凸显，即人物的内心逻辑与外在情节之间的关系问题。就外在情节的表现而言，铁凝最喜欢且常用的做法是将外在情节

"事件"化。简言之,就是让外在情节以孤立的、无关联的和并列的"事件"的形式呈现出来。比如,"柴油机的声音很大"/"陆野明攥得很死"(《麦秸垛》),"木樨地没有木樨"/"木樨地有过木樨"(《木樨地》),"司猗纹懵了"/"司猗纹恍然大悟了"(《玫瑰门》),等等。这是铁凝的小说中常见的句式。我们并不知道两个事件的过渡关系,我们只知道完成了。铁凝的这一做法类似于福斯特意义上的"故事"说:两个事件之间并无内在逻辑上的关联,而只是"按时序排列的事件"①。它们之间是否真的没有关联?答案显然是否定的。两个事件之间的并列,旨在营造一种对照和突转的效果。对于这种转折,铁凝利用的是内心逻辑,也就是说,两个事件只有在主人公内心产生影响这一点上才能建立起联系。两个事件若不能对主人公的内心造成冲击或影响,这样的事件(即使是历史事件)在铁凝那里也不具备表现价值。而这可能也是她始终与文学思潮保持若即若离的关系的重要原因。她表现的重点在事件对主人公的内心的冲击上,而不是事件本身。她的小说虽然也会表现历史事件,但很少做正面的强攻。她的小说很难被归到伤痕小说、反思小说或知青小说的行列。

对人物内心深度的表现应该是铁凝小说的主要特点。比如《玫瑰门》,这种内心的深度表现为司猗纹的内心搏斗——"女人与自我的搏斗"②——上:她竭力融入时代和社会,但始终不得而入,这使得她的内心始终处于一种焦虑、惶恐和无所适从之中,她的内心搏斗就体现在这种融入和抵制的冲突中。比如《麦秸垛》,杨青那种"驾驭谁的欲望"之所以产生于知青点,是因为当时的生活是一种封闭、枯燥、单调而又无望的生活,在这样一种生活情境下,"驾驭"就成为显示个体存在的重要方式。但铁凝的写法又不是一般意义上的内心分析的写法,她很少采用西方式的深入人物内心的写法,《大浴女》应该说是一个特例。更

---

① 〔英〕E.M.福斯特:《福斯特读本》,冯涛等译,人民文学出版社2011年版,第357页。

② 张莉:《铁凝:刻出平庸无奇的恶——重返〈玫瑰门〉》,《名作欣赏》2013年第22期。

多的时候，铁凝是通过外在行动来表现内心的冲突的，两者之间是一种张力关系。

这也带来另一个问题，即注重对内心深度的表现，会使得小说忽略对情节之间的逻辑关系的考量。比如，《麦秸垛》中杨青和沈小凤为什么会对陆野明动感情，而不是别人呢？再比如，《闰七月》中七月随喜山出逃之前，他们之间并无直接的交流，如果有交流，也仅体现在对彼此的观察和揣测上。可以看出，在铁凝的小说中，推动情节展开的并不是事件之间的表面的逻辑关系，而是内心的逻辑。她看重的是内心的逻辑的力量。也就是说，在内心的真实的逻辑下，她会忽略事情的正常的起承转合。比如，《闰七月》中七月和喜山的关系的变化：七月跟随喜山逃到喜山的老家，又离开了，然后被人看到，"据说"嫁给了富户。这里用的是"据说"一词。因为在铁凝看来，是不是事实无关紧要，重要的是内心的真实。

在这种情况下，传奇笔法就成为铁凝喜欢采用的叙事策略。传奇情节的出现，大都是主人公内心的逻辑演变的结果，比如《请你相信》《谁能让我害羞》《晕厥羊》等。《请你相信》中的主人公之所以晕倒在房管科办公室里，是因为内心持续的紧张和一连串的误解。《谁能让我害羞》中的送水工本无意抢劫，他只是想引起女户主的注意和获得应有的尊重，但他越是努力，越显出他的笨拙，"抢劫"就是在这样一种错位关系下发生的。但终究，铁凝是温婉尔雅的。她让主人公们互相折磨，但又并非残酷的和毫无节制的，比如，司猗纹和罗大妈（《玫瑰门》），尹小跳和尹小帆姐妹（《大浴女》），白已贺和葛佩云（《无雨之城》），韩桂心和母亲（《午后悬崖》），穆童和"吴妹妹"（《巧克力手印》），向桂的原配和二房（《笨花》），等等。这可能是铁凝的小说与其他作家的作品的不同之处。她追求内心的逻辑和情节的突转，但又不想把情节和人物的关系推演至极端，一切都在可控的范围内。比如，白已贺和葛佩云，作者甚至设想在他们之间产生一点同情和理解，但她明白，他们之间终究是敲诈与被敲诈的关系。对于这样一种关系，要想控制在一定范围内是颇有难度的，为了不使他们的关系超出可控的范围，作者最终还是以白已贺遭遇的一场意外车祸结束了这种危险关系。

温婉尔雅的铁凝，其小说并没有向凌厉尖锐发展，而是走向内蕴深厚与醇厚，所谓"丰盈而节制"①"致力于挖掘人的隐秘内心"②"意旨的蕴藉"③，正是这个意思。这在她近几年来的小说中表现得越来越明显。《咳嗽天鹅》《春风夜》和《海姆立克急救》，就是格外让人感动和有所触动的小说佳作。内敛、节制和内蕴深厚，是铁凝的小说给人的印象。这种节制能带来内蕴的深厚与醇厚，但也有避重就轻的嫌疑。比如，陶又佳和普运哲（《无雨之城》）的关系怎么发展？杨青和陆野明（《麦秸垛》）的关系怎么结局？沈小凤（《麦秸垛》）的去向如何？诚然，很多时候，没有结局比有结局更意蕴深厚，更容易让人产生遐想。既然让主人公们在一种戏剧化的情境中凸显矛盾，也似乎应该有一个合理的矛盾发展方向。人物失踪（沈小凤）、意外死亡（白已贺）或突然暴肥（布谷）并不能解决问题，只是把矛盾暂时悬置起来。就是说，小说人物的意外情况并不总是必要的，其叙事上的功能并不明显。比如，《青草垛》中的叙述者冯一早的叙事功能和故事情节之间就存在某种脱节。意外车祸诚然能带来叙事上的解放，但与故事情节的发展却并无必然关系，主人公冯一早在情节设计上并没有死的必要。

《海姆立克急救》的耐人寻味之处在于，它以艾理意外窒息死亡的方式凸显矛盾，却让矛盾于凸显的瞬间戛然而止。这或许正说明，铁凝不是张爱玲，也不是张洁，她就是铁凝！

---

① 参见"郁达夫小说奖短篇小说奖"获奖作品《伊琳娜的礼帽》的获奖词，《江南》2010年第5期。

② 贺绍俊：《倾情于"人类的心灵能够共同感受到的东西"——论铁凝近期的文学创作》，《文学评论》2015年第6期。

③ 王彬彬：《铁凝短篇小说集〈飞行酿酒师〉简论》，《当代作家评论》2018年第1期。

# 边缘写作的困境与可能

## ——评张炜的《家族》《人的杂志》及其他

张炜无疑是一个相当勤奋而且有很大潜力的作家，又是中国当代为数不多的始终坚持理想写作的作家，这种坚持在他的一系列作品中有所表现，而且是淋漓尽致的流露。这种数十年如一日的坚守，就不能不令人感动。但张炜无疑也是一个充满困惑的作家，这在其作品中有明显的表现，读者也能在阅读他的作品时明显地感觉到。张炜先生的确是一个很有勇气的作家，他能在反复出现的困境中坚持不懈地前行，这种勇气在今天看来尤为可贵且值得珍惜。

一

从张炜的写作脉络来看，《家族》和《人的杂志》显然与他此前的小说如《古船》《柏慧》等有一脉相承之处。但这种延续并非沿袭，而是更见作者鲜明的意识和焦虑的内心。先以《家族》为例，这部小说一版再版，并有过多次的修改。作者对其之倾心可见一斑，将其置于《你在高原》系列之首并非随意为之，而是有某种内在的关联。虽然这部小说是在描写家族的历史，但在小说的叙述中始终没有出现具体的时间坐标，有的只是空间上的变换延伸。诚然，就对家族史的叙述而言，时间的脉络无论如何都是至关重要且不可或缺的，否则，家族的历史就无从谈起。小说《家族》略去具体的历史时间，如果不是作者有意为之，那至少也是作者的疏忽。但疏忽是不可能的，因为小说作者所触及或追溯的家族前史显然离我们生活的时代并不遥远，甚至可以说与我们是息息相关的，这从小说以第一人称叙述中即可看出。从这个角度看，显然是作者在写作中故意略去时间的维度的。

从这种省略和空白中，无疑可以读出很多东西。对小说的叙述来说，"我"的家族前史是一部痛史，小说其实是一首唱给家族的挽歌。这一家族（其实是两个家族）在先祖手中曾经有过无数传奇的故事和辉煌的过去，但在近现代以来尤其是今天却无可挽回地衰落了。这种衰落诚然也有个人的原因，但更多的是与历史联系在一起的。小说中有关曲予女儿的一段心理描写很耐人寻味：

> 我们家以全部的热情、生命和鲜血投入的这份事业成功了，胜利了；但我们一家却失败了。这是真的吗？真的，虽然我不知道为什么……

看来，"我"的家族的兴衰并非与历史无关，而是纠缠不清。显然，作者是另有所"图"，其中是包含某种宏大的思想的。

在小说叙述的主要部分，家族的故事主要在"我"的父辈和"我"之间穿插展开。与"我"在现实中不可避免地遭受挫败相似的是，父辈也经历了挫败的过程。但对"我"来说，挫败似乎从一开始就已经注定了，因此越往后就越接近挫败，而对"我"的父辈而言，这种挫败却并不是从一开始就命定的，而是自我选择的结果。如果说"我"的失败是一种历史宿命和必然的话，那么"我"的父辈的失败就带有某种阴差阳错的意味。"我"的父亲及外祖父投身或倾向革命，到头来却以悲剧收场。革命成功了，"我"的家族却莫名其妙地失败了。这不能不让人感到困惑。此外，小说中还有一段历史叙述不容忽略，那就是关于陶明教授的悲惨经历。如果说"我"的父辈的故事是家族的前史，"我"的故事对应着家族的当下的话，那么陶明教授的惨痛史则是连接这两个时间段的过渡时段。这三个时段连接起来，在时间的跨度上恰好就相当于一部中国近现代史了。但诡异的是，这三段故事却出奇一致地表现为悲剧的形式。这是否是叙述的偶然？显然不是。因为这三段悲痛的故事，并不仅仅是个人或家族的经历，更与中国的革命史（包括后革命史）有着千丝万缕的联系，它们之间无疑有着某种内在的关联。

问题是，虽然这段历史与中国革命史有着互相纠缠的关系，但在小说叙述的始末却很少出现"革命"的字眼，更无以往同类小说中常见的有关革命的意识形态的表述及宣传和动员。实实在在的革命进程与革命意识形态的缺席，看似矛盾而令人费解，其实正隐含着某种深意。小说显然是在写家族史，而这种家族史又与历史纠缠在一起，从这个角度看，小说叙述家族史其实就是叙述历史。而对近现代中国史而言，对革命的叙述是无论如何都绕不过去的。其中难免混杂着个人（如殷弓和飞脚）隐秘的欲望、恩怨和利益纠葛。但问题是，"我"的父亲宁珂和外祖父曲予却看不到这点。因此，当他们真正走向"民众"并为人性之光辉感动不已时，他们的失败就已经不可避免。相反，"我"的父亲的叔伯爷爷宁周义看得十分清楚，用他的话说就是"缺少根基"。但他也看透了自己加入的政党（国民党）的腐败和毫无希望，他不想卷入革命历史的洪流，但终究还是不能幸免。表面看来，"我"的父亲、外祖父和"我"父亲的叔伯爷爷所从事的是完全不同的事业，但其实他们之间有某种内在的一致性，那就是对善和道德的追求，以及对人性的肯定；他们都对"民众"有真正的感情，但往往为某些人所玷污，他们为"民众"付出了生命，奔波了数十年最终仍旧是回到了原点。这样也就能理解小说为什么有意略去时间进程了。时间既然不能给人以安全感和承诺，其流逝就仅仅是一种历史轮回的表征，有无具体的时间标记自然也就无关紧要了。

## 二

既然历史是一种颓败的轮回，写作就注定是困兽犹斗，是向死而生。可能是张炜在写作中预设了这样一种历史颓败的轮回观，这使得他的小说叙述不可避免地陷入不能自拔的困境：既然历史是一种颓败的轮回，任何前进和向上似乎都注定要失败。这尤其表现在小说中的正面人物身上，这些人大都与主流意识形态保持距离，他们整天忙忙碌碌，上下奔波，但对到底要干些什么、为什么要这样做等问题却没有清醒的认识。他们只感到冥冥之中有某种力量在牵引着他们，推动着他们，但这到底是一种什么样的力量，他们却无从知晓。这在《家族》《人的杂志》《柏慧》《古船》《你在高原》等小说中都有所呈现。虽然民众始终是"我"的父亲、外祖父及父亲的叔伯爷爷努力的动力，但对"民众是谁""谁代表民众"等问题却不甚了解，就像小说叙述中的"我"被"'我们'是指哪一些人？""我代表了谁？""谁又需要我去代表？"等问题困扰着一样。同样，在《人的杂志》中，"我"和"我"的一帮朋友虽然始终在为办一份属于自己的杂志而奔走呼号，但对为什么要这么做却始终说不出个所以然来。他们跟随"我"的脚步纷纷来到葡萄园，但对为什么要放弃城市的安逸生活而来到这半岛边地，也同样是缺少内在的动机。

若从主体建构的角度来看，这显然是一种分裂的主体景观：作为个人主体之"我"的无所适从。"我"努力从民族集体的"大我"中挣脱出来的同时，又陷入了对家族（或种族）历史或超越家族的某种普遍性的追寻中。但问题是，家族或普遍性的历史都是非个人的历史，是另一种集体历史的表征。既然历史的颓败不可避免，追溯家族历史的意义又何以呈现？进言之，追求某种具有超越现实的价值的行为是否仍有意义？显然，这些都是作为主体之"我"所不能解决的，这也正是"我"身处何时何地之困惑的表征。同样，这种困惑也体现在小说的叙述者身上。《人的杂志》伊始，叙述者就反复提及"中年的功课"问题。中年相对于青年来说，显然多了一种思考和积淀，但也多了一份冷漠和荒芜，而正是这种冷漠使得本就困惑的人生多了一重迷惘；所以叙述者才会不断地提醒，要警惕那种中年心态。这种提醒其实是从另一个角度强化了诸如"'我们'是指哪一些人？""我代表了谁？""谁又需要我去代表？"等问题，这也更加说明主体之"我"的分裂。

## 三

当然，这并不是说张炜小说中的人物行止没动力，这种动力完全可以用"道德理想主义"的精英立场来概括。但问题是，作为一种抽象的道德诉求，其在具体的现实实践中是没有时间向度的。换言之，道德指向的是对具体时间向度的超越和对抽象永恒的追求，它显然是排斥当下和现世的，这势必造成一种不可化解的矛盾，即作为叙述文体的小说必须以时间和空间的展开作为前提，而小说所诉诸的道德理想却是排斥这种具体的时空轴的。这一矛盾决定了张炜的创作（特别是小说创作）常常在这两者之间摇摆不定；同时，也使张炜的小说形成了独特的风貌，用作者自己的话就是"融入野地"。所谓"野地"，在张炜看来，就是"被肆意修饰过的"城市景观，"肆意修饰"即人为的痕迹过重。因此，"融入"首先意味着矛盾的双重境地：既身陷其中，又努力从中得到超越和升华。从这个角度看，不妨将"野地"理解为颓败的现实及历史轮回，"融入"自然就意味着对这种颓败的历史的某种抗拒了。

显然，在张炜那里，"野地"这一范畴是与"故地""大地""原野""田园""平原""高原"等概念联系在一起的；这在某种程度上表明了张炜写作的内在动力和潜在矛盾。它们作为与"土地"有关的概念"星丛"，无疑表明了张炜的写作所深深根植的厚重现实和不竭的创作源泉，但这些概念之间显然又是存在差异甚至相互矛盾的，它们的繁复和芜杂（张炜在使用时的不加区分和有意杂陈）也在一定程度上内在地决定了张炜文学（小说）创作的矛盾性：他既不能脱离这些现实的根基，又难以置身其外。这样也就能理解在《人的杂志》中，"我"往返于葡萄园（故地）和城市（野地）之间的不间断的奔波了。"我"既不得不纠缠于现实历史的颓败及时间进程，又无时无刻不在怀念彼岸（葡萄园）的宁静。但彼岸其实也只能作为现实社会中的边缘地带而存在，这既是地理位置上的边缘，也是作者有意经营的构造物。而随着全球化进程的加快，这一边缘终将不可避免地走向衰亡。张炜显然意识到了这点，他在多部小说中都提到葡萄园在慢慢缩小，现代工厂在一步步逼近。这或许就是张炜写作的无望之所在，独守边缘似已不再可能，其最后的结果看来就只有退居高原了，只有那里还有最后的一点宁静吧。

但这样的"高原"现实中存在吗？其存在的可能性有多大？其实早在写作《你在高原》《柏慧》等小说的时候，张炜就已经触及这一问题，即现代工业的无时无刻的入侵和葡萄园的日益缩小。这一过程其实自中国加入全球化进程以来就已经开始，其步伐在今天无疑已变得越来越快。而全球化时代，就像很多中西方研究者所表明的，无所谓中心和边缘，任何地方都有可能成为中心，没有地理上的边缘或边界。随着这一进程的推进，可以想见，任何地理意义上的"高原"都将不复存在。不知张炜是否意识到这一点。或许，这一"高原"根本就不存在，有的只是作者想象中的"高原"，作者借以表达对内心平静的追求？他的小说以"你在高原"为总题，意义或许就在于此。其不尽之意或许可以转译为："你在高原"，"我在平原"。平原坚实，而高原遥不可及。从这个角度看，张炜的写作其实可以称为"边缘写作"，这既是一种立足现实的边缘处境，也是一种对边缘处境的自觉坚守。

但问题是，随着现实中的边缘逐渐消失，这种建构起来的文化之边缘是否可能持存？这或许就是张炜的小说带给我们的最大的启发吧。我们随着张炜的脚步不断跋涉，一步步走来。旅途将告一段落，但我想，跋涉是不会终结的。

# 资本时代的边缘书写与时代寓言

## ——评王刚的《福布斯咒语》及其小说创作

### 一

在最开始刊登这篇小说的 2009 年第 1 期的《当代》杂志的封面上，有介绍云："看旧社会民族资本家的艰辛可读《子夜》，看新社会资本家的宿命可读《福布斯咒语》"；"富豪榜上两眼伤心泪？资本时代资本家一手肮脏血？"

这段文字值得玩味。问题不在于能否把《福布斯咒语》与茅盾先生的《子夜》相提并论，而在于这种比较的角度及其可能引起的阅读导向上。显然，这里预设了一个新旧对比的模式，即《子夜》和《福布斯咒语》分别代表了旧社会和新社会关于民族资本家的叙述。《子夜》中具有代表性的民族资本家自然是应该被历史埋葬的，吴荪甫的失败是理所当然的，而小说中却用了"艰辛"这样一种饱含同情的口吻。而问题在于这种新旧对比根本就难以成立。这里虽然把《福布斯咒语》叙述为"新社会资本家的宿命"，但其中似含明显的情感褒贬——贬大于褒；把《子夜》中吴荪甫的真正悲剧的"宿命"说成是"艰辛"，其实意在表示对冯石等民族资本家（《福布斯咒语》）的同情。虽然在介绍中有"资本时代资本家一手肮脏血"云云，但其明显的疑问已使这个判断相当模糊，而这里的"肮脏血"又与"伤心泪"相对应，到底谁是谁非让人困惑不已，也使得这种叙述态度很暧昧，令人玩味。

## 二

虽然把《福布斯咒语》和《子夜》相提并论有点不伦不类,但对进入小说倒提供了一个绝妙的角度和入口。如果说可以把《子夜》看成是现代中国的民族国家寓言或民族志的话,那么《福布斯咒语》无疑也可以作如是观。比较《子夜》和《福布斯咒语》中民族资本家的出身,便会发现不同时代关于民族资本家的故事明显不同。如果说吴荪甫所生活的时代,民族资本更多地与农民有关的话,那么到了今天,民族资本则显然与工人阶级有莫大的联系。虽然我们无从知道吴荪甫及冯石发家的历史,但他们的出身影响了他们今后的命运。吴荪甫的地主出身使他一直在努力挣脱农民身份对他造成的束缚,其父吴老太爷的无疾而终则象征着与农民身份的彻底决裂。虽然他自始至终以致力于民族振兴的形象自居,并有强烈的民族认同感,但代表民族资本家的他终被象征帝国主义的买办资本所击败。

而在《福布斯咒语》中,冯石的身份却十分暧昧。他生于工人家庭,又有知识分子的背景,却一不小心进入了商界并成为新社会的资本家之一。他不像吴荪甫那样彻底,吴荪甫的身份认同相当简明,他的失败也就在这种简明当中。而冯石却摇摆不定,他穿梭于各种角色之间,身份认同极其混乱,因此也造成了他的分裂人格。如果说明确的身份认同是主体形成的必要条件的话,那么吴荪甫毫无疑问是典型的民族主体的表征,而冯石却不是,虽然他也毫无羞愧地宣称自己的民族身份和强烈的认同感。任何概括或定位都并不适合冯石,对他而言,任何身份认同似乎都只是演戏。演戏既是他自我认同的方式,也是他自我分裂的显影。

演戏是其中至为关键的因素。用精神分析学来解释,冯石只能靠不断地演戏来掩盖对主体之匮乏的焦虑。他扮演富豪,扮演情人,扮演父亲,扮演儿子,扮演工人,扮演知识分子。他欠债累累,可以说身无分文;他需要感情,但他只看到金钱和肉体;他扮演徐行长儿子的父亲,其实是为了获取贷款;他与儿子之间,没有血浓于水的温情,只有金钱和利益;他回家奔丧不是因为愧对父亲,而是为了显摆;他说他是工人出身,却从不真正为工人着想;他满口酸文腐句,其实只是为了掩饰内心的空虚。匮乏其实才是主人公冯石的真实状态，而正因为匮乏，他才需要不停地扮演各种角色，并在这种扮演中经常获得一种自我陶醉的感觉。扮演其实就是一种精神的镜像，是自我想象的完成。在这种想象中，他可能获得片刻的完美的形象，但随之而来的是更大的失落和沮丧，这也就是小说中冯石的情绪不断变化的原因，其情绪变化之大更说明他内心的匮乏。

而正是这种主体性的极端的匮乏，任何东西在他眼里都只幻化为欲望及欲望的满足，而每一次欲望的满足又都仅仅是自我幻觉的延续。因而在一定意义上，欲望及其满足就成为冯石确定自我存在的重要方式。这也就不奇怪为什么当确定要和姜青一起生活时，他还是情不自禁地在飞机的头等舱中和一个洋妓女发生了关系。在这里，资本、欲望及匮乏充分地交织在一起，互为前提又互相解构，任何一次欲望的满足都是以资本为前提的；他越是欲望高涨，越是显得匮乏，就需要不断地满足欲望，这是一个没有穷尽的过程。因此，我们就能明白冯石对政府及官僚的刻骨的仇恨和依靠了。至于"福布斯的咒语"，毋宁说其实就是资本所造成的永远匮乏的象征，任何人都不可能挣脱，这是否也是人类的永恒的困境？

其实，这种欲望书写所呈现的正是全球化时代的典型症候。全球化以欲望的方式想象并整合了世界，同时，也以欲望的满足形式重构出一个世界等级秩序。在这个世界中，任何一个末梢都联系着整个世界的脉络。

当年的牟尼（《月亮背面》）千方百计地要留在北京，并为此付出了相当大的代价，而在冯石真正在北京站稳脚跟后，他仍不能获得内心的片刻的平静和稳定，这种焦虑说明了什么？比较王刚早先的创作如《月亮背面》和《英格力士》可以看出，他的作品中始终暗藏并贯穿着一种身处边缘的焦虑。这种焦虑因欲望而起，又因欲望的匮乏而加剧，这既是一种主体身份的匮乏，也是身处边缘作为他者之焦虑。从少年刘爱到牟尼再到冯石，外地青年来到北京，目睹并经受了全球化大潮的裹挟和挤压，费尽心血但终究只能处于一种边缘状态。相对于北京，乌鲁木齐当然是边缘，然而对于西方世界来说，20世纪80年代至90年代的中国无疑又是一重边缘，而正是双重的边缘身份，注定了王刚及其小说始终处于一种分裂状态。从这个角度来看，王刚的小说《福布斯咒语》无疑是中国加入全球化进程的极具象征的文本，其表现出的焦虑、痛苦及狂欢都能在冯石与资本的二元对立中得到理解，他从偏远的外省来到北京，又从北京走向世界，这既是个体的成长痛史，也是一个民族的成长痛史，其中的痼疾和肿瘤令人触目惊心，无疑更是一种印迹，见证了其成长。如果说《子夜》中民族资本家的失败与其农民出身所带来的先天不足和农业中国的传统有关的话，那么在《福布斯咒语》中冯石的宿命则与身处边缘及其工人出身密不可分。对于冯石而言，其面对的已不再仅仅是对民族和国家的认同问题，而更多地关涉内化于全球化时代的边缘和中心的矛盾及文化、政治等诸多命题。就此而论，冯石这一形象无疑具有相当的典型性。

但问题似乎没有这么简单。

## 三

熟悉王刚的人都知道，以如此庞大的规模书写商界生活于他还是第一次，而从小说的写作来看，作者显然相当成功。但这并不是说，王刚就能胜任这样的题材和这样的写作。就王刚此前的写作而言，其显然不具备在宏阔的时空背景下，展现人物的悲欢离合与时代历史之间错综复杂的关系的叙述能力，至少就《福布斯咒语》而言，它也难以成为"新社会资本家的宿命"的象征性文本。显然，无论从哪个方面看，小说中的主人公冯石都不足以代表新社会的资本家，他虽然是相当独特的一个，却并不是十分典型。原因很简单，小说中的这个人物是先天成熟的个体，在个人的成长中看不出历史与时代的折射和聚焦。

作为小说家的茅盾，有意识地从社会阶级分析的角度来描摹一个时代必然走向衰败。因此，小说《子夜》中的吴荪甫代表的无疑是民族资产阶级及在其之上的民族国家的形象，吴荪甫的失败也是中国民族资本的命运的象征。而写作《福布斯咒语》的王刚，其意则在于表现个人命运的不可挣脱，即对"咒语"式的宿命的书写，因而在小说中虽有对历史时代及资本家的思考，但其重心显然是在冯石个人的内心世界和搏斗的过程上。这种差异决定了两篇小说有不同的结构设置，《子夜》采取了复线式的结构，力图全面地展现时代社会的风貌，而《福布斯咒语》则采用了单线条的结构方式，主人公的内心丰富复杂的一面在这种单线发展中得以集中展现，任何幽微曲折处都被无限聚焦放大，相反，其身上所具有的代表民族资本家的一面却较为薄弱。这种结构方式在某种程度上更似个人叙述，民族国家的形象和个人叙述之间的分离，使得任何个人的言行及内心活动都难以被做出夸大的阐释。而这也是小说难以成为"新社会资本家的宿命"的象征性文本的关键因素。

显然，小说致命的地方在于，似乎整个中国尤其是北京的各界政要都在围绕冯石而活动，其中根本见不到其他民族资本家的身影。因而，小说所叙述的生活面并不具备很强的代表性，这也决定了小说在叙述上的强烈的主观色彩。从这个角度看，小说充其量只是主人公冯石的一部自恋史。小说是以冯石的视角来反映时代社会的方方面面的，但这个大千世界并非直接呈现在冯石的头脑中的，而是经过主人公内心的过滤而被折射出来的，因而大都带有主观色彩。这是一种典型的主观性叙述，世间万物都是对主人公冯石内心世界的反映和表现。而这种时代社会在主人公眼里又被简化为资本的逻辑及其演变，因而判断是非的标准在他那里就只剩下能否带来剩余价值或附加价值了。他要尽手段，对待各种人事也因此而动；他喜欢姜青，不仅是因为她能带给他欲望的满足，还在于她那多少带有神奇色彩的经历的附加价值；他和银行家们周旋，制作各种假票据及证件，无所不用其极，都是为了尽力捞取更多的资本；对待工人，他更是善于使用各种手腕，甚至在对待亲戚及亲生儿子时也曾因为金钱有过刹那的犹豫；显然，资本及其剩余价值是他看待及感受世界的方式，也是他行为的准则，资本的逻辑在他身上得到了淋漓尽致的体现。

而所谓个人命运的不可解脱的"咒语"，在主人公身上主要呈现为其个人身份同资本的逻辑奇怪地扭结在一起。他时刻以民族资本家的身份自居，但眼中看到的只有资本，而他显然又是极端个人主义的个体，民族国家只不过是个人获取利益和资本的说辞或叙述而已。这较为明显地体现在收购北京老酱油厂的过程中。作为国有企业的老酱油厂已然倒闭，各种问题接踵而来，这些问题十分尖锐却得不到解决，冯石欠债累累却趁机提出兼并，他一方面打着"为民请命，为政府分忧"的幌子，一方面却不断以此要挟政府，从中获得各种利益。他分文不出却捞取了大量的国有资产，在获得大量的资金后应当解决工人的实际问题，他却置他们于不顾，把问题推向政府和社会，自己则置身事外。显然，民族国家对他而言，不过是一种叙述和包装，资本的逻辑才是其核心。虽然小说彰显出个人叙述的鲜明色彩，但这种个人叙述和资本的逻辑的结合，使得小说更加具有象征性。资本的逻辑及其力量才是冯石的生命中真正不可解脱的"咒语"！

## 结　语

如果说冯石身上所呈现出来的个人命运及不可解脱的"咒语"同个人身份和资本的逻辑有关的话，那么这种宿命其实已经呈现出了知识社会学的意义。在这里比较一下王刚的《月亮背面》和《福布斯咒语》是很有意思的。这两部小说所呈现的都是中国社会转型的关键时期，前者反映的是20世纪90年代初期的中国现实，后者则以2008年前后的中国作为叙述的对象；而如果从题材及人物形象来看，两篇小说无疑又有其一脉相承之处，当年的牟尼和李苗坑蒙拐骗，无所不用其极，多年后这一切又在冯石和姜青身上一一重演。所不同的是，如果说牟尼当年的失败是与20世纪90年代之初中国的经济、政治环境有关的话，那么冯石的宿命则可能同全球化的世界格局密不可分。他们的悲剧不仅与个人天生的弱点和对欲望的无止境的追求有关，更在于这种追求背后所呈现的社会学意义。

牟尼、李苗和冯石等人之所以会出现分裂式的人格，显然与他们所处的社会时代有莫大的关系。转折时代注定了身处其中的主人公身上不可避免地带有时代所留下的深深浅浅的影子和印迹。如果说20世纪80年代是一个精神高扬的年代的话，那么文学则无疑是那个年代主流话语的最为鲜明的表征，这在《月亮背面》中牟尼和李苗的专业出身和情感状态中有集中表现。理想的天空早已坍塌，持有文学之梦的人虽然满嘴说着文学，心里却在做着如何满足欲望的暴利之梦。在牟尼和李苗身上明显可见不同时代主话语的冲突，这种冲突在冯石身上同样有所呈现，所不同的是，在冯石所生活的时代，这种冲突表现得更为激烈也更为复杂了。全球化给中国带来了巨大的利益，同时，也给中国带来了巨大的风险。如果说牟尼的失败与当时的政策有关的话，那么冯石所面临的则是瞬息万变的资本环境了，其个人身上体现着牟尼式的精神和物质的矛盾，而且他与民族国家和跨国资本之间保持着千丝万缕的关系。从这个意义上看，冯石的个人命运其实也是民族国家之命运在全球化时代的表征。因此可以说，加于冯石身上的"咒语"也同样加于民族国家之上，这个"咒语"即资本的魔咒，人一旦深陷其中，就摆脱不了了。这就是宿命。

也正是在这点上，王刚的小说就具有了本雅明意义上的寓言式写作的特征。在本雅明那里，寓言已经改变最初的意义，其首先是相对于象征而言的。如果说"象征必然要理想化，必然要使物质客体服从于一种从内部启迪和救赎它的精神激流"[①]的话，那么"在寓言中，观察者所面对的是历史弥留之际的面容，是僵死的原始的大地景象。关于历史的一切，从一开始就是不合时宜的、悲哀的、不成功的一切，都在那面容上——或在骷髅头上表现出来。而尽管这种事情缺乏全部'象征性的'表达自由，全部古典的匀称，和全部的人性——然而，正是这种形式才最明显地表明了人对自然的屈服，而重要的是，它不仅提出了人类生存的本质这个谜一样的问题，而且还指出了个人的生物历史性"[②]。也就是说，在象征中，意义是明显的，是内含于客体的；而在寓言中，意义则是不存在的。其呈现的是不加褒贬、不含判断甚至带有陶醉色彩的丰富多彩的世界，这个世界无疑是"不合时宜的、悲哀的、不成功的"。这无疑是一个光怪陆离的世界、一个需要被救赎的世界，对它而言，小说写作——把它呈现出来——就是最大意义的救赎。"他在其中陶醉的同时并没有对可怕的社会现象视而不见。他们保持清醒，尽管这种清醒是那种醉眼蒙眬的，还'仍然'保持对现实的意识。"[③]这个"他"，既是城市中的游荡者，也是寓言诗人和作家。王刚的《福布斯咒语》无疑属于这样一种写作，它不加批判，甚至不无某种陶醉和欣赏，但正是这种呈现加深了我们对社会现实的认识，他并不是简单地粉饰或批判，而是展示，而这种展现本身，恰恰就是历史的一种救赎。

---

① 〔英〕特里·伊格尔顿：《沃尔特·本雅明或走向革命批评》，译林出版社2005年版，第7页。

② 〔德〕本雅明：《德国悲剧的起源》，文化艺术出版社2001年版，第136页。

③ 〔德〕本雅明：《发达资本主义时代的抒情诗人：论波德莱尔》，生活·读书·新知三联书店2007年版，第77页。

# 和解的虚妄与沉重

## ——关于鬼金

### 一

鬼金的小说很容易让人想起"多余的人"的形象,他笔下的主人公大都是与社会格格不入、若即若离的人,或耽于幻想郁郁寡欢(《对一座冰山的幻想》中的"鬼金"),或封闭自己以反抗世俗意义上的进取(《芝英》中的生子、《秉烛夜》中的"你"),或是郁郁不得志式的自我放逐(《李元愫》中的李元愫、《形同陌路的时刻》中的郁夫、《去灯塔船旅馆》中的邝与和《破浪》中的主人公"他"),或以自杀表明自己的抗争(《明莉莉》中的韩全、《旷夏》中的旷夏和《向南方》中的斯栋),或被视为精神病人关进精神病院(《另一半》中的陈河),等等。他们也曾想到放弃、和解或妥协,但这里的和解毋宁说是另一重抗拒。比如,《朱弭》中的主人公"我"把自己的书籍卖掉以表明自己的和解姿态,但其实是以放逐精神的方式,沉沦于肉体的狂欢中去。这就是鬼金的悖论,或者说拒绝,又或者说放纵。他们难以做到与现实真正地和解。

表面看来,这样一种悖论源于他笔下的主人公面临的身份认同危机。他们中的很大一部分人是工人(大多是轧钢厂的工人或吊车司机),他们手上做着最切实的体力活的时候,心里想着的却是形而上的命题。他们的内心分裂和心思的活泛显然是看多了书籍的缘故。但若做"考古学"式的分析便会发现,这里的书籍并不象征着抽象意义上的知识,而是有具体所指，它们大部分都是现代主义文学书籍，其中尤以荒诞派和存在主义类居多，诸如《悬崖》《局外人》《卡夫卡文集》《在路上》等。也就是说，鬼金笔下的主人公内心不安分并不是因为书读多了，忙着追求更高的理想而不安心生产，而是因为他们读了太多现代主义文学书籍，现代主义文学书籍只会让其不满于现状，而不是想着怎么介入现实。也就是说，他们的不满只是空洞的不满，没有多少积极意义。他们对工厂不满，并不是针对工厂本身。可见，工厂在这里只是一个语言学上的"牢笼"之隐喻，呼应着作者吊车司机的身份。在鬼金的小说中，真正写到工人或工厂生活的并不多，大多是写那些处于边缘的工人，或者那些工厂周边的与工厂有关的居民。鬼金的小说很难说是工厂小说或工人文学。虽然他笔下的主人公大多是工人，但工人只是一个没有具体意义的符号，对主人公的性格塑造并不具有规定性内涵。

但这并不意味着工人身份对鬼金来说就不重要，恰恰相反，这一身份标识构成了鬼金小说的独特魅力。鬼金小说的坚硬、生冷的质地，与他的工厂背景密不可分。或者还可以说，主人公的工人身份及其对工人身份的挣脱，构成了鬼金小说的独有张力。20世纪90年代以来，工人题材一度成为底层写作的重镇，但在这些作品中，在叙述者/作者的悲悯情怀的照耀下，工人身份是被赋予的，工人很少有自己的主体意识。虽然鬼金竭力表现对工人身份的挣脱，但他其实是以对工人身份加以否定的方式强化了自己的工人主体意识。他把工厂比喻成"牢笼"，说自己是"轧钢厂的囚徒"，是因为他强烈地感受到工厂导致的"人"的异化和"人"对命运的不可挣脱。也就是说，鬼金通过他的小说所完成的存在主义式的哲学思考，都是基于他的工人经验和工厂隐喻。没有工厂生活的根基，不可能完成他的哲学上的形而上的思考。这是一方面。另一方面，工人身份和工厂经验对于鬼金的意义还在于，它使得鬼金的小说写作始终保持坚硬的质地，就是说，工厂经验使得鬼金的小说具有了日常生活性。这就像风筝和线轴的关系，不管风筝飞得多高，固定住风筝的飞行方向的，永远是线轴。

毫无疑问，鬼金的小说带有极强的存在主义气质，但事实上，他笔下的主人公们（比如说那些轧钢厂的工人）的困境，更多的是物质上的困境。比如，工厂效益不好，工人们生活困顿，妻子嫌弃丈夫而愤然离去，父母离异,或者单亲家庭出身等。在某种程度上,一个物质生活困顿的主人公是很难完成存在主义式的超脱的。或者换句话说,其小说的主人公的存在主义式的困境,以及他们内心的阴暗、绝望,首先源于生活上的困顿,其次才是精神上的苦闷。鬼金的存在主义应该放到政治经济学的层面上加以考察。他的小说的主人公大都是中下层,这是中下层百姓的存在主义,因而在某种程度上也只是鬼金式的存在主义。

## 二

鬼金曾把"他本人就是他最重要的作品"作为自己的写作目标,他的每一部作品中几乎都有鬼金的影子和鬼金的气息。比如,《用眼泪,作成狮子的纵发》中的生子、旷夏、李元惚、老朱等轧钢厂的工人形象,如果不是作者的情感投射,很难想象一条街或一个厂里会有这么多"多余的人"出现,而且彼此在性格上是那么相似。这在某种程度上造成其小说的主人公之间辨识度不高,鬼金显然无意于人物典型性格的塑造。

有研究者从"零余者"或"多重人格"的角度探讨鬼金的小说,但这些并不足以全面概括其小说的主人公们的精神内核。就鬼金式的主人公如李元惚、旷夏等人而言,前面的指认当然没有问题,但对于那些非鬼金式的主人公,诸如彩虹、二春、芝英、朱河、土豆、金子等人,却与"零余者"无涉。两类主人公之间是否有共同点?答案无疑是肯定的。虽然这两类主人公的命运各异,但在生活的失败者这一点上是共通的。也就是说,鬼金的小说写的大都是中下层民众及其失败人生。这是鬼金的小说的力量所在,也是其沉重之处。其小说的真正力量在于给失败者立传!这是失败者的精神传记,而不仅仅因为他们大多是"多余的人"。

但这也带来一个叙事学上的问题,即情绪表达大于叙事,鬼金在专注于情感表达的同时,忽视了对叙事的经营:情节之间的逻辑关系不明,跳跃性很强。比如说《长在天上的树》,其中有一部分是这样的:"反正,我开始了我的城市生活,我不能再光着脚丫子在麦田里奔跑了……// 我不能再去那个旧的砖窑玩了。// 为什么这么说呢? // 因为那个旧的砖窑住着一个疯女人……"按照行文逻辑,不能再在麦田里奔跑和不能再去那个旧的砖窑，作为两个结果，是并列关系，其原因只有一个，即开始了城市生活，但作者却说，是因为里面住了一个疯女人，所以才不去砖窑。这里的逻辑关系显然是混乱的。再比如说《一条鱼的葬礼》，小说主人公朱河为什么要杀死水族馆里的大鱼，具体是怎么做到的，这些小说中都没有交代，始终给人一种云里雾里的感觉。小说中有一句话，"但鱼头馆老板的嚣张气焰很快就会被一个人给灭了，那个人还没有来，马上就要来了，而且是开着汽车"。读到后来，读者并不知道这个人是谁，这是一种典型的语言学上的"指称模糊"现象。我们只能猜测，这个人可能是镇长，但小说并没有提到他是不是坐汽车来的，虽然这种可能性很大。

　　鬼金的小说，靠的是情感的逻辑和想象性的线索结构，小说中，突兀性的情节很多，交代事件来龙去脉的链条往往缺失。比如，《朱弭》中的朱弭为什么会在失踪两年后回到主人公"我"的身边，而后重又离开。

　　这说明，鬼金的小说并不完全属于现实主义小说风格，他的小说具有文体上的不稳定性。而事实上，鬼金的小说还有另一脉络。比如说长篇小说《我的乌托邦》和更早的长篇小说《血畜》。虽然前一作品比后一作品显示出更大的自由、更多的可能和更广阔的空间，但两者的天马行空及"拒绝阐释"让我们明白，现代主义的奇谲怪异终究只是文学史中的"异类"，如不能耦合其所属时代的规定性和时代精神，便难产生力量和影响。

# "现实的可能性"
# 与神经衰弱者的自我救赎
## ——论《民谣》及其"反故事体"

如果说《民谣》（王尧）像作家走走所言，"是野心勃勃"的"文体方面的尝试"的话，那么其对读者的挑战，就不仅仅表现在"想象力"上，而更多的是在认知和判断力上。[①] 这是一部具有无限敞开性和多重解读性的文本，其丰富性和可写性，使其与近年来的李洱的《应物兄》、李宏伟的《灰衣简史》、吴亮的《朝霞》等一起构成先锋性文本序列。正是因为有了这些探索性的文本的出现，当代文学史的写作才会不断刷新，才会充满惊喜。

但这一小说又有着不同于上述文本的地方。这一小说中充满了多重张力关系。用叙述者"我"在"杂篇"中的话说，"我没有故事，可能只有细节"。毫无疑问，这是一部反故事的小说。《应物兄》并不反对故事，《灰衣简史》充满了隐喻，而《朝霞》则似乎拒绝阐释，王尧的《民谣》则处处以反故事的"细节"，呼唤读者去感受、辨别、阐释和建构。是的，感受！正是在感受的意义上，这部小说具有了别具一格的特征。它与同为苏州作家的叶弥的《风流图卷》具有内在的关联，与格非的《月落荒寺》有着另一重呼应关系。它们同属感受的现代性的范畴。感受的现代性表现在，它既是共时的，也进入历史，它既追求共通和时代的精神表达，

---

① 参见走走：《〈民谣〉里的民与谣》，《收获》微信专稿。

也诉诸个人的独特性。它是一种混杂，也是一次革命。这一小说在某种程度上是一种综合，它既是先锋的，又是传统的；既是理性的，又是感性的；既想反抗，又表现出内在的回归。它的出现，表现出汉语写作的开放性特征。

一

虽然说《民谣》是以第一人称的口吻讲述叙述者青少年时期的往事，但这部小说不是成长小说，也不是反成长写作。它在可以称为感觉的逻辑的推动下，讲述了一个被时空缠绕的神经衰弱的青少年如何走出自我及自我救赎的故事。"神经衰弱"应该说是这部小说（主部）的关键词。

社会学中有所谓"关键时刻"的说法，神经衰弱的出现，应该说是叙述者"我"的人生的关键时刻，因为正是从这一刻开始，一切都似乎发生了改变。对于神经衰弱的有无，"我"和父母并无异议，我们都承认神经衰弱的存在，分歧只表现在对神经衰弱的"病因"的认定上：

> 我无法理解父母亲把神经衰弱的病因归为去年春天我与白胡子老头相遇。这样一个有意思的故事，他们毫无兴趣。我无法忍受，我如此真实的经历会被大人嘲笑为做梦。他们有那么多梦想，我从来没有嘲笑过他们。包括他们梦想我以后如何如何，那是我要去做的梦，但他们梦想着。①

这段话其实是提出了"故事"的两种讲法。叙述者抱怨父母对自己讲述的"有意思的故事""毫无兴趣"表明了一点，即他们并不是对"故事"不感兴趣，他们感兴趣的是如何建构他们理解中的"故事"。在故事的讲述中，一个关键的问题是叙述的开端，"与白胡子老头的相遇"就是他们眼里的神经衰弱的起点或开端。父母坚持认为是某一触媒引发了神经衰

---

① 王尧：《民谣》，译林出版社2021年版，第22页。

弱。确认了这点，就可以把这一起点抹除，"我"的神经衰弱便会自愈。"我"不这么认为。"我"认为恰恰是从这一刻开始，"我"开启了重新打量和看待世界的新的方式。"我对村庄之外的许多向往，都贯穿在我对那个地名的猜测之中。""在后来很长的时间里，那个我说不出的地名成了我查询的字典和地图。""我"开始向往陌生的世界，这些向往都聚焦在白胡子老头说的"不熟悉的"被"我"忘记的"说不出的地名"上。

也正是从这一分歧开始，"我"的世界和父母的世界开始表现出不同的面目来。"我和他们的分歧越来越多。我不像以前，父亲他们说了什么，我就会点头，即便不同意，也只是不吭声。但现在，我和他们会有些争论，甚至故意抬杠。"由此可见，这是一个被建构的起点。因为彼此围绕这一起点，有了不同的言说方式。也正是从这一起点出发，"我"开始有意识地表现出"分歧"来。

分歧的存在，在某种程度上也表明一点，即神经衰弱其实是被建构出来的。他们之间争夺着对神经衰弱的解释权。也就是说，这不仅是医学上的神经衰弱，更是象征意义上的神经衰弱。叙述者"我"想通过对自己的"故事"的讲述来反对父母讲述的"故事"：这是"我"自己的故事。

这既是神经衰弱者的呓语，也是"反故事"的"故事"。整部小说在神经衰弱这一点上显现出多重互文关系。就神经衰弱而言，其症状主要有注意力难集中、失眠、记忆不佳等。注意力难集中和记忆不佳，也就意味着记忆的选择性和记忆的回环往复。这就带给小说一种开放式的结构：小说不是按照时间进程展开叙述的，小说的叙述具有发散性特征；时间在小说中表现出一种回环往复的特点。或者换句话说，时间在故事中随意出入，故事若隐若现，刚冒出头绪，又被从中截断。或者可以理解为故事被掰碎了打散在叙述中，构成一种互文关系。情节或细节首尾衔接，彼此解释。情节之间虽在时间上彼此接续，却并不具有决定与被决定的关系。故事是圆形结构的，而不是因果相接的。情节之间具有某种程度的临近、感应和暗示关系。因此，从这个角度看，要想把小说中的故事理出一个前后相继的脉络和逻辑来，是有一定难度的；但事实上，也无须这么做。因为叙述者"我"无意去勾勒、编织和复原这样的线索。这不是寻根文学的思路，也不是反写历史的逻辑，这是在呈现一种历史和现实的多元化和复线景观。它是"反阐释""反解释"的，它凸显的是另类现代性。它显示出来的是多重时间、空间缠绕下的多个故事重叠，是重复和轮回，当然，也可能是颓废。正是从这点出发，《民谣》与叶弥的《风流图卷》具有了同构性：都是在时空交错的背景下，呈现感觉的繁复与芜杂。这是感觉的现代性的呈现，有悖于资产阶级现代性的二元性。但《民谣》又不同于《风流图卷》，因为后者在线性的时间之外努力营造出另一种图卷，前者却是在缠绕的时空中，表现现实和历史的多重性。

有必要回到小说的开头：

> 我坐在码头上，太阳像一张薄薄的纸垫在屁股下。
> 
> 河水从西向东流过。大船，小船，木船，机船，偶尔也有竹筏荡过。我爱听摇橹的声音，像八哥儿鸣叫。机船高亢的声音让人心烦，但我喜欢机油的味道，在机船过后，我仍然能够闻到残留在河面上的油味。我说不清楚这种油味给我的感觉，机油和食油在水中会幻化成两种图景。只有在寂静的夜晚，你会听到竹篙滑落的水声像水珠落在荷叶上……水面的宁静不是鱼儿的涟漪打破的，是最早有人到码头淘米的声响。淘箩在水中晃动，荡漾出夹带尘埃的米水。这时，有鱼儿过来了。你屏住呼吸，将淘箩轻轻沉入水下，鱼儿进来了，吮吸着乳白色的米水。……如果这一天我起早淘米了，我会把淘箩再沉入水中，让小鱼儿回到河里。小鱼儿吮吸着米水，像蚕儿剪裁桑叶。奶奶说，大头，这叫放生。①

这段开头，可看成是全篇的隐喻。从这一段中不难看出一点，这是在释放人的全部感官：视觉、听觉、嗅觉、味觉……以及这些感官所结合起来的感觉。这是所有感觉奏出的交响乐，但叙述者又说"我说不清楚这种油味给我的感觉"。叙述者在各种感官的释放下沉静其中，"我"会放走进入淘箩中的小鱼儿，但在段落结尾，奶奶却说"大头，这叫放生"。可见，

---

① 王尧：《民谣》，译林出版社2021年版，第3页。

这段构成前后两种对比。前面是感官的释放和沉静其中,后面是赋予这种朦胧漫漶的感觉一个名字。这是对感觉的赋形行为。

但事实上,奶奶的命名行为却是人类所共有的。命名是一种联系的建立,是对所有感觉的重组,就像王尧在一篇与《民谣》具有互文关系的散文中说的那样:"等到有一天,我开始想到河水的来去时,我已经意识到我们这个村庄和外部的关系。如果有一天我从桥上过去,走到十里之外的公路边等候去县城的公交汽车;或者我从码头上坐船去县城,仍会殊途同归于县城汽车站。在那里,在熙熙攘攘的汽车站,我背着行李,忐忑地候车,前往远方。这只是我内心的想象,或者是对自己未来的一种猜测,因为我并不知道我将从县城去哪里。这个时候,我的想象和猜测虽然是不确定的,但我内心的躁动如同我在河边用一片瓦打水漂,看到那块瓦片在河面上激浪飞跃时一样。这片瓦块可能在河的中央就沉入水中,它是无论如何到不了南岸的。这是我少年时期度量河道尺寸的一种方式,当瓦片能够在河道中央下沉时,我庆幸自己的力量能够测量如此宽广的河面。是的,如此宽广的河面。"[①]作者又说"未名河的北岸,有一个少年在徘徊"[②]。命名也是一种"度量",既是有意识的,也充满着"内心的躁动"。叙述者"我"也努力沉浸其中,"我"参加队史的写作便是例证。这样一种悖论关系,可以理解为小说的张力结构关系,它一方面推崇感觉的逻辑,另一方面又尝试在这种感觉的逻辑下赋予其意义和名字。

这也表明,小说并不是一个解构的文本,而是一个解释学的文本。它提出的是这样一个严峻的命题:历史的多义性带来解释和命名上的多义性。感觉的逻辑和感官的多面性是拒绝单一和单义性的。在小说中,叙述者"我"始终对王二大队长的牺牲这一事实,没有给出确切答案,其所表现出来的正是这点。叙述者"我"并没有深究是谁出卖了王二大队长,可能是地主胡鹤义,也可能不是。小说名为"民谣",正体现在这种多义性和含混性中。这可能就是"民谣"的意义之所在。

---

① 王尧:《我在未名河的北岸》,《雨花》2020年第11期。
② 王尧:《〈民谣〉的声音》,《收获》微信专稿。

小说的深刻性还体现在，人类都有一种赋予所有的感官以正常秩序的渴望。叙述者"我"也不例外。"我"一方面沉浸在所有感官的释放中，自得其乐，另一方面也愿意回到或进入社会关系构成的秩序中，服从其理性逻辑的支配，重构其理性的秩序。由此不难看出，感觉的逻辑和理性的逻辑，两者之间的矛盾和悖论关系构成了这部小说的深层结构。两种行为间的挣扎及挣扎的痛苦，在某种程度上可以看成是"我"的精神衰弱的缘由和症结所在。

## 二

虽然叙述者在"杂篇"中说"我无法说自己在多大程度上还原了已经逝去的年代"，但作者却又这样坦诚："如果说我有什么清晰的意识或者理念，那就是我想重建'我'与'历史'的联系。"① 两段话看似矛盾，从中仍可看出，这里所谓的"重建"，其实可以理解为关系的重建。两者间的关系才是小说的着力点。通读小说不难发现，作者既无意表现个人同历史间的紧张关系（因此小说中没有太多的冲突和斗争，少有戏剧性的情节），也没有凸显个人的主体性，以表现其同历史的有意疏离和冷静思考（个人并没有超越自己的时代而表现出那样的前瞻性）；作者并没有强调其中的任何一个方面。他想表明的是，个人总是历史中的个人，个人总是受制于自己所属的时代；个人同历史的关系必须放在"关系命题"中加以审视才能真正有所发现，个人既不可能超越自己的时代，也无法不被自己的时代所塑造。《民谣》其实提出了个人的有限性、选择性和主动性问题。联系前面对神经衰弱的分析可以看出，叙述者并不是不想讲故事，而是想通过对传统的故事的拒绝来讲述属于自己的故事。从这点出发，似乎才能真正理解《民谣》所独有的腔调。

明乎此，就可以讨论个人与历史的关系的重建了。如果说个人与历史的关系可以理解为细节与故事的关系，那么叙述者对故事的忽略就是为了凸显细节和细节中的不可忽略的个人，以此来间接地重建历史。作者其实

---

① 王尧：《〈民谣〉的声音》，《收获》微信专稿。

十分清楚，所谓"重建"其实也是细节的重建，因为历史只有在重建细节的基础上才能真正得以重建，虽然这样的重建具有"反故事"的倾向。既然细节不能还原"已经逝去的年代"，那应该从何种意义上去理解细节的重建？

突出故事，就会忽略细节的独特性。它只是从细节服务于故事的角度表现细节，这样的细节只有在故事的构成部分的意义方面才能显示其价值，它们是没有独立价值的。只有突出细节，才能充分释放细节的主体性。细节的意义不在于建构故事的完整性，而在于其本身。如果说故事中的细节是为编织成有头有尾的完整的结构而存在的，那么脱离了故事的束缚的细节，则是不具逻辑关系的彼此散立的闪光的跳跃的点。小说所凸显的正是这些跳跃的点，以强调其感觉的具体情境性。

这样来看小说的结构，其"杂篇"和"外篇"就显得意味深长了。"杂篇"由叙述者中学时的作文本和夹在作文本中的"各种稿子的草稿"构成。"杂篇"中的稿子包括作文、新闻稿、信件、申请书、倡议书、毕业留言、检讨书、儿歌等。"这些作文和写在信纸本上的稿子，留下一个乡村少年到青年的思想发育痕迹和尘埃。""但在断断续续写作这部所谓的小说时，我发现，这些作文或稿子，其实也是这部小说的一部分。于是，最终还是用'杂篇'的形式将我这些散落的文字收拢进来。考虑到这些作文或为他人写的稿子年代已经久远，与之相关的事儿，我也模糊了，便尝试用注释的方式追忆和补记当年的情景。"这些文本在今天看来虽都是确确实实的"文献"，但经过叙述者的注释后，却不禁让人疑惑重重：这些文本，不论是私密文体如信件，还是公共文体如申请书，都有真实和虚构的成分在。叙述者的注释，所起到的正是这一确证作用：真实"文献"背后也有着真实和虚构的双重性，它们是彼此混杂在一起的。就像叙述者接下来说的那样"我在记忆中去虚构，在虚构中去记忆。"真正的"非虚构"是不存在的，即使是那些公共文体。

如此看来，只有细节所联系着的感官的此在性，才可能有意义。既然细节的真实度变得可疑，那么由其编织而成的收尾连贯的故事及其生发的意义也就变得可疑了。叙述者所拒斥的只是细节的逻辑勾连下的意义的明晰性，而不是细节本身。虽然说细节的真实性变得可疑，但并不表明细节所联系着的感官也就显得可疑。感觉既与回忆中的当时当地的语境紧密关联，也联系着回忆时的当下语境；感官可以沟通历史和当下。这里的悖论和关键就在于，感官的多义性只有通过细节才能呈现出来。这样也就能理解何以这一小说中细节往往呈现出前后解释不一的现象了。最典型的就是王二大队长的牺牲，再就是"我"与白胡子老头的相遇。事件还是那个事件，但呈现在人脑中或纸面上的事件，却因有感觉和记忆渗透其中而变得前后不一。

这一对细节的强调，主要表现在小说的主部中，即卷一至卷四。小说的主部是以第一人称的形式追述过往的历史，这样的记忆文字中，充满了希利斯·米勒所说的"双重记忆的法则"："每一个这样的令人难忘的形象都有着双重甚至三重或四重的特性。依照华兹华斯对诗人想象力所下的定义——它在平静的状态中，创造出与这些令人难忘的形象相吻合的情感，因而每个形象都依照当时的模样或依照亨利心目中它当时的模样塑造，并浸渍了那一时代的情绪。""同时每个形象在其塑造过程中也间接地渗入了亨利晚年对之所作的大彻大悟的阐释。"①《民谣》从一开始就不打算追求真实性、准确性或还原历史，从其"反故事"的形式中可以看出这点。既然细节不一定真实，自然就无须在细节之间勾连起起承转合的逻辑关系，无须建立起连续性的线性脉络。线性的秩序一旦被打破，细节的可感就成为小说的重心之所在。通过对细节的可感的追求而实现对历史的丰富性的理解，在某种程度上也成为这部小说的叙述效果之所在。

这里有必要明确一点，这部小说并不是要反写历史或重写历史，而只是想在历史（正史）之侧写出历史被忽略掉或遮蔽的丰富性。这种丰富性表现在个人的有限性和感觉的丰赡性的背反关系中：我们既不必夸大个体的预见能力，也无须否定个人的独特性。此一背反关系表明，历史只有在参与者的回忆的情境下，才能重建其内在关联；对于身处其间的人来说，有的只是感官。感官的丰富性，是历史所不能加以简单化的。"外篇"所

---

① 〔美〕J.希利斯·米勒：《小说与重复——七部英国小说》，天津人民出版社2008年版，第99页。

建构的意义是简单明晰的，但历史本身却不尽然。对于身处其间的个人而言，个人既会被其意义所塑造、所约束、所促动，也会表现出对意义的拒绝、疏离和再建构。个人是无意识的、不自觉的，也是感觉丰富的。这样来看，"杂篇"就既属于"元小说"的范畴，也是在历史之外重构（或建构）个人的主体性。

## 三

如果说主部处理的是细节和个人，"外篇"处理的是故事和历史，那么"杂篇"处理的则是个人和历史的关系、故事和细节的缠绕，以及两个时代的对话。它涉及的是阐释学命题：对细节的阐释和再叙述。如此看来，"杂篇"当属于合题。这其实是告诉我们，有必要从"杂篇"的角度回过头来重新看待"内篇"。就是说，我们有必要以阐释学的态度重构"内篇"中细节背后的故事。

表面看来，"内篇"中的时间脉络是晦暗不明的，因为其中的细节之间并不具备因果关联，这是互相缠绕着的细节，显现出来的是时间的循环性和封闭性。即使如此，我们仍旧可以说，小说讲述的其实就是"我"的成长过程。小说也始终是以成长过程组织细节的，小说很少写到成长完成后的事情。这一矛盾，是我们理解这部小说的钥匙。其矛盾表现在细节的设置上，即在成长前史的脉络中展现"儿童"的"缺席"。在这一叙述中，成长前是被放置在一个同质的时间段来表现的。就是说，"我"的童年是没有的，这里并没有通常意义上的"儿童"。所谓贪玩的、纯粹的"儿童"是不存在的。

一般的成长小说，是在"儿童"的基础上表现"成长"主题的：所谓成长意味着儿童气质的被扬弃。在这部小说中，"我"的成长过程中却没有出现"儿童"的影子。"我"是一个感觉特别敏锐而又早熟的人。很早就会编儿歌："你拍手，我拍手，做完游戏往前走，走到路口不回头，红旗插在校门口。"但这里的儿歌显示出来的却是"儿童"的消失，这是被塑造出来的"儿童"："儿童"并不纯粹，是一种混杂的、混沌的存在形态。就此而言，时间在"我"的成长过程中就是循环往复的，是彼此交错地展开的。这不是在时间的线性逻辑下的成长，因而这里的成长就只是就年龄的增长而言，不具备个体与民族国家的同构性。

即使是这样，小说仍旧写出了成长的多种可能及其新变。这种新的东西就孕育在时代的新变中。小说虽然具有"反故事"的倾向，但还是有线索可循的，从中不难找出隐藏的草蛇灰线。这一线索就是1972年春夏之交到1974年春夏之交。小说是以这三年为经线组织回忆和编织细节的。在这之前是1971年的春天，之后叙述者满十六岁，要去读高中了。

从时间段来看，小说又不完全是成长写作。因为它是写十六岁以前的事情。小说虽然以1972年为时间的起点，但真正的开端却是1971年的春天，叙述者"我"同白胡子老头的神秘相遇。白胡子老头说出了一个陌生的地名，激起了"我"的无限向往。这可以说是小说的真正起点。在小说中，这一被忘记的地名的意义就在于，它是一个超级的能指，既具体（具体表现在它确实是一个地名，只是被遗忘了）又抽象（抽象表现在无法落实到某一个具体的地名），其意在于激起叙述者离开村庄的想法，但具体去往什么地方却不甚清楚。小说的开头，是一场等待："我"在码头，等待外公交代完"历史问题"归来，这是充满希望的等待。这时，希望变成了迷惘，"不知道往哪儿走"。因此，这里的问题就变成：叙述者何以会从充满希望变得迷惘？希望又是如何成为可能的？

1971年春天与白胡子老头的相遇，其实已经预示了前景和希望。这一希望还联系着另一件事，那就是钻井队的到来，这预示着农村命运的改变的希望。但经过了两三年，这一希望并没有成为现实，现实仍旧是晦暗不明的，钻井队也并没有勘探出油井来——一切一仍其旧。农村仍旧是让人迷惘的。一次无意中窥视到女性（邻居同龄人梅儿）的胸部，令"我"的心怦然不已："我转身跑到路边小便时，我感到燥热，小便撒得很高，几乎在我头顶的位置小便从高处落下。// 我开始长大。"除欲望的驱使（或趋力）之外，构成成长的关键时刻的事件，是死亡的刺激（死亡趋力）。这中间有过几次死亡事件，一个是三小的死，一个是外公的死，一个是老先生的死。在目睹了几次死亡后，"我"开始有了较为直接的触动，开始有了较为清醒的思考，虽然这样的思考并不成熟。叙述者正是在关于生与死的朴素的认识中慢慢长大的。这个时候，1974年的初夏到来，"我"入团了。"我"因此激动不已。这其实预示了两种可能。"我"虽然并没有产生明确的自我意识,但终究渐渐长大,"我"被一种朦胧的欲望驱使,"我"经历了希望与失望的交错,目睹了生与死的分隔。这可以说是黑格尔意义上的"扬弃",新的可能就孕育在对旧的"扬弃"的过程中。

小说至此,开放性的结局显现:"我"入团了,要离开大队去镇上读高中了,一种与新的空间联系着的新的生活即将显露出来。但恰恰是这个时候,老先生死了,他留给我一张纸条,上面满是文言文,其曰:"由是观之:无恻隐之心,非人也;无羞耻之心,非人也;无辞让之心,非人也;无是非之心,非人也……"这是出自《孟子》的一段话。小说主部以这段话作为结尾。其实是对"我"的过往和未来提出了批评与规劝。"我"的高中之路会是怎样呢?"我"的成长将会以什么样的形态呈现出来?这时"我"仍旧只有十六岁,还没有真正完成精神和生理上的成长。小说主部所写的正是成长完成前的不断扬弃的过程。

这也能让我们很好地看待"杂篇"。"杂篇"其实呈现的是两个时代的对话,一个是彼时的成长前的"我",一个是写作这部小说的当前的叙述者"我"。虽然叙述者"我"反复宣称记忆模糊,但这并不妨碍一点,即现实的当前的"我"方向感清晰,不再茫然,而并不是处于成长前的苦闷的"我"。反过来说,"杂篇"其实是以注释的方式,完成了对主部的未完成的结局的注释:主部的未完成在注释的文字中得到了补充。小说写的其实是成长前的苦闷和多重可能。

## 四

《民谣》并不是严格意义的回忆体小说,它聚焦成长时期,其实是提出了"成长"主题的写作问题。就是说,人的成长与特定的历史密切相关,个人不可能脱离具体历史而孤立地成长,个人也不可能或者说很难做到超越历史,个人的成长总是特定历史的产物。因此不妨说,每个人的成长都是一个话语事件。

其话语性表现在以下四重张力关系中。第一重张力关系表现在叙事意图层面。一方面叙述者自我坦陈"我没有故事,可能只有细节",另一方面作者又说要"重建'我'与'历史'的联系","我个人只是细节,历史才是故事"①。叙述者和作者的不一致,"反故事"和对故事的追求,这两方面所体现出来的,在某种程度上正是主题的开放性。这也造成第二重张力关系的产生,即小说聚焦"成长"主题,但呈现出来的却是成长前史,它是以成长的未完成来表现"成长"主题的。这是未完成的成长图景。这样一种未完成性表现在叙述层面就是,它看似推崇感觉,表现出漫漶性和不确定的特点,但在时间脉络上仍旧有迹可循。这是小说的第三重张力关系。时间脉络的有迹可循造成一种景观,即细节之间的前后并置关系。这种前后并置,是在成长的意义上被并置起来的。毫无疑问它具有多重含义、多重指向、多重可能,但最终指向一点,即成长的渐渐完成。这是无方向的方向,我们在多重可能中慢慢成长,我们有着不可磨灭的过去、不可磨灭的感觉的丰富性,这是成长后的今天在回望历史时所不可否认的。这一切的改变都孕育在未明将明之时,旧的仍旧存在,新的尚未出现,曙光是存在的,但曙光的方向却又是不明朗的。说得确切点,小说所显示出来的,是雷蒙德·威廉斯意义上的"主导文化""残余文化"和"新兴文化"的混合状态。

小说的第四重张力关系表现在,它看似虚构,但其实是在虚构中再造真实。虽然叙述者反复声明难以真正做到"真实",但小说给人的感觉又是真实可感的。它有着超乎想象的真实。这是感觉的真实,是在回忆和对回忆的阐释中建构起来的感觉的真实。这种真实,早已超越了通常意义上的真实与虚构的区分。感觉正在于对真实和虚构之间的界限的打破。真实是一种存在,也是一种建构,感觉表明的正是这一点。它具有具体情境性的特点,因而也是一种话语构成。《民谣》的意义正在于对界限的打破和对关系的重建。其所体现出来的正是一系列的张力关系。小说之所以聚焦十六岁之前的几年,正在于表明这点。

米兰·昆德拉曾提出"存在的可能性"命题②,所以他喜欢在一种戏

---

① 王尧:《〈民谣〉的声音》,《收获》微信专稿。
② 〔法〕米兰·昆德拉:《小说的艺术》,上海译文出版社 2019 年版,第 59 页。

剧性的情境中，以"不可能性"来表达他对现实世界和"可能性"的理解。在他那里，现实和存在其实构成一种紧张关系，他是以对现实的否定来完成他的"存在的可能性"的探索的。米兰·昆德拉的思路当然有其合理性，但事实上，还存在另一种路径，即能否从现实本身挖掘存在的多重可能。可以说，正是在这个层面，王尧的《民谣》显示出不可忽略的意义，他从现实出发提出了"现实的可能性"命题：现实本身孕育着多重可能，无须从存在的角度加以发掘。从这个角度看，他其实可以称得上是卓有成效的"现实的探索者"。

路径与坐标——新时代
文学演变的空间构型

# 第四辑

城乡的想象

# 作为"他性"的城市与城市文学
## ——城市化进程与城市文学的理想性

就城市文学的写作而言,其自始至终受到乡土文学的影响和制约,我们有关城市的想象始终与对乡土的想象联系在一起。20世纪50年代至70年代,有所谓"革命的农村"和"保守的城市"的对立[①],而随着20世纪80年代以来改革开放的推行及城市化进程的加快,城乡之间的文化想象重新回到"五四"以来形成的所谓"进步的城市"和"落后的农村"的主导模式中去了,20世纪90年代以来,随着中国加入全球化进程的步伐加快,城市文学的写作相应又有了新的变化。可以说,对于城市文学的发展的考察,没有乡土文学的参照及其作为他者式的存在,便不可能有更深刻的认识。城市文学中的"城市"从一开始就不是一个本质化的构成,而是不断变化和被塑形的构造物。其包含两个相互联系在一起的部分,一个是乡土文学中对城市的想象性建构,一个是城市文学中对城市形象的塑造,即作为想象的对象的城市和作为表现的对象的城市。在某种程度上,乡土文学构成了城市文学的另一面。我们对乡土的表现成为城市表象的参照。城市文学的现实性和理想性只有放在这一参照中,才能更好地加以把握和理解。

---

① 参见〔美〕莫里斯·迈斯纳:《马克思主义、毛泽东主义与乌托邦主义》,中国人民大学出版社2005年版,第22—64页。

一

我们之所以要从城乡二元对立的角度理解城市文学的现实性和理想性，是想指出：如果说城市文学的现实性更多指向自身（即以城市的现实日常作为表现对象）的话，那么其理想性则指向他者。就城乡二元对立的现代性社会而言，城市一方面被赋予文明和现代的道德内涵，另一方面被赋予反自然的特征，城市文明病是与城市的现代形象（及现代化进程）相伴始终的。这是城市化和工业化进程加快带来的必然结果，其表现在新时期以来的文学创作中，是互为前提和结果的两种叙事动力，一方面是"到城里去"的持久冲动，一方面是精神上的返乡冲动，而也正是这样一种精神上的返乡冲动，构成了城市文学的理想性。这在20世纪80年代的知青文学的部分作品如铁凝的《村路带我回家》、王安忆的《本次列车终点》和韩少功的《归去来》，以及贾平凹的《商州》《商州初录》等小说中，有极为象征性的表达。但这种返乡的冲动，在全球化的今天似乎已经走向终结，当小说的主人公们在北京生出精神返乡的冲动的时候，却发现故乡的消逝，于是，"到更远去"就成为他们的精神上的潜在追求。这是全球化时代的"无家可归"，更是这一时代城市文学的理想性的症候式表达。简言之，对于城市文学而言，其理想性并不仅仅指向自身，更指向他者。理想性在城市文学那里更多是一种他性存在。

就城市文学的现实性而言，城市文学当然要以其现实日常作为表现对象，但若以为城市日常仅仅指向自身，这也是误解。我们知道，在近现代文学史中，乡土文学一直充当关于中国民族国家的寓言写作的象征。鲁迅和沈从文的乡土小说虽然从两个不同的方向构筑了乡土小说的脉络，但在塑造有关中国的形象上无疑具有内在的一致性，就像陈凯歌导演的电影《黄土地》中所显示的那样，宁静的、悠远的和即将流逝的田园乌托邦。这是有关中国形象的两个侧面。这一状况在20世纪50年代至70年代一度中断，80年代以来仍在延续。只是这时的乡土文学如贾平凹的《腊月·正月》，表现出来的在传统和现代之间徘徊的主题，因为涉及改革开放这一宏大叙事而具有这一时代的规定性内涵，但其作为关于中国民族国家的寓言写作的性质并没有根本改变。

  这种状况,决定了此时的城市文学的写作,在某种程度上成为乡土文学的他者式的存在。也就是说,有关城市的想象和对城市的书写,很多都是在以乡土文学作为他者的前提下完成的。就前者而言,典型的有高晓声的《陈奂生上城》、张一弓的《黑娃照相》、路遥的《人生》《平凡的世界》,以及铁凝的《哦,香雪》等。城市一方面是异己的和陌生的存在,另一方面也寄托了作者/叙述者的理想。比如,黑娃(《黑娃照相》)通过城市的照相馆,建构了作为中国农民的他和美国总统的想象性关系,而香雪(《哦,香雪》)、高加林(《人生》)和孙少平(《平凡的世界》)则通过知识或书本建构起有关城市的想象和美好形象(即所谓梦想实现等)。可以看出,正是这一以乡土作为中国寓言的象征,使得城市具有了某种理想性的精神品格。而这一理想性的精神品格,在邓友梅的《寻访画儿韩》、刘心武的《钟鼓楼》、陆文夫的《美食家》、冯骥才的《雕花烟斗》和范小青的《裤裆巷风流记》等对城市的书写中有着进一步的展现。这样一种"文化化"的城市写作,是在"风景的发现"的意义上展开的对城市文明的回溯和追溯。城市日常被赋予了文化的内涵。虽然农村的改革带来传统的失落(如贾平凹的《腊月·正月》中所显示的那样),但前面这些小说所显示出来的城市的深厚的文化积淀却在告诉我们,传统也存在于城市中,尤其存在于市井里巷中。恰恰是这些小说,其实是最不具有现实性的。它们以对现实的文化内涵的挖掘来完成对现实日常的有效遮蔽:现实日常的平庸和沉闷都在文化的光晕中湮没不闻。

  城市文学写作真正直面现实,是在20世纪90年代以后。比如,王刚的《月亮背面》和新写实小说中的刘震云、池莉的部分作品。《月亮背面》充分展现出此前建立的有关城市想象的破灭,现实劈面而来。而与这一起到来的,是全球化进程和城市化进程的加快,在这个脉络上与其遥相呼应的,是作者王刚前几年的长篇小说《福布斯咒语》。刘震云的作品如《一地鸡毛》则把城市日常的琐碎而又坚硬的一面凸显了出来,在这种情况下,对于主人公而言,"豆腐馊了"可能比所谓的诗歌、理想和爱情等宏大叙事要严峻而急切得多。在某种程度上,正是有了新写实小说的成功"祛魅",才会有之后的晚生代作家的城市欲望写作,诸如韩东、朱文、何顿、东西等作家的部分作品，以及卫慧的《上海宝贝》。这些作家不约而同地在作品中呈现出城市的多面性来：他们一方面写出了城市生活的琐碎、平庸、丰富乃至魅惑，一方面也"同时性"地呈现出城市残酷的一面，全球化的进程加快了城市人群的两极分化。底层文学正是在这一脉络中浮出水面，其多以城市作为背景自然也就不难理解了。这样来看就会发现，底层文学与新写实小说在精神内涵及内在悖论上，具有内在的一致性。底层文学的碎片化和总体性缺失（即底层文学中苦难的起源不明和反抗虚无），与新写实小说的宏大叙事的解体之间，有着某种程度的同构性关系。

应该指出，不论是新写实、晚生代还是底层写作，其所表征的，都是现实日常的碎片化和表象化。就像余华的《兄弟》中所显现的那样，这是对浮躁凌厉的现实社会的表现。我们只看到表象的真实，或者说是碎片化的真实，而看不到背后的本质化的存在，或者说看不到总体性的存在。《兄弟》的出现，使我们看到了城市的荒芜和浮躁。但这里需要注意到，《兄弟》中的城市并不是真正意义上的城市，它只是中国的一个城市与乡村的"中间地带"——乡镇——这是关于刘镇的故事。就是说，这只是城市的隐喻，甚至可以说是中国的隐喻。从这个角度看，《兄弟》可谓象征性极强，但这只能称为"后寓言写作"，早已不再是20世纪90年代以前的那种"空间的特异性"和"时间的滞后性"[①]的表征。城市的碎片化使得城市成为欲望和荒芜的代称。

## 二

对于20世纪90年代以来的城市文学而言，其所面临的问题是多方面的，其中最具挑战性的还是全球化进程的加快所带来的精神迷惘问题。全球化带来空间等级秩序的出现，所谓一二三四线城市的划分，或者说"全球中心城市"和"地方性城市"的分野即此表征。在某种程度上，城市等

---

① 参见张颐武：《民族寓言的表意策略》，载张颐武：《从现代性到后现代性》，广西教育出版社1997年版，第25页。

级空间的形成导致了城市文学中"跨域写作",现象的出现。所谓"跨域写作",是指小说的主人公在一种无法停止的具有空间流动性的位移中生活和安置自身。这里的"跨域",不仅包括跨越城乡两端,更包括跨越中心城市和地方性城市,甚至跨越国界。城乡之间的跨域使得城市文学和乡土文学之间的界限日渐模糊,中心城市和地方性城市之间的跨域则带来对身份认同的焦虑及精神上的无家可归感。

与城乡间的跨域一起出现的,是城市文学与乡土文学的界限日益模糊。城市文学的边界的扩大是 20 世纪 90 年代以来的独有现象。随着大量的农村人口涌向城市,"到城里去"成为城市文学写作的一个新的议题和挑战。关于这一点,在 20 世纪 80 年代路遥的《平凡的世界》里孙少平和他的姐夫的行踪中已经看出端倪。这一趋势自 20 世纪 90 年代以来日趋明显。进入 21 世纪以来,底层文学的出现就是最为明显的表征。其中很多作品,比如,孙惠芬的《民工》《天河洗浴》《后上塘书》,关仁山的《麦河》《天高地厚》,刘庆邦的《到城里去》,贾平凹的《极花》及东西的《篡改的命》等,虽然这些作品的表现对象主要是农民,但因他们在城乡间来回移动,很难说它们是纯粹的乡土小说或城市小说。

城乡间跨域写作现象的出现,反映的是中国城市化进程的加快,以及中国更加紧密地融入全球化进程这一历史进程。就是说,城乡间的跨域写作是对当前中国国家形象的历史变迁的文学反映,城乡间的跨域写作正取代乡土文学而作为中国形象的象征表达。

如果说城乡间跨域写作表现出来的是对"城市发展病"的审视的话,那么"全球中心城市"和"地方性城市"之间的跨域写作表现出来的则是对"城市漂流症"的悖论式反思。这在徐则臣、文珍、甫跃辉、马小淘等人的小说,以及宋小词的《直立行走》中有极为鲜明的表现,他们笔下的主人公们千方百计地从家乡小镇或小城奔赴北上广那样的"全球中心城市",或武汉、南京、杭州那样的地区中心城市,以北漂、上漂或广漂等形象出现在小说中。他们承受着精神上和物质上的双重困境,这些困境的存在使得他们对"城市漂流症"展开了反思和批判,但即使如此,他们笔下的主人公们也仍旧苦苦地执着于中心城市的生活。因此,他们的小说就表现出一种奇怪的但也是悖论的情境:越是对"城市漂流症"展开反思和批判，就越要在大都市坚守。在这里，城市漂流是与精神还乡奇怪地联系在一起的，两者之间是一种无解而又并存的关系。

就跨域写作而言，其悲壮性正在于这是一种不可逆的跨域，作家们当然明白这点，因此有些作家开始思考另一种可能。对另一种可能的探索在张忌的《出家》、鲁敏的《奔月》和王安忆的《匿名》中有极具象征性的表达。在《出家》中，主人公从奔赴城市到出家的转变，显示出来的其实是现代农民对自己的进城经验的深深怀疑和另一种选择。他们知道他们走向城市的必然性，但他们还有另一条道路可以选择，那就是出家。出家以既不是走向城市又不是回到乡村的矛盾形式，显示出其作为城市和乡土之间的中间地带和过渡形态的价值。这是一种无奈的选择，同时，也是一种自觉。当全球化的进程加快而故乡不再时，出家才成为真正意义上的归家和返乡。这是多么无奈啊！鲁敏的《奔月》显示出来的则是久居城市给人带来的深深的厌倦感及其逃离的不可能。全球化时代的今天，空间上的同质性使得任何形式的逃离都是枉然。小说结尾处女主人公小六的不停歇的奔跑，表现出来的正是这两者间的悖论及不可能性。与前面两种尝试都不同，王安忆的《匿名》是在另一个层面思考这种可能。小说中作者以主人公被从全球大都市上海绑架到深山老林的形式，让主人公在一个全然陌生且原始的情境下开始一种再度文明化的尝试。这些尝试包括：重新认识自己、自然和世界及它们的关系；重新认识自己、自然和世界之间的符号；重新识别辨认人类的语言。这样一种重新学习的过程，其实也就是重新文明化的过程，更进一步说，其实也就是重新城市化的过程。因为随着这一过程而来的，是主人公从深山老林来到边地小镇，而后是城镇，最后回到上海的历变。但悖论和具有反讽意味的是，随着这一过程而来的，是主人公对自己的认识的再度模糊，以至于最后崩溃。其结果是，在主人公有机会回到上海的时候，他选择了永远回归自然——葬身湖底。不难看出，在这一小说中，王安忆通过对文明的重新审视，再度审视了"城市病"的由来及去处。正是因为对这来处和去处的审视，才让王安忆最终绝望地意识到，人类的文明史原来就是一部城市史，同时，也是一部从认识自己到最终迷失自己的历史。这是多么让人绝望啊！

## 三

　　从前面的分析可以看出，当文学只以城市本身作为表现对象的时候，城市文学是不可能有理想性的。碎片化叙事、欲望写作等，都可以看成是理想性缺失的城市文学表征。全球化进程带来的，一方面是乡土的消逝及难以遣怀的思乡病（比如李锐的《太平风物》和关仁山的《日头》），一方面是城市空间等级秩序中在城市间的流浪及精神上的无家可归。这两个方面看似是两个毫不相干的社会进程及其文学表现，但其实同属一个"问题域"。这些都是对全球化进程的加快所带来的人们内心的躁动不安的文学表现。在乡土日益缩小、日趋消逝之际，精神上的返乡是否还有可能？当精神上的返乡不再可能时，那些在城市间流浪的"游荡者们"又该如何安置自己焦虑的心灵？家园何在？有关原乡的想象能否重建？它们看似无解，但如联系城市文学在20世纪90年代的转型便会发现，碎片化写作及欲望叙事的出现，是与宏大叙事的解体及其带来的总体性的缺失互为前提的。后者在某种程度上构成前者的"认识论基础"。

　　也就是说，要想重建城市文学的理想性，就必须从总体性的重建的角度入手。这并不是说我们不能对城市日常展开批判，而是说，今天的城市批判与沈从文和老舍时的城市文明批判有着不同的规定性内涵。今天的城市批判应该在总体性的重建的基础上展开。对于沈从文和老舍所在的那个时代，因为有乡土或传统中国的存在作为依托，城市的失落是以乡土的精神上的胜利为前提和结果的。但在王安忆的《匿名》和张忌的《出家》中，主人公的困境则源于城市和乡土的双重陷落，他们表现出来的决绝姿态及悲壮意味告诉我们：对于今天的城市文学写作或乡土写作来说，重要的不只在于精神探索，更在于文学的整体性或总体性的重建。看不到这点，对城市文学的理想性的探索便无从谈起。

# "去文化化"视域中的城市文学写作及其理论问题

对于城市文学写作而言,城市景观的凸显是常被论及的话题,但何为城市景观却始终没有取得共识。一种有代表性的观点认为,"十七年"文学中有工业题材而几无城市文学,萧也牧的《我们夫妇之间》是经常被提到的作品,这部小说被认为是城市文学在"十七年"文学中的最初代表,也是城市被改造的象征。① 这一观点的背后,其实隐含着如下命题,即城市是消费、娱乐和休闲的空间,而非生产性所能涵盖的。显然,这种观点的提出,明显是针对"十七年"文学写作中的工业题材小说的。的确,在"十七年"文学工业题材小说中,城市的功能常常简化为生产性的空间,城市的丰富性荡然无存。但如果从彼时农业题材小说和反特电影中的城市想象来看的话,城市在人们眼中往往又是藏污纳垢、充满陷阱且具有腐蚀性的空间。这一分裂景观的由来,终究与彼时有关城乡关系的认知密不可分,所谓"革命的农村"和"保守的城市"② 是其集中表现。

但有趣的是,城市景观中消费、娱乐和休闲的一面并没有在20世纪50年代至70年代的文学中被凸显,在20世纪80年代早期的改革文学(包括改革题材电影)中,城市作为生产性的空间一仍其旧。这当然与彼时城市消费资料的匮乏不无关联,即使作品中偶有舞厅、歌厅式的消费娱乐空

---

① 参见孟繁华:《传媒与文化领导权——当代中国的文化生产与文化认同》,山东教育出版社2003年版,第78—81页。

② 〔美〕莫里斯·迈斯纳:《马克思主义、毛泽东主义与乌托邦主义》,中国人民大学出版社2005年版,第54页。

间产生（如《夜与昼》），也被当时的文学写作者视为有碍现代化建设大业而否定。可以说，城市的消费性特征的真正凸显是在20世纪80年代末90年代初，王刚的《月亮背面》是其代表。由此可见，在对城市文学范畴的建构中，在生产性空间与消费性空间之间划定二元对立框架往往只是人们认识城市的方式，与实际情况并不太一致。这反映出人们对城市景观的认识常常受限于二元对立思维。

## 一

以此反观现代以来的城市写作便会发现，城市书写总是在多重二元对立的框架中展开。如果说没有原乡式的乡土的话，那么同样也不存在原乡式的城市。所谓城/乡、中/西、现代/传统、文明/愚昧、先进/落后等的冲突与耦合，是其最为显著的表征，同时也决定了近现代以来城市文学写作的历变与发展。在城市写作的每一个时段，总有一个主导性的二元对立结构制约着城市景观的呈现。

就20世纪80年代以来的文学实践来看，其最大的"他者"毫无疑问是"文革"。毕竟现代化的意识形态的浮现并不始于20世纪80年代，而这也决定了80年代初期的现代化叙事（主要是改革文学的写作）与50年代至70年代的工业题材小说之间，在城市景观的生产性空间的呈现方面并没有本质上的区别。80年代文学的城市景观真正有别于50年代至70年代，还在于文化因素的引入。陆文夫的《美食家》就是典型。小说中的叙述者兼主人公"我"正是这样一个具有政治符号意义的形象。可以说，正是这部小说开启了80年代城市文学的"文化化"的传统。冯骥才的市井小说也较为典型地说明了这点。其《雕花烟斗》中政治与文化的对立十分显著，而即使是把视角指向历史纵深处的《三寸金莲》《神鞭》《义和拳》等作品，其作为"缺席的在场"，却也始终制约着作者的"情感结构"，并主导着小说中城市景观的呈现。这一倾向在邓友梅的"京味小说"、苏童的《妻妾成群》、叶兆言的《花影》，以及范小青的《裤裆巷风流记》等作品中也有明显表征。

刘心武的《钟鼓楼》在某种程度上正是沿着这一思路而来的。小说以社会分析或剖析的方式展现历史，正是以之为日常风俗的底色的。所谓现实日常的风俗与其下的历史，这一表层与深层的结构性对立，正是丹纳的《艺术哲学》中典型命题的呈现。只不过在这里文化与政治的关系，并不仅仅是彼此对立的，更是彼此渗透的。文化深植于历史，但历史又与政治相关联；文化表现于日常生活，但生活中又有政治的影子。刘心武的《钟鼓楼》及其后的《栖凤楼》，揭示出来的正是这一复杂状况。在这一脉络中，又有贾平凹的《商州》和王安忆的《流逝》等重要作品，至于其后的《废都》和《长恨歌》，虽也有"文化化"的表征，但又是另一重二元对立的显现，有待于20世纪90年代文化实践的互文式分析。

或许正因为政治总是同文化联系在一起，传统与现代总是错综复杂地纠缠在一起，城市景观的呈现并不能使作家们真正满意，这才有了寻根文学中在城市之外的乡土、在中心之外的边地（穷乡僻壤）、在主流正统文化之外的非正统文化，在看似是"文明"之外的"蛮荒"之中，寻找文化的真正的伟力和"根"。这些小说虽大都属于乡土文学的范畴，但其具有城市文学中的"泛文化化"倾向，从这个角度把《三寸金莲》与《爸爸爸》等并置一处，且统称为"寻根文学"[①]，是并不恰当且不具备阐释力的。

## 二

在20世纪90年代以来的城市文学写作中，有两个倾向值得注意：一个是"文化化"传统的延续，一个是消费享乐空间的呈现。就消费享乐空间的表象而言，其在20世纪80年代并非没有呈现，彼时的改革写作及市井小说中都有涉及。比如，市井小说如《美食家》中，享乐（所谓美食）是文化的载体和重要组成部分；而改革小说如韩静霆的《市场角落的"皇帝"》、柯云路的《京都三部曲》（系列小说）和贾平凹的《浮躁》等中，享乐则是作为现代化的对立面被呈现出来，享乐空间并没有真正得到扩展。改革写作的这一倾向，可以回溯到20世纪50年代至70年代的《我

---

[①] 参见季红真：《历史的命题与时代抉择中的艺术嬗变——论"寻根文学"的发生与意义》，《当代作家评论》1989年第1期和第2期。

们夫妇之间》《千万不要忘记》《在悬崖上》和《霓虹灯下的哨兵》等文本中。在这些小说中，物质上的享乐倾向是被作为精神上的追求的对立面而被否定的。应该说，城市景观中"被压抑的"的享乐的现代性空间的真正浮现是在20世纪90年代。这一隔代的重现，显示出来的恰恰是在理想主义的没落这一背景下被放大的欲望话语。典型作品是王刚的《月亮背面》及刘震云的《一地鸡毛》。两部小说一正一反地表现了20世纪90年代理想主义的失落之于城市景观的呈现的过渡意义：百无聊赖的青年知识分子，要么积极投入市场，要么沉闷枯燥地活着。在两部小说中，文学话语的遗留显示出的正是20世纪80年代的作为"残余文化"的理想主义的没落。这一没落虽然与市场经济的到来密不可分，但其所显现出的20世纪80年代的终结及对其的留恋之情，亦很明显。可以说，正是沿着这一脉络，而后才有了以朱文的《我爱美元》、卫慧的《上海宝贝》等为代表的关于城市欲望的写作倾向。从这个角度看，城市消费欲望空间的呈现与理想主义的失落，是一体两面的。而在这背后起支配作用的二元对立结构，与其说是生产性空间与消费性空间，毋宁说是无望与希望的对照。城市就像"旷野上的废墟"般矗立在人们的眼前，剩下的似乎只有狂欢和纵情声色了。从这里可以看出，欲望空间对应的是理想主义的失落与宏大叙事的解体。关于这点，在余华的《兄弟》等小说中表现得尤其明显。今天看来，这部小说的意义正在于，在建构城市的欲望空间的同时，也表现出城市日益扩张所带来的无家可归感。这一无家可归感正是沿着宏大叙事的解体及欲望的膨胀发展而来的。小说中的周游形象是这一内在情感结构的最明显表征，其从"周游"更名为"周不游"的行为，显现出来的是无根时代个人对归家的深深的绝望与渴望。

可以说，无家可归感在近几年来的全球化城市写作中表现得日趋明显。徐则臣、文珍、王威廉和甫跃辉的小说都是这方面的代表。全球化进程造就了一个个全球性大都市及流向大都市的不竭动力，很多人（特别是年轻人）深陷其中，既不由自主又深感无奈，他们的小说表现的正是这样一种无所适从和进退失据感。但他们又不同于余华。余华小说中的主人公在纵欲之后的空虚中突然生发出归家的渴望，但这一渴望往往只是一种无意识。他的小说中的主人公大都读书不多，文化水平不高。

相对而言，徐则臣和文珍笔下的主人公们则大都是大学生甚至是硕士或博士，他们被时代的潮流裹挟，但又心有不甘，于是便产生了精神上的归家的需要和内心渴望。在这一背景下，很多作家也创造了全球化时代的精神上的城市景观，如拉萨（马原的《牛鬼蛇神》）和丽江（杨则纬的《我只有北方和你》），但其与真正意义上的原初城市主体其实相去甚远。

如果说理想主义的失落催生了城市享乐空间的话，那么20世纪90年代城市文学中的"文化化"写作的意义则在于，市场化时代表现出来的对市场的反思和质疑。通过对贾平凹的《废都》和王安忆的《长恨歌》的对照阅读不难发现，两部小说表现出的文化主义倾向，与其说是在批判，毋宁说是在指向针对市场的思考，文化和市场是小说的内在的二元对立框架。但同时也应看到，20世纪90年代以来城市文学中的"文化化"倾向不可一概而论，这里面也有两种表征。一种是以贾平凹为代表的文化颓废主义倾向，其小说的主人公一方面执着于文化的孤芳自赏、顾影自怜，另一方面却又沉迷于享乐主义，纵情声色，他们越是回避商品社会的不以人的意志为转移的发展，越是显示出内心的分裂和痛苦。这一文化颓废主义倾向，在叶弥的小说《市民们》《恨枇杷》甚至《风流图卷》中也有所延续。另一种表征则是以王安忆的《长恨歌》为代表的文化保守主义。后一种倾向同现代大都市中兴起的怀旧风结合在一起，意外地遭遇全球化，以至演变为近些年来的城市写作的主流。①王安忆这方面的小说很多，有《香港的情与爱》《发廊情话》等。此外，叶兆言的《夜泊秦淮》（系列小说）、《一九三七年的爱情》和《驰向黑夜的女人》，陈丹燕的《上海的风花雪月》《上海的金枝玉叶》和《上海的红颜遗事》，等等，都可以从这个角度得到解释。应该说，贾平凹和王安忆创造了面对市场化和全球化的两种方式：一种是以逃避的、颓废的方式，欲拒还迎地加入市场化的进程；另一种则是通过沉入历史中打捞历史深处的记忆的方式，面对日益繁华、喧嚣的陌生城市。不难看出，两种方式的写作都表现出回避城

---

① 参见朱晶、旷新年：《九十年代的"上海怀旧"》，《读书杂志》2010年第4期。

市的现实及其高速发展的事实，它们在阐释中国当代的现实时其实是无力且无为的。

在今天，全球化无疑已经成为城市化进程中影响深远而巨大的发展趋势。全球化与本土化的矛盾，同城乡二元对立结构的"耦合"，几乎主宰了当前城市写作的倾向。其最为明显的表征是"到城里去"和"到北京/上海去"。这在某种程度上也决定了当下的乡土写作的整体面貌。不论是执着于乡土写作的作家作品，如贾平凹的《秦腔》《带灯》和《老生》，关仁山的《天高地厚》《麦河》《白纸门》和《日头》，刘庆邦的《遍地月光》《黄泥地》和孙惠芬的《歇马山庄》《上塘书》《后上塘书》，等等，还是立意写出原乡式的乡土景观的作家作品，如李锐的《太平风物》和葛水平的《喊山》等，他们的乡土写作都不可避免地触及城乡二元结构下的乡土的全球化宿命：他们笔下的乡土不是越来越纯粹和"乡土化"，而是越来越驳杂，越来越不像乡土。原乡式的乡土景观与"乡土性"[①]的消逝，日益成为今天乡土写作的趋向。在这一背景下，城市写作也迎来或遭遇了一个更大的问题乃至难题：没有或逐渐失去乡土参照的城市写作，其城市景观如何呈现？

而这其实也提出了全球化时代如何表现城市这一理论命题。今天的中国文学，若再沿用传统意义上的城市文学和乡土文学的区分似已难奏效，因为事实上，其中任何一个有关城乡书写的理论问题，都已具有全球化层面上的全局或整体意义。但这并不意味着城市写作的消亡，而只表明，城市写作必须立足当前的混杂的现实，发掘出新的种种可能性来。在这种情况下，"去文化化"是一个值得认真对待的现象。

## 三

就城市文学写作中的"文化化"倾向而论，文化之于它们并不是目的，而是方法。换言之，文化是一种视角，通过这个视角，我们得以窥视作

---

[①] 费孝通：《乡土中国　生育制度》（重刊序言），北京大学出版社1998年版，第6页。

家的潜在意图及其意识形态内涵。20世纪80年代城市写作的"文化化"倾向表明，城市的表象中除了政治和文化的二元对立之外，其他的层面要么被改写，要么几无表现的可能。而贾平凹、王安忆和叶兆言的相关小说则让人感觉到，在对城市的表现中，似乎没有历史或文化，就不能对抗日益紧张且加剧的城市扩张的步伐。这也是为什么这些小说大都以深具文化背景的西安、上海或南京为表现对象了。"文化化"倾向虽然丰富了城市表象的内涵，但因其总是在二元对立的思维（要么是政治与文化的对立，要么是市场与文化的对立）下展开，既不能充分挖掘文化的多方面内涵，同时也束缚了文化之外的城市空间的建构。今天看来，以贾平凹和王安忆的作品为代表的全球化时代城市写作的"文化化"倾向，其实是保守主义或守成主义的本土性策略的表征。这一应对全球化的方式表明，其终究还是一种被动的"影响——回应"式的表现方式。从这个角度看，城市写作需要的是一种正面的主动参与进去的叙述策略。在这个过程当中，城市文学写作中的"去文化化"是一个必须首先面对的阶段。这并不是说城市写作不需要去挖掘文化的内涵，而是说无须也不必靠进入历史的深处去挖掘文化作为"崇高客体"的意义。"去文化化"只是表明，我们的城市写作必须立足现实，并通过对现实的表现创造一种新的传统和新的文化。文化不是我们的手段和方法，而应该成为我们的文学特别是城市写作建构的目标和本体。这种文化必须立足于现实的表象，必须是正面、积极的且具有建构性特征，而非可供观赏的、留恋的或需加以保护的博物馆式的存在。换言之，文化应该成为日常生活的一部分，而非遗址或文物。

此外，还应注意，"去文化化"也并不意味着全球化时代毫无特征的城市景观的呈现。近几年，城市写作越来越倾向于毫无特征的"同质性空间"的呈现，这一倾向在"80后"的小说写作中表现得尤其明显。笛安的《龙城三部曲》中的"太原"、杨则纬的《躲在星巴克的猫》中的"西安"，几乎可以等同于当今中国的大多数大城市。同时，"去文化化"也拒绝针对城市的寓言式写作。这一倾向在近几年的很多小说如苏童的《黄雀记》、余华的《第七天》、盛可以的《野蛮生长》和马原的《纠缠》等中都有呈现。隐喻式的城市形象虽然极具深度和力度，但终究不能触及城市的独特内核，其在本质上与城市的"同质性空间"并无太大区别。

"去文化化"表明一种态度和立场,一种反讽的、审慎的和"自我他者化"的倾向,一种突破简单的二元对立思维模式的努力。在这当中,刘心武的《飘窗》和刘醒龙的《蟠虺》是两部极富症候性的文本。《蟠虺》围绕出土的国宝文物曾侯乙尊盘的现实出路——是回到博物馆还是介入现实——展开叙述,虽然小说的结尾曾侯乙尊盘最终还是回到了博物馆,但其所显示出来的反讽及针对文化的矛盾心态和对现实的清醒意识,却是让人震撼且促人深思的。当现实中的人们为了国宝及其可否复制而争论不休之时,国宝却以其原初语境(即产生时代)下的非独一性(有多个同样的尊盘)反衬出人们的行为的荒诞:既然围绕可否及如何复制所展开的争论是一个伪命题,那么任何有关文物与文化的思考都必须重新展开。而这也意味着必须重新审视和思考文化与正在崛起的中国当前现实之间的复杂关系,对此,小说虽然没有给出一个答案,但其呈现出的命题和内在冲突,却是极具症候性的。相比之下,《飘窗》所显现出来的针对文化的反思精神则要清醒得多。小说中有一条若隐若现的线索,就是主人公薛去疾一厢情愿地寻找红泥寺街的历史和文化的尝试,而且确乎他也找到了红泥庵的功德碑,但是城市的发展还有不断抹去历史的痕迹而让人频感陌生的一面。城市的发展往往使得任何试图重构历史的努力都显得悲壮、荒谬而错位,两者间的张力构成了这部小说的背景。正是在这一背景下,刘心武开始反思他此前三十余年来所一直努力为之的文化启蒙大业。可以说,这是一种典型的"自我他者化"的写作姿态,他一方面预设了文化启蒙的主题——薛去疾对庞奇的启蒙和薛去疾的文化自觉意识——一方面又通过启蒙的悖论及其"未完成"的故事竭力告诉我们启蒙的内在困境,小说的结尾启蒙者薛去疾被启蒙者庞奇(扬言)所杀,显示出的正是这种悖论。虽然说两部小说仍旧以武汉和北京作为故事发生的背景,但其所显示出来的象征寓意却可以用来分析城市文学写作的种种可能。城市的发展日新月异,此时如果仍旧沿用传统的飘窗式的不介入的观察视角或文化批判的态度,终将不可避免地要被时代抛弃。

从这个角度看,以夏商的《东岸纪事》和张怡微的《你所不知道的夜晚》为代表的在城市的内部建构差异空间的努力尤其值得关注。这两部小说都是以上海为背景,但又与张爱玲、王安忆等人笔下的上海景观不同。这是从上海的边缘展开的上海叙事。前者以自改革开放以来浦东的巨变为经，围绕几个主人公的命运沉浮展开叙述；后者则以上海的城郊田林近几十年的变迁为背景，敷衍铺陈主人公的命运。正因为浦东和田林皆不属于（曾经不属于）真正的上海市区，这样一种城市内部的等级秩序及差异格局，既导致一种空间上的旅行——到上海去——冲动，也呈现出上海的全球化想象之外的另一重景观：这是"上海的背面"的故事，是成为上海人的文化隐喻。张怡微在《你所不知道的夜晚》中，把其中的复杂微妙呈现得淋漓尽致：

> "田林"的存在，就仿佛是上海的背面，也好像是光鲜舞台的后台，作为一个配补的要素游刃于主流精神之外……照样是充实的分分秒秒、有声有色的一生一世，却多少令人心有不甘。毕竟，舞台上的人生是别人的，是做给外人看的，真实的生活隐在其后，就好像不存在一样，各种酸楚是无人问津的。①

如果说《东岸纪事》把新时期以来发生在上海浦东的巨变，置于新中国成立后半个多世纪的历史的大背景中表现，其既展现了浦东作为上海的"他者"之历史，以及其正在进行中的参与建构新上海的经验的一面，也展现出了新一代上海人在成为上海人的过程中的微妙复杂的矛盾心态，那么这一过程在张怡微的《你所不知道的夜晚》中的田林人眼里，则显得残酷得多，也更具有创伤色彩。因为毕竟田林始终是上海的城郊，对于田林人而言，"成为上海人"就不仅仅是"到上海去"的空间结构关系的表征，更是始终横亘在他们内心的情感结构。这与浦东人参与建构新的上海的经验明显不同。

上海写作一直以来为作家们所钟爱，但即使是以张爱玲为代表的海派作家，其作品也不免带有象征色彩，其笔下的上海叙事常常成为中/西、传统/现代、进步/保守和城/乡等多重二元对立结构杂糅交缠的表征。

---

① 张怡微：《你所不知道的夜晚》，上海文艺出版社2012年版，第8页。

这样一种倾向至今仍没有得到根本的改观。其原因在某种程度上还在于，上海书写一直以来都是在外来影响/本土回应的模式中展开的，是无论如何直面或正视上海，都不可能写出真正的上海经验来的。如何跳出这样的背反，夏商和张怡微的小说提供了某种启发。他们的小说从上海的边缘入手，既能有效避免上海叙事中的隐喻性，也能写出上海的近现代的独有经验。借用理论上的说法，这是"自我的他者化"倾向或美学上的"陌生化"手法。其既取自"他者"的眼光，又源自本土的诉求，是把上海当作"成为上海"的过程来写的。上海永远处于一种进行时态，因而也往往不被象征或化约。

但应注意，城市内部的差异空间，既非全球化时代地方性空间的呈现，也非城市内部奇观空间的表象。全球化时代，很多作家都有很强的地域自觉和地域书写的倾向，像叶兆言的南京钩沉、笛安的"龙城"（即太原）故事、王威廉的广州书写、路内的"戴城"景观、田耳的"佴城"风貌、杨则纬的西安叙事、石一枫的北京传奇，等等。地域既是他们的小说中故事的发生地，也是他们有意营造的特定"文学空间"；但问题是，这里的地域既有北京、上海和广州这样的全球性城市空间，也有南京、太原和西安这样的地域性城市空间，这样的地域意识及城市书写，其间有着本质上的区别。而即使是在全球性的城市想象中，也有所谓的"本土作家"和"外来作家"的分野。就北京叙事而言，文珍和徐则臣就与石一枫和冯唐截然不同；同为"80后"，甫跃辉笔下的上海也与张怡微笔下的不同。此外，这里还有"戴城""佴城"这样的虚构的文学空间与"龙城"这样的实体空间的区别，等等。这些都是城市写作需要加以辨析的问题。全球化时代地域意识的增强，并不意味着地域独特景观的真正凸显。在地方性空间的呈现中，还有一个现象比较显著，那就是对地方性空间的浪漫遐想。地方性空间作为全球性空间的"他者"，其显示出来的常常是全球化空间的紧张、高效和琐碎之外的浪漫、精神和抽象。杨则纬的《我只有北方和你》中对丽江浪漫传奇的表现，马原的《牛鬼蛇神》中对西藏的精神性的神往，都是其中的典型。在这方面，宁肯的《天·藏》提供了对拉萨的精神性景观的辩证呈现。从这个角度看，城市内部的差异空间，就是一种非本质化的辩证呈现。

在近些年来的城市写作中，另一个值得注意的现象是底层写作及其新的可能。就其与文化的关系而论，底层写作表现出一种典型的"去文化化"的倾向。底层写作有两个重要的背景，一个是20世纪末的国企改革及随之而来的下岗潮，一个是全球化进程所带来的空间等级结构及空间旅行，两个趋势结合在一起就构成了底层写作的复杂面貌和20世纪末以来中国城市的独有经验。而这也决定了底层写作虽与革命文学或左翼文学有着内在关联，却是全球化时代的今天所独有的现象。底层作为一种结构性的存在，其面对的并不仅仅是来自资本家的剥削，还有全球资本带来的区域空间——全球性空间和地域空间——的不平等，以及全球性城市空间内部的等级秩序。在这当中，有两个趋势值得注意。一个是以贾平凹的《高兴》和刘震云的《我叫刘跃进》为代表的非本质化的底层书写。《高兴》和《我叫刘跃进》不同于曹征路的《那儿》和孙惠芬的《民工》等表现底层悲苦的小说的地方在于，其虽然也写到底层的困境，但没有将其本质化，更没有导向针对社会的道德批判，而是有意与之保持距离，这样一来，通过对底层的表现显示出来的，其实就是一个另类的城市景观。因为这些底层人物作为城市的边缘人，他们见证了全球化时代的城市化过程。这两部小说与《东岸纪事》和《你所不知道的夜晚》共同构成了在城市内部挖掘差异性空间的写作倾向。

底层写作中的另一个趋势是有关深圳的叙事。深圳作为一个曾经的小渔村和现在的国际化移民城市，其虽常常显得缺乏历史和文化，但也最具症候性特征。深圳的巨变，既体现了中国新时期以来的翻天覆地的变化，也见证了中国融入全球化进程的整个过程。从这个角度看，深圳的文学景观既是中国崛起的文化表征，也是全球化在中国的文化症候的呈现，而所谓的底层叙事，恰恰显示出这样的复杂构成。在有关深圳的书写中，如何处理外来者的视角和当地居民的视角的关系就成为其中的关键。但从现今有关深圳的书写来看，多局限于外来者的视角，因而"打工文学"常常成为深圳书写的代名词，底层写作只是其中的一部分。曹征路的《问苍茫》、吴君的《陈俊生大道》、盛可以的《北妹》、白连春的《拯救父亲》等，都是这方面的代表作。在这些作品中，作家们勾画了一幅幅各地农村人涌向深圳的城乡人口流动全景图，这既是全国范围内的人口的大迁徙，也是政治、经济和文化的大重组。作为特区，深圳的经验显示出了独有性。而所谓工人为自己的权益而展开的反抗、斗争，是全球化时代底层民众在表达对他们作为全球化生产和贸易带来的结构性存在的不满。在这里，特区的经验在某种程度上已成为改革开放以来"中国特色"的隐喻，因而寻找适合中国当下的理论资源就成为全球化时代底层叙事所亟待解决的关键问题。

## 四

从前面的分析可以看出，"去文化化"的倾向所显示出来的，并不是对文化的否定，而是一种拒绝隐喻和象征的努力，其所凸显出来的，是针对城市写作的"同一性"问题。"同一性"问题不是"主体性"问题，虽然两者之间密不可分，但它指向的是"自身"而非对"我"之主体的追问和建构，是一种拒绝二元对立而又内在于二元对立的辩证。用保罗·利科的话说，这是"个人同一性"问题和"自身的自反性"的辩证法。他指出，"在任何程度上，自身都是与它的他者不可分割的"，"说'自身'，这不是说我。'我'被确立，或被解构。而'自身'是以反身的名义被包含在各种作用中的，对这些作用的分析要回到它自身"。[1] 简言之，这体现了自身与他者的交织和辩证关系。就城市文学的城市"同一性"问题而言，这是把城市放在中国近现代的历史进程中和城市自身发展的辩证过程中，并在城市内部寻找建构自身的他者性的问题。在这种情况下，任何抽象意义或普遍意义上的诸如文化之类的命题，必须且只能放在这一自反性的视域中，才能有效建构一种真正的具有阐释力的文学。在《天·藏》的扉页中，作者宁肯曾这样表达自己的困惑与追求："一个无法结构的灵魂，在西藏的天空如何结构？""一种无法靠岸的思想，在高原的河流如何靠岸？"宁肯是一个相当自觉且具有深刻反思精神的作家，其"无法结构"

---

[1] 参见〔法〕保罗·利科：《作为一个他者的自身》，商务印书馆2013年版，第29页。

而又必须"结构"、"无法靠岸"而又必须"靠岸"的努力,以及小说主人公王摩诘身上的精神追求和肉体取向之间的分裂所显示出来的,正是对建构拒绝二元对立而又内在于二元对立的新的诗学空间的尝试。从这个角度看,他的困惑也是中国当前城市写作所面临的困惑;同样,《天·藏》中开放式的结尾所预示的,也正是城市文学的新的方向和多种可能。

我们期待一种新的城市写作的出现。

# "反传奇化"写作与"乡土"的消失
## ——关于付秀莹的《陌上》及其他

在中国乡土写作的版图上,"芳村"可能是一个极有特色而又具有隐喻性的存在,这是因为付秀莹的持续努力。虽然到目前为止她的小说为数不多,但她对芳村的热情确实始终如一。说它与众不同,是因为这一存在不同于其他作家笔下的存在,这一村庄里发生的故事,是那样平常和波澜不惊,即使是性侵,也是那样平常,终究归于无事。付秀莹创造了一种"反传奇"式的乡土写作。但这一存在又深具隐喻色彩,因为在她的乡土小说中,我们看到了无处不在的、隐藏着的、以梦的形式存在着的情欲。付秀莹喜欢写梦,而且梦又与情欲联系在一起,这构成了她的小说的两大"原型"。尽管如此,我们还是从付秀莹的长篇小说《陌上》中看到了新的问题,即古典的、诗意的、内敛的风格与"'清新柔美'的气质"[①]背后,存在着的长篇小说结构的破裂与未完成状态。

## 一

《陌上》的出现,容易让人想起孙惠芬的《上塘书》。两部小说中都没有贯穿始终的人物、故事或矛盾,两部小说的核心主人公也都是村庄。甚至可以说,小说《陌上》中的"楔子",在某种程度上就是《上塘书》的节略版。但终究因为两个作家的各自不同的诉求,决定了这是两部风格

---

[①] 武歆:《写〈陌上〉的付秀莹》,《文学自由谈》2017年第1期。

截然不同的小说。如果说孙惠芬是从各种关系的角度——她有一部小说名为《致无尽关系》——横向勾画了一幅有关"上塘"的全景图的话，那么付秀莹则试图以时间上的往复循环构筑有关芳村的永远的梦景。的确，如果说梦景是没有时间的"或者说"其时间节律模糊的话，那么芳村在付秀莹的初衷里无疑就是这样一个存在。

> 麦子浇过一遍水。
> 麦子浇过二遍水。
> 浇过三遍水的时候，麦子开始抽穗了。
> 浇四遍水的时候，麦子开始灌浆了。

这是"楔子"中的话。在这简单的一遍又一遍的重复中，芳村的时间流逝了。"到了年关，又是一年过去了。"应该说，这个"楔子"中描写的芳村颇类似于费孝通眼中的"乡土中国"。从"楔子"中多次提到"民间的说法""民间传说""歌谣""俗话"或"节气"等说法可以看出，这是一个在民间传说等"礼俗"维持下的"无讼"[①]的社会，虽有"不少是非"，但都是"谁家的鸡不出息，把蛋生在人家的窝里""谁家的猪跑出来，拱了人家的菜地"之类的家长里短的琐事。它是迟缓的、静美的和依时序而变动的有序时空，"芳村这地方，最讲究节气"。应该说，芳村是付秀莹的一个梦，她的乡土小说始终围绕着这一原初的梦展开。这不仅是因为付秀莹喜欢或热衷于描写梦景，还因为她的确是把芳村作为一个永远的梦来写的。但这又不禁让人好奇，在全球化和现代化的冲击下，在芳村的土地上的居民，还是原来的居民吗？他们的日常生活是否还保持着原来的模样？他们的生活是否如自然韵律那样年复一年、平静而生动？等等。这些或许也是付秀莹很感兴趣的问题，事实上也正是如此。我们从小说的"尾声"中可以看出：

---

[①] "礼俗"和"无讼"是费孝通的"乡土中国"的重要特征。参见费孝通：《乡土中国生育制度》，北京大学出版社1998年版，第48—58页。

风吹过村庄。
把世世代代的念想都吹破了。

年深日久。一些东西变了。
一些东西没有变。
或许，是永不再变的了吧。

看来，作者是通过对《陌上》的写作来思考乡土社会中"变"与"不变"的辩证法的。只是，对她而言，她知道有些东西是不免要变化的，而至于那些暂时没有变化的，是否会"永远不再变"呢？她似乎颇感踌躇和犹豫，不然也不会说"或许"。结合她的小说的"楔子"和"尾声"便会发现，两者之间实际上构成一种紧张或者说对话关系。而这也说明，"楔子"中所描写的芳村，只是身在全球化和现代化大都市北京的付秀莹对芳村的抽象化，也是她在回忆中对芳村的原初式的想象。"楔子"中描写的芳村与其说是小说故事发生的背景或开端，毋宁说是故事发生的前景或前奏。换言之，它是作者想象中的芳村的可能的样子。现实中的芳村是否如此，付秀莹并不敢或不能肯定。

## 二

《陌上》虽然看似是长篇小说，但如果细加分析不难发现，这其实是一部中短篇小说的集锦。整部小说采取的是一种多散点展开而任其自由交织的结构法则，其结果是，每一章节都可单独成篇。而事实上，这一小说的部分章节，作者曾以中短篇的形式单独发表过。比如，第一章《翠台打了个寒噤》，曾以《小年过》之名收录于多部小说集；第三章《香罗是小蜜果的闺女》，曾以《鹧鸪天》之名收录在她的中短篇小说集《锦绣》中，等等。可见，章节和小说整体之间是一种若即若离的关系。

这样一种结构甚至被有的评论者认为是"大踏步地回到章回体"，其对人物的出场的描写简直可以比拟《水浒传》，云云。① 诚然，付秀莹的小说有回溯古典的倾向，但她的小说却有一个古典小说所不存在的问题，即小说的结局的完整问题：有矛盾的展开，而无结局。古典小说大都会有一个完整或较完整的结局，《陌上》各章在展示主人公们的各种生活中的烦恼和矛盾的时候，却没有着手解决它们。可以说，正是这点，决定了付秀莹的小说区别于古典章回体小说，甚至区别于"荷花淀"派。《陌上》的这一独异性，若从故事情节的编织来看，是一种典型的"反故事"和"反情节"的小说写作。整部小说没有贯穿始终的主人公，没有贯穿始终的故事情节，自然也就没有贯穿始终的矛盾。这样一种结构和叙事特点，决定了小说中的每一章节——整部小说由二十五章构成——都是一个故事或者说矛盾，但到了下一节却又荡开了，矛盾展开了，人物登场了，却并没有下文，既看不到矛盾的发酵或突转，也看不到矛盾的解决。

那么可不可以说，这部小说的章节之间没有任何联系呢？显然不能这样判断。因为小说中章节的展开，在某种程度上依据的是空间上的四散形式，这有点像费孝通在《乡土中国》中所说的"差序格局"结构，以某一个人为切入点——小说中是以翠台为切入点的——以其行为半径所涉及的人物关系来展开小说叙事。只不过，这样的切入点并不固定，它是流动的，其结构可以概括为：甲——乙——丙——丁……然后是甲或者乙。这里的人际关系看似随意，但其实是以人物的出场及其关系的远近来组织的。这也决定了《陌上》表面看来似乎是第三人称全知视角，但其实乃第三人称主观视角，视角随着每一章节的主人公的出场游移变动。说其是主观视角是因为每一章中叙述者都把心理视角对准临时的主人公身上，对配角则采取一种限制视角。

我们也看到，在各式各样的人物关系中，有一个若隐若现的"原型"结构，那就是男女之间的情欲关系。而这种情欲关系，又是同男女主人公们的梦境有关的。付秀莹的小说中梦境或梦景之多，难以计数。或许可以说，她的小说很少有不写到梦境的。比如，《那雪》《幸福的闪电》《朱

---

① 参见武歆：《写〈陌上〉的付秀莹》，《文学自由谈》2017年第1期。

颜记》《罗曼司》《世事》等。这样的梦景描写尤以《陌上》为最，小说共二十五章，写到的梦境不下数十个。但如果细细分析便会发现，付秀莹的梦境大都与情欲有关，现实中的压抑着的"潜意识"会在梦中以一种满足获得的方式表现出来。比如，在《幸福的闪电》中，蓝翎夜里梦到和楼下一个陌生的健硕的男人的"蚀骨"的"纠缠"，这在某种程度上源于她在同一个有妇之夫左恩的暧昧关系中的进退失据。同样，《世事》中志得意满的苏教授梦中的情欲画面，也与他在白天里对保姆小刁的隐隐的欲望有关。情欲的满足，在她的小说中很多时候便成了对现实中的压抑的欲望或悖论的想象性解决方式。那么，为什么付秀莹的小说会写到梦中情欲的满足呢？显然，这与她体认世界的方式有关。具体地说，是体认两性世界的方式。因为即使是不写梦，在写现实的小说中，情欲占据了很大一部分。在她的部分小说世界里，虽然包括芳村和北京，但在这样两个截然不同的空间里，其实只有两类人，一类是男人，一类是女人。换言之，付秀莹的小说很少写到超出两性世界之外的事情。既然她的小说世界里只有男女两性，情欲自然就成了付秀莹的小说的一个核心范畴。这是互为前提和结果的。情欲是观察两性世界的窗口和角度。换言之，任世界变化，时代变迁，情欲的成分是不变的。从这个角度看，说她的乡土世界是一个永恒的乌托邦世界似乎并不为过。

　　另外，我们也要看到，这样的情欲书写背后，也反映出付秀莹的小说写作的另一倾向，即"反传奇"式的倾向。这是付秀莹与孙惠芬不同的地方，虽然她的《陌上》在很大程度上类似于孙惠芬的《上塘书》。传奇化的情境能让人处于一种杀伐决断的状态，只能向前没有退路，或者说必须做出选择。但付秀莹却不是这样做的。她总是让主人公处于一种优柔寡断的状态之中。当然，这也是付秀莹的小说特别具有魅力的地方。她将主人公置于一种忧郁的、柔弱的和审美的状态中，她的小说特别富有诗意和古典气息。但问题也恰恰在这里。所谓古典的、诗意的、伤感的格调或风格的背后，却是付秀莹的犹豫不决，是她的无能为力，是她的永远延宕，她让事情带动人去选择，而不是主人公推动事情向前发展。她的小说中的主人公一直处于梦中，或许也正源于此。

　　在某种程度上，这是对社会生活中的矛盾的回避，也是对社会问题的回应的放弃。她提出了问题，但又将其放在一种风俗画的框架内解决。事件的自我重复是矛盾最终解决的途径，而不是依靠人力的谋划或人为的因素。这就是付秀莹的小说。她的小说中的主人公总是被事件推着走，是事件带动主人公，而不是主人公推动事件向前发展。

而推动男女主人公向前走的，在很大程度上就是情欲，男人与女人之间的原始的情欲。对于这种情欲，付秀莹显然放弃了传统的道德判断。她把两性间的情欲视为日常生活中再正常不过的一环，既没有夸大其影响力，也不刻意回避。因而，也就没有必要以其来达到情节的逆转或突转。在《陌上》中，瓶子媳妇在玉米地里被一个男人强奸，她并没有反抗，也并不伸张，只是"静静地流泪"，事情也就过去了。又比如，村干部建信和春米之间的暧昧关系。虽然两个人互相吸引，但春米公婆的鼓动却是主导因素：他们为了报答建信给饭店带来生意，竟然鼓励儿媳妇主动去勾引建信，并把自己的儿子赶到城里去打工。付秀莹并没有对此表现出特别的惊奇或者说诧异。相反，她是把春米当作一个鲜活的个体来描写的。这样一种基本关系，是付秀莹笔下的两性世界的构成法则。只要是健康的成年男女，不论其职业，也不论其年龄甚或知识水平，这些都不重要，他们总存在着吸引和被吸引的关系。这样一种构成原则，可以说贯穿其小说创作的始终。

那么，现在的问题是，该如何看待付秀莹的这一泛性主义倾向呢？《传奇》中蒲小月同妹夫江南之间的关系很值得细读。当说到根据张爱玲的小说《倾城之恋》改编成的电视剧的时候，他们之间有如下对话：

> 也不知道，还会不会再播。蒲小月说。
> 不过是个传奇——这是你说的。
> 有时候，人生就是传奇。我们就是传奇里的人物。
> 江南定定地看着她。我们？
> 蒲小月也看着他，四只眼睛衔在一起。我们。

应该说，这男女之间的情欲是构成"传奇"发生的重要元素。或者说，正是因为男女之间互相吸引，才会使得陌生的或者不熟悉的人们之间发生了故事。这就是付秀莹所说的"传奇"的内涵。蒲小月同江南之间，正是如此。他们若不是因为妹妹蒲小宁，可能永远都不会认识，但正因为有了蒲小宁这样一个中介，他们的关系便不可避免地发生了改变。虽然小说结尾，他们之间并没有发生什么故事，但改变了两个人的关系，就是"传奇"。

付秀莹的小说在某种程度上正可以用"传奇"来概括。两性之间的吸引和情欲关系，使得枯燥平淡的日常生活充满了传奇色彩。比如，《与子同袍》中的小让和老隋，他们本是两个世界的人，一个是报社的副总编辑（老隋），一个是小饭馆的服务员（小让），但因为一次意外的相撞——小让给一个超市送外卖，撞到了迎面过来的老隋——他们认识了，老隋帮小让介绍工作，小让因此成了老隋的情人。

或许，正是这样一种"传奇观"使得付秀莹的小说具有了一种"反传奇"的倾向。她把男女之间的情欲作为日常生活的传奇和故事来加以表现，但又并不想因此左右日常生活的逻辑。日常生活仍有其自身的运营逻辑，它与两性之间的欲望逻辑并行不悖，共同构成了付秀莹的小说的两条主线。老隋虽然包养了小让，但并没有让小让介入他的生活和工作（《与子同袍》）；小桃同校长之间有过一段情，校长想方设法帮小桃调到了县中附小（《桃花误》）。这样一种倾向，在《陌上》中表现得尤为明显。大全虽然勾引了儿子的女朋友，但并没有影响父子关系和夫妻关系；建信虽然同春米关系暧昧，但建信媳妇并没有大吵大闹；虽然香米在城里开着美发店，甚至同村里的多个男人之间关系不清白，但她的老公根生对她仍旧一如既往地小心谨慎；虽然瓶子媳妇同时与乡政府刘秘书和增志相好，但这似乎并不影响她的家庭生活，也没有因此引出其他矛盾。

可见，付秀莹总能把两性间的情欲置于一种可控的范围内，既让其制造出日常生活的"传奇化"色彩，又不令其带来意外的戏剧化冲突，像所谓的复仇、情杀或情变，在她的小说中都极少见。因此，情欲在付秀莹那里，其实是以一种康德意义上的"美感"的形态呈现出来的。或如黑格尔所说，在康德那里，美"它是作为本身具有目的性的东西而存在着，目的和手段不能分裂成为彼此有别的两方面"，"通常被认为在意识中是彼此分明独立的东西其实有一种不可分裂性。美消除了这种分裂，因为在美里普遍的与特殊的,目的和手段,概念和对象,都是完全互相融贯的"。①就付秀莹的小说而论,情欲是一种适度的和有节制的表象,不给人惊悚和恐惧之感,不涉及道德判断和概念化倾向,相反,我们在其中看见的在某种程度上正是我们自己的影子。付秀莹之所以要这样处理情欲,从《陌上》的"楔子"中得以窥见一斑。在"楔子"中,付秀莹想刻画出一个依时序而变动的、循环的、静态的和有序的乡土世界,这一世界虽时有是非,但都是小是非,如投入水中的小石子激起的涟漪,不会引发大的波浪。情欲就如这小石子一般。如果说付秀莹想通过《陌上》来思考乡土世界的"变"与"不变"的辩证法的话,那么存在于男女间的情欲应该是一例,其无时间性或者说永恒性正是这"不变"的表征,承载着付秀莹对乡土的永恒性的想象。

但这样一来,我们又会发现,当乡土世界的一切如付秀莹特别看重的乡俗也在悄然改变时,男女两性间的情欲还可能是原来意义上的情欲吗?这里面难道就没有权力、经济等外来因素的投影或关系吗?其实,福柯早就以他的杰出的研究告诉我们,情欲或性爱的背后其实隐含着深刻的权力关系②。这一关系,每个时代自会有不同的表现。另外,我们也要看到,付秀莹的这样一种男女两性世界的情欲想象方式,使得她的乡土小说同城市题材小说之间的界限日渐模糊,城市只是背景,就像乡土只是背景一样。稍微不同的是,在她的城市想象中,男女两性之间更加多了一份邂逅的机会,也就更多了一种传奇色彩。以此观之,付秀莹的乡土题材小说比如《陌上》只有在写到同性关系的时候,才真正具有了风俗画的意义。婆媳之间、妯娌之间、姐妹之间、闺蜜之间、邻里之间在排除了情欲的成分后,剩下的便只是日常生活的琐碎与庸常及其彼此间的家长里短了。乡土的气息在对日常生活的描写中涌现出来。

---

① 〔德〕黑格尔:《美学》(第一卷),朱光潜译,商务印书馆1979年版,第74—75页。

② 参见〔法〕朱迪特·勒薇尔:《福柯思想辞典》,潘培庆译,重庆大学出版社2015年版,第137—138页。

## 三

虽然付秀莹的乡土小说以"风俗画"的书写引人侧目,但可以说也正是这种"风俗画",使得付秀莹的乡土小说显示出内在的柔弱无力来。这种无力一方面同付秀莹的乡土小说的诗意、意境或柔美相对应,一方面表现为一种悖论,即这样一种只是四季轮回的原乡想象,如何面对外面世界的冲击和影响。虽然村民们越来越有钱了,但乡土却越来越不像原来的乡土了,或者可以说,原来意义上的乡土正在走向消亡。这就是付秀莹的《陌上》的最大的反讽式结构。其"楔子"想写出一个依四季时序循环往复的永恒的静美的乡土来,写到最后却发现,这样的乡土其实已经不存在或者说消亡了。

这样一种内在的反讽首先是一种时间上的冲突表现。四季轮回的时间,习俗里的时间,是停滞的时间,一旦遭遇现代文明的影响,必然显示出它的无力和无奈来。小说开头写的就是翠台的苦恼。为什么苦恼呢?为儿子因娶媳妇而债台高筑。"如今,有谁家的闺女不要楼房呢?没有楼房,就得有汽车。这也不是芳村的新例。十里八乡,如今都兴这个。"这一变化反映出来的其实是农村婚俗中的"四大件"的变迁,从"三转一响"(缝纫机、自行车、手表和收音机),到冰箱、彩电、洗衣机和空调,再到现在的房和车。应该看到,婚嫁习俗的改变呈现出来的是时代的变化:现代性以重塑乡俗的形式显示其影响。另外就是人与人之间的关系变了。此前纯粹的邻里关系现在变成了老板和工人的关系,变成了雇佣与受雇的关系。付秀莹想写的不同于一般的乡土小说,最后却变成乡土世界消亡的隐喻。

虽然付秀莹没有回避农村男女外出打工这一时代趋势,但她采取的策略是弱化或虚化处理。在《迟暮》中,她以一个老人的矛盾心态表现农民"到城里去"的趋势的不可阻挡。而在另外的小说中,她又写到外出务工的艰辛和凶险,比如,《六月半》中俊省的儿子兵子在工地出事,《与子同袍》中小让的丈夫石宽在工地出事,《苦夏》中丫豆儿的妈妈落入风尘。这些凶险,在她那里都是以一种随意点染的方式轻描淡写地表现出来的,虽不能看成是刻意为之,但无疑可以窥见付秀莹的态度——她宁愿主人公们留在乡土世界,只有那里才是他们真正的家园。见《与子同袍》最后,小让在一种茫然中踏上回老家过年的火车,并给丈夫发去"岂曰无衣?与子同袍"的短信,表明的正是这样一种态度。

所以在《陌上》中,她采取的是虚化外出务工的策略,以此构筑自己的"芳村"世界。她写的是外出打工的人回乡办厂的故事。但她又不得不面对这样一个问题,即乡村世界终究是与时代气候息息相关的。首先是皮革厂造成的环境污染问题和村民的身体健康问题,付秀莹触及了这一点。小说借人物之口说道:"这地方做皮革,总也有三十多年了。这东西厉害,人们不敢喝自来水不说,更有一些人,不敢进村子,一进村子,就难受犯病,胸口紧,喘不上来气,头晕头疼。……如今村里人,年纪轻轻的,净得一些个稀奇古怪的病,难说不是这个闹的。"其次,这一问题关联着整个国家的环境保护问题、产业升级问题,以及相关政策措施等,这些都与国家的现代化进程密切联系在一起。小说中写到的皮革厂的困境就是其表征。显而易见,付秀莹仍旧是采取弱化处理的方式,或一笔带过,或让其以一种若有若无的背景存在,并不决定或主导乡土世界的主人公们的言行举止和思维方式。对于这些表层问题,付秀莹或许可以回避或躲闪,但是她无法回避农民回乡办厂及时代巨变导致的人与人之间的关系的变化,这一变化所带来的影响更为深远且巨大。可以说,正是这点,在某种程度上决定了付秀莹的乡土小说中乡土的消亡。这一变化主要表现在雇佣和被雇佣的关系的出现。这是出现在芳村的土地上的新型的人际关系形式,其不仅带来了乡土人际关系的潜在不平等状态,贫富分化的背后是乡土人际关系的重组,还导致了原先的人与人之间的关系的平衡状态的破裂——夫妻之间的和睦关系终结,丈夫利用雇主的身份的便利,占有别的女人,比如说大全、增志;父子不和,比如说团聚父子;邻里不睦,因为拖欠工资;等等。

这些都是外来的力量影响乡土的方式。付秀莹在《陌上》中想通过虚化农民外出打工这一历史趋势来建造自己的乡土王国,但终究发现,外来的影响却是无论如何都不能回避也不可能回避的。这些看似都是小问题,但如果汇聚在一起,就会形成决定或影响乡土世界的洪流,其在潜移默化中,改变着乡土的一切。虽然四季仍旧在轮回,日月不变,但人心在变,人的欲望依然不能满足,时代通过影响内心的方式显示其伟力。这就是付秀莹的小说。她把很多家庭的烦恼写出来了，但她并没有想过要解决它，也似乎不去设想解决之道。但终究是，她无力去解决。她既无法阻挡时代的洪流，无法阻挡乡土世界的消失，也不知道该如何解决村民们的烦恼。所以《陌上》看似是长篇，其实只是短篇的集锦。小说以一种矛盾的敞开方式显示其无限的延宕状态。

  这是不是说付秀莹不去经营长篇小说的结构呢？或者说她的小说刻意追求诗意的或古典的腔调？事实可能相反，因为古典的背后是颓丧，诗意的背后是荒芜。她无法想象乡民们的未来：是走向城市？还是在家乡创业？这反映了付秀莹想象世界的方式的局限，她总是从欲望的满足与压抑入手去想象世界，看不到更宏阔或更深切的问题。这样的想象世界的方式，必然是零碎的、片段的和充满欲望的。这也反映出付秀莹对乡土荒芜的无奈和深深的怀旧。或许付秀莹也知道，现实的发展永远超出人们的想象，她想以不变应万变，但这样一来，小说结局的未完成状态就是必然的了。《陌上》以一种结构的未完成状态遥遥呼应着世界的多变这一现实所蕴含的无限未知，这是否就是付秀莹的宿命？是耶非耶？我们不得而知。

# 城乡对立的全球化想象

## ——论东西的《篡改的命》

虽然在《篡改的命》的"后记"中,作家东西一再强调慢节奏的重要性,但小说的主人公汪长尺却表现出了迫不及待的一面——为了改变那"原罪"般的农民出身,他不惜以生命的毁灭做赌注。既然自己的命运已不可逆转,那就让下一代来个彻底翻盘。从这一场豪赌和他的急不可耐中,我们看到的是中国农民数十年来形成的心理上的卑微、敏感和怯懦,以及对自身屈辱命运的抗争的无力与绝望。在这部长篇小说中,东西用漫长的将近十年时间来思考农民命运转变的可能性及如何进行。

### 一

小说讲述的是,一个名叫汪长尺的农村高三毕业生,因高考志愿填报"失误"而使得人生命运不断受挫,以至于到最后,为彻底改写农民出身带来的逆境人生,主人公不惜以自己的生命为代价去换取下一代命运重写的机会。就汪长尺努力的结果来看,显然,他成功了。汪长尺以他的谋略和运气,实现了自己和下一代人生命运的质变。他的人生虽然凄凄惨惨、悲悲切切,但换来的终究还是雨露和阳光。他的儿子成功地"落草"在城里一户有教养的富豪人家,他也在死后转世投胎到同一家庭之中。他不仅篡改了儿子的命运,也顺带篡改了自己的后世。真可谓一举两得,好一个欢欢喜喜的结局!

但是掩卷之余,还是能感觉到作者/叙述者隐匿其中的深深的无奈与悲叹。虽然叙述者让主人公顺利地篡改了下一代的人生命运，但当他的儿子大志得知自己的身世后，终究还是选择了保持沉默，这是多么反讽啊！这一沉默无异于是对他的亲生父亲的一系列悲壮行为的嘲讽。更具讽刺意义的是，汪长尺当初的高考失利并非因为填报志愿时出了差错，而是有人动用关系把他的录取通知书从中拦截了，并冒名顶替他去上了大学，他的命运才一再被改写。可见，他的命运并非不可改变，而是被他人篡改了，他的一系列悲壮的行为所实现的，终究不过是起点。看来，他以他的生命作为代价，结果只是把被别人篡改的命运扭转过来！

  作者显然无意于社会批判，他既没有批判冒名顶替的作弊者，也无意去指责那些参与的人如警察、法官和其他干部们，虽然他们都曾一而再地伤害主人公；他更没有像老舍一样，把汪长尺"堕落"的原因归于城市文明病及社会的不公与不义。这些都不是作者的本意，否则，他就不会把汪长尺的"敌人"林家柏塑造成一个有良心、爱心和责任心的有产者了。对于林家柏而言，他所不能理解的，只是身处底层的汪长尺的一系列过激行为的逻辑和目的。是对底层民众的不信任和深深的恐惧，阻碍了他同汪长尺之间的进一步交流。作者所思考的，并非两个阶层间的矛盾冲突及其化解之道，而是汪长尺为什么执意要走上这条改变命运的歧途。事实上，这一改变命运所指涉的又不仅仅是自身的经济状况，而更多的是一种涉及文化身份及身份认同的诸方面的深层次的问题。从这个角度看，汪长尺的努力，具有了与众多走向城市的父辈和同辈打工者不一样的意义。

## 二

  小说中写到三次跳跃，两次跳楼，一次跳河。虽然三次跳跃的时间、地点和人物各异，但其初衷或者说目的却是一致的。那就是他们的跳楼或跳河，不是为了他们自己，而是为了下一代。第一次，汪长尺的父亲汪槐从县教育局大楼四楼失足摔落，是为汪长尺的高考失利讨要说法。第二次，汪长尺假意从省城在建的高楼上往下跳，是为了自己的儿子能有一个体面的出生。第三次，汪长尺为了儿子能彻底成为一个城里人，从省城河桥的正中间毅然地跳下。有意味的是，虽然三次跳跃的目的具有一致性，结果却是截然不同的。汪槐的意外掉落，不但没有改善汪长尺的命运，反而使得汪长尺的命运及此后的人生具有了某种象征色彩。换言之，正是这一跳，具有了交接的仪式感和传递的象征意义。除了要担起家族的重负外，他的一生似乎注定了要以改变家族的农民出身作为己任。这一跳，使得汪长尺从一个高中生一跃而成长为成年人，从这个角度看，这一跳也是送给汪长尺的成人礼。第二跳却具有了某种表演性质，汪长尺想以一种表演性的跳楼方式，吸引社会关注，从而对债主林家柏施压，但反讽的是林家柏始终没有露面，林家柏的缺席使得这一"社会事件"最终演变为一场被无限延宕、悬置而无法完成的哑剧，他自己也从一个被关注的对象而成为一个被观赏的演员。如果说前两次的跳楼失败的原因在于其具有某种表演性质的话，那么当汪长尺真正地跳河时，虽没有现场观众，但他却是在一个人的无处不在的监视下进行的。这不是表演，却胜似表演。这是一个只有一个观众和一个演员的表演。而当表演只有一个观众和一个演员的时候，这样的表演意义何在？

就跳楼或跳河的"互文性"来看，这显然是近些年社会上比较常见的跳楼事件的延续和文本化。对于社会性的跳楼事件来说，其涉及的是一个所谓的"赤裸生命"的命题。所谓"赤裸生命"，说得简单点，就是一个没有被赋予意义的生命，但又正因为没有赋予意义，从而使得它具有了某种崇高性。它是不可化约的，是没有本质化的"神圣不可侵犯的生命"[①]。"赤裸生命"的意义和价值因其被赋予的价值大小而改变。从这个角度看，跳楼正是想以生命的赤裸形式展现其崇高性质。换言之，"赤裸生命"必须被赋予崇高性才能具有意义，跳楼本身并没有什么意义。也就是说，当跳楼事件仅仅因个人私事而生，而不涉及正义、强权或强拆之类的宏大命题时，也就只是表演，"赤裸生命"必须被赋予宏大意义才能显示其价值。汪长尺和汪槐看不到这点，他们以为只要站在楼顶，摆个跳跃的姿势，就可以起到宣示的效果，而事实上，其所展示的充其量也只是一种"赤裸生命"的原始或原初状态，一种没有被赋予价值的处于中立状态的生命形态。

---

① 参见汪民安主编：《生产》（第二辑），广西师范大学出版社2005年版，第217—252页。

同样，汪长尺的跳河也是如此。跳河不同于跳楼，跳楼一般会有众多的观众，而跳河却往往是一个人的行为，但也正因为是个人的行为，也就失去了其"赤裸生命"的崇高性特征。这是一个无足轻重的生命，因而他的跳河包括他的死亡，都只是一种"赤裸生命"的"无名"状态。汪长尺看不到这点，因此，他的死亡，即使是在他的儿子汪大志的眼里，都只是一种"无名"状态。他的死亡并不能改变生命任何价值，也不能改变命运本身，他的农民身份至死都没有改变。

## 三

诚然，小说中汪长尺改变自身及下一代命运的努力和执拗让人感动甚至触动，但也让人不禁感叹和疑惑：农民的出身就真的卑微，就非要改变吗？假使汪长尺真的考上大学走向城里，其结果又会怎样？就历史的角度看，汪槐的"城里人"情结无疑是长期以来形成的文化上的城乡差距造成的。"到城里去"在文学史上也并不是什么新鲜的话题。诸如徐改霞（《创业史》）、田留根（《苍生》）、高加林（《人生》）、孙少平（《平凡的世界》）、宋佳银（《到城里去》）等，这些都是"到城里去"的农民的典型。但让人悲叹的是，他们"到城里去"的路艰难曲折，他们不断地在城乡之间游荡、徘徊，所谓"还去来"，他们是以招工或打工的途径"到城里去"的农民的典型。这是汪槐竭力阻拦汪长尺的地方。对于汪槐而言，"到城里去"的最好途径是考上大学。但通过考上大学进入城里，就真的能够成功进而获得城里人的认同吗？孙频的《同体》《假面》与《无相》从两个方面探讨了这个命题。孙频的小说则以主人公们患有精神疾病的内心和悲壮的努力揭示出这样一个命题：对于农村大学生而言，即使他们在城里站稳了脚跟，他们在文化身份上农村人的底色仍旧是难以改变的，而正是这种底色，决定了他们并不能被城里人接纳。因此，在他们身上，城乡之间的冲突以一种文化冲突的身份呈现[①]。孙频的小说让我们看到，对

---

[①] 参见徐勇：《城市的边缘人与游荡者——读孙频的三部中篇》，《名作欣赏》2014年第31期。

于农民而言，走向城里并不像汪槐想象的那么容易，以为考上大学就可以毕其功于一役。这条路事实上十分漫长！

即使如此，《篡改的命》还是提供了很多新的思考。这些思考集中表现在作为农民的"原罪"意识及成为城里人的文化自觉上。对于东西笔下的主人公们而言，成为城里人，首先意味着一种文化身份，而不仅仅是在城里站稳脚跟。因此，汪长尺身上集中体现了前面提到的两类人——通过打工或读大学而改变农民身份的人——的命运。对汪长尺而言，农民身份并不具有某种"原罪"，他并不是一定要改变自己的农民身份。对他而言，这一"原罪"意识显然源于他的父亲汪槐。汪槐本来有机会通过招工进入城里，但因为被顶替而未能成功，这一缺憾成了他心里永远的隐痛。既然自己不能走向城市，那么培养儿子考上大学以改变农民的身份就成为改变自己家族命运的重要途径。对他而言，城里人指的是一种文化身份上的城里人，而非经济地位上的城里人。城里人首先是一种身份认同，这也就是他为什么经常构想他儿子汪长尺成功考上大学之后当干部之类的。但反讽的是，他的这一改变文化身份成为城里人的梦想，到儿子那里却只能是到城里去打工。他的悲壮的一跳，虽然唤醒了汪长尺的作为农民的"原罪"意识，但并不能改变农民的命运。

汪长尺最开始也想通过高考走向城市，但他的这一梦想还是破灭了。这一破灭不是因为他填报志愿时的"幽默"，也并非他不努力，而是因为他的高考梦被招生制度中的腐败现象给生生掐断了。因此，他这样一个没有背景的农村高中生要想走向城市，就只剩下打工这一条路可走了。他的作为农民的"原罪"意识被父亲汪槐激起，但又没有正常的渠道摆脱，其悲剧性的结局不难想象。事实也是如此。汪长尺有头脑，善钻营，能吃苦，就此而论，他走向城市之路并不见得会一直失败。其间虽然遇到讨薪、摔伤等挫折，但经过他的不懈努力，他还是获得了一定的成功。他学会了漆匠的手艺，以他的手艺，奋斗几十年并非没有可能改变自己的命运，并在城里站稳脚跟。那他为什么还要不惜一切代价地篡改儿子汪大志的出生呢？只能说是"原罪"意识在作祟。成为城里人，对于他是一种信念和价值判断，而非事实考量。汪长尺的命运的悲剧性根源正在于，他意识到，自己能改变的只是自己的后天命运（如经济地位等），对于他的先天出身

（他终究是农民出身），他却是无能为力，也不可能有所作为。

　　但无论如何，汪长尺又是自觉的。他不想重复他的父亲的命运，他也不想出现在他身上的悖论延续到后代身上。但正如作者在"后记"中所说："汪长尺不想重复他的父亲汪槐，就连讨薪的方式方法他也不想重复，结果他不仅方法重复，命运也重复了。"① 可以说，正是这种可悲的重复使他幡然醒悟，如果不从根本上——出生上——改变，他儿子的命运也将会重复他的命运乃至他父亲的命运。他十分清楚，即使他在城市里站稳了脚跟，他作为农民的文化身份也是无法改变的，他的儿子也会不可避免地打上"农民的儿子"这一烙印。正是基于这种考虑，他才不惜以自己的死亡来换得儿子的命运的改变，他的农民身份已经注定无法抹去。他设计把亲生儿子送到了方知之和叶平山家，因为大学教师的文化身份和有钱人的家庭背景，从两方面保证了他儿子汪大志的命运的彻底改变。叶平山家不仅有钱而且有文化，甚至也有权力，而这时他的农民身份也被彻底漂白，因此也就避免了任何涉及农民身份的冲突、对立和矛盾。显然，从汪长尺的这一惊人之举中，我们看到了他对农民身份的深深的绝望。他不一定意识到，城乡之间的对立冲突是历史造成的，而且城乡对立也不仅仅是经济、政治地位的对立，还是一种文化上的冲突。他坚决而艰难地选择了把亲生儿子送给有根基的城里人已显示出了这一点。汪长尺的行为虽然荒唐，但这却是历史数十年来的积淀所致。从这个意义上看，东西的《篡改的命》显然比前面提到的作家的思考有更进一步的探索。在某种意义上，这也是身处南方的东西所特有的思考。

## 四

　　东西向来有文化上的自觉意识，他始终在一种看似是悖论的"'走出南方'的南方写作"② 中展开他的思索。正是基于这样一种"'走出南方'

---

① 东西：《篡改的命》（后记），上海译文出版社 2015 年版，第 311 页。
② 参见徐勇：《"走出南方"的南方写作——论东西小说的文学地理景观》，《广西民族大学学报》（哲学社会科学版）2014 年第 2 期。

的南方写作"的自觉，在这部小说中，东西尝试在一个独立的封闭的南方语境中来表现这样一个全球化时代困扰中国农民的命题：当空间上的流动已经不再成为障碍而且变得十分便捷的今天，空间上的差异及其存在的意义何在？这部小说虽然表现的是城乡之间的文化冲突，但也展现了全球化时代区域文化认同这一复杂问题。虽然汪长尺想竭力改变下一代的农民身份，但他改变不了他儿子在全球化时代的地域性空间的文化身份。这一逻辑的链条还可以进一步延伸，就此而论，汪长尺的艰苦卓绝的努力无疑是失败的。但东西并没有沿着这一思路行进。东西把这一复杂关系简化为在乡村（包括乡镇）——县城——省城这样的空间旅行中展开，因此也别具症候性。

在东西此前的文学写作中，空间上的全球背景使得主人公们往往具有全球化的维度。在《目光愈拉愈长》把农村小孩马一定被拐卖的命运放在柳州和全球化大都市广州这样的空间关系中加以表现。就时空关系而论，这是开放式结构的小说，但在《篡改的命》这部小说中，东西则采用一种完全封闭的方式，主人公们虽往返于乡村、县城和省城之间，但其实只是重复乡村和城市之间的空间位移。这样一种发生在封闭空间的故事，在某种程度上决定了这是一部具有高度隐喻性和象征性的小说。

对于这种象征性，不能仅仅从城乡之间的文化冲突的层面加以理解，因为城乡之间的文化冲突并不仅仅指涉城乡二元对立的传统模式，它更是多重矛盾的显现。就汪长尺的决绝及悲剧而言，他的艰难的命运所显现出来的，不仅仅是文化认同的问题，更是全球化时代深层的结构性问题。城乡之间的地位上的不平等，并不仅仅是城乡间的二元对立所造成的这么简单，其背后不仅涉及一系列诸如现代/传统、文明/愚昧、中国/西方、进步/落后等二元对立结构，更是对全球化进程中中心化与边缘化双向趋势下的文化冲突的反映。在这里，多重矛盾在两代人的身上以象征的方式呈现。

黄奎的父亲做的是杂货铺之类的小本买卖，黄奎则立志走出不同于父亲的路，他在县城办起了所谓的"环太平洋贸易公司"，但实际上不过是个皮包公司。小说中，黄奎的失败（被杀）同汪长尺的悲剧之间具有某种同构性。他们是高中同学，都想走出一条不同于父辈的路，最终却发现他们的命运其实早已注定，容不得"篡改"。就像黄奎，虽打出的是具有全球化气度的公司招牌，其实所从事的不过是传统意义上的投机倒把。这是多么讽刺！他以为改换门庭就是融入全球化、国际化，终不过是"挂羊头卖狗肉"。全球化虽带来全球范围内"同质空间"的文化想象，但更是空间的差异、等级及不平等的表征。他们看不到这一点，故而只能以失败告终。这一悖论对于汪长尺而言，也同样如此。他一厢情愿地以文化人的身份想象自己是一个城里人，却发现这背后横亘着数十年来形成的鸿沟。他不想重复父辈的路，却发现虽然方式方法不同，但结局是一样的。

就汪长尺而言，他的进城史既不同于他的父亲，也不同于他们村里的其他村民如张惠。对于张惠而言，她的进城史就是通过赚钱成为一个拥有城市户口的城里人的过程；而对于汪槐来说，进城则更多的是为了光宗耀祖。进城对于他们而言，往往只是空间的转换，而随着户籍制度的改革，这一差距实际上已越来越不明显。汪长尺的进城史则具有另一重含义。他常常有意识地显示出他同父亲和张惠的不同。他是高中毕业生，是以一个文化人的身份进入城市的，却只能成为一个体力劳动者。这样一种落差，决定了他以文化人的身份想象自己是一个城里人的虚妄：城市接纳他的或者说赋予他的，只是他的体力劳动者的身份。林家柏的冷漠背后的警惕，法官孟璇的同情背后的嫌弃，以及方知之母亲的戒备，等等，都一再显示出他作为一个进城农民的文化身份的缺失。对于汪长尺而言，他的痛苦都源于他的知识者身份和体力劳动者的差距，他虽有意区别于父辈或同辈打工者，但仍只能承受父辈那样的打工者的遭遇，从某种程度上说，身份意识的觉醒成为他的痛苦和悲剧命运之源。这时，他才深刻地认识到，只有改变文化上的身份差异及其背后的不平等，才能实现最终意义上的农民身份的改变。

从汪长尺的身上我们看到，空间上的差异造成的文化认同的差异，并没有随着城乡一体化时代的到来而消弭。全球化进程虽然带来了人们之间空间距离的日渐缩短，但改变不了空间差异带来的文化认同上的深刻冲突。实际情况是，随着空间距离的日渐缩短，这一文化认同上的冲突反而可能被凸显和放大，因为当空间上的隔离明显时，文化认同上的差异反而可能被遮蔽。这样来看就会发现，在汪长尺身上，农民的身份同南方之间具有某种同构性。在他的身上，体现了作者对农民／南方在全球化时代的共同宿命的认知及对其困局的思考。所谓走不出的"南方"的命运，其症结就在于空间差异背后的文化认同上的困境。汪长尺妄想以一种断裂式的方式实现这种突破，其实更加凸显了这种差距：他能篡改他儿子的命运，却无法抹去这数十年来空间差异带来的文化认同上的裂痕。在这里，全球化进程的快与文化认同的慢之间构成一种张力关系。这或许就是作家东西在"后记"中所特别强调的快与慢的辩证关系吧。快的节奏虽然会滋生出一系列新的问题，但在其表象之下老而又老的也会重现甚至被凸显放大，这是贾平凹在《老生》中所思考的命题，也是东西在《篡改的命》中所竭力探索的。在这部小说中，他以一种慢的写作方式——相对封闭的环境和相对封闭的思想乃至固执的人生理念——呈现出来的，其实是对快与慢的辩证关系及其悖论的深刻思考。

# 日常生活的修辞与城乡书写的重构

## ——关于须一瓜的《五月与阿德》

　　一直以来,我们习惯于《别人》《保姆大人》《甜蜜点》《双眼台风》《太阳黑子》《白口罩》等小说塑造出来的须一瓜形象。《五月与阿德》的出现,可以称得上惊艳脱俗,令人有耳目一新之感。但如果对其创作历程稍加梳理便会发现,畅销书作家——这一称呼在今天并非贬义词——并不是她的原初定位,也并不准确;她的原初形象是由一些别具特色的中短篇小说所构筑的。可以说,须一瓜小说创作的不同风格在很大程度上体现在篇幅的长短上,中短篇小说倾向于传统纯文学的写法,长篇小说则倾向于"大众文学元素"[①]或追求情节上的惊险、离奇和刺激。当然,这只是粗线条的梳理,细细思考便会发现,须一瓜的小说,不论题材多么迥异,风格有多么大的反差,其对"人的精神内在性"和"内在经验"[②]的探求,却是始终如一的。就是说,我们应该看到须一瓜的小说在题材差异的表象下"内在经验"的一以贯之。就像孟繁华评价《太阳黑子》时所说:"但须一瓜的兴趣不是停留在对案件的侦破上,不是用极端化的方式没有限制地夸大了这个题材的大众文学元素,而是深入到罪犯犯案之后的心理以及

---

　　[①] 孟繁华:《都市深处的魔咒与魅力——评须一瓜的小说创作》,《时代文学》(上半月) 2013 年第 9 期。

　　[②] 须一瓜:《春天的一种创作谈——在厦门文艺创作座谈会上的发言》,《时代文学》(上半月) 2013 年第 9 期。

在心理支配下的救赎生活。"①在李敬泽看来,这是对现代"陌生人"②的探索之逻辑使然。这种逻辑使得须一瓜的小说始终处在两种风格的张力之间:"好看"与纯粹、"超现实"与"现实"、信任与怀疑、有情与"无情"③等。"我们以为我们终于碰到了一个小说家,她对人性中的光明抱有信念,但同时,我们发现,她目光锐利,她对死亡、对人的脆弱混乱有深入的兴趣,她睁大眼睛注视着她的人物困惑、彷徨、绝望、受苦,她绝对不天真,偶尔,她也可以像法医般超然无情。"④从这一角度看,《五月与阿德》的出现,可以说是一次全面的总结和拓展,这是作者第一次以长篇小说的形式处理此前中短篇小说涉及的问题,因而可以说极具症候性。要想充分理解须一瓜,这部小说是一个无法绕开的文本。

## 一

小说其实是写五月的成长故事。小说取名"五月与阿德",只是为了表明阿德在五月的人生成长和命运变迁中的重要性,两人的关系才是理解小说的关键。五月短暂的一生,其实可以概括为塑造失败,然后非正常死亡。再仔细点说就是,她这个农村小丫头,只身来到骊州,在一个偶然的时刻遇到阿德,而后住进对方家里,并在他的规训下成长、结婚、生子,最后跳楼身亡。社会学中有"关键时刻"之说,那是可以称为"具有普遍后果性"的"具有决定意义的时刻"⑤,对一个人的身份认同的建构和命

---

① 孟繁华:《都市深处的魔咒与魅力——评须一瓜的小说创作》,《时代文学》(上半月)2013年第9期。
② 李敬泽:《三段论:须一瓜》(代序),载须一瓜:《提拉米酥——须一瓜中短篇小说》(序言),北京航空航天大学出版社2007年版,第6页。
③ 参见李敬泽:《三段论:须一瓜》(代序),载须一瓜:《提拉米酥——须一瓜中短篇小说》(序言),北京航空航天大学出版社2007年版,第1—6页。
④ 李敬泽:《三段论:须一瓜》(代序),载须一瓜:《提拉米酥——须一瓜中短篇小说》(序言),北京航空航天大学出版社2007年版,第1页。
⑤〔英〕安东尼·吉登斯:《现代性与自我认同:晚期现代中的自我与社会》,夏璐译,中国人民大学出版社2016年版,第105—106页。

运变迁具有至关重要的意义。在五月的生命中，也有一些时间点，对她的人生影响深远。

乡村姑娘五月成长路上的几个关键时刻，都与外来者或"他者"有关，都出现了非正常情况。比如说山货客，在"酒心巧克力"的炫目的光芒下，五月看到的是山货客身上笼罩着的商品的"光晕"，而看不到山货客的平庸与平常："在十三四岁的五月眼里，连这个城里小老板抽烟的姿势都非常帅气。看起来他的背是有点驼，脚步也有点内八字。可是，无论如何，山货客浑身散发着遥远的、城里的光晕。"比如说与阿德相遇，五月在小巷遭到一个陌生男子的侵袭，阿德挺身相救。与大麦相遇，是因为其未婚妻到东方之珠来闹事，五月牵涉其中。这是一种典型的变迁叙事模式。表现某一社会的时代变迁或人物的命运变迁，大都采取这一外来者进入的模式。"他者"的出现之于变迁，通常有两种作用方式，一种是作为发现问题和提出问题的视角，一种是作为改变旧有秩序的权力或势能。就视角而言，它改变的或者说塑造的是新的主体。原有情境下的个体，因为"他者"的出现及其产生的影响，开始重新打量自己所处的情境，新的问题便会被发现，变革的需要于是被提出。就权力或势能而言，"他者"可能是一个具体的外来者，也可能是一种趋势、力量或权力。比如刘庆邦的《到城里去》中的"他者"就是城市化进程。五月的命运变迁，当然也是如此，但对于五月而言，"他者"的出现，既没有改变她对世界或事物的看法，也没有形成有效的推动作用。"他者"的出现确乎带来命运的转折，但在这一转折之后，作用于五月的仍旧是惯性或者说"例行化特征"①，五月虽然被刻意塑造，但其显示出来的仍旧很难说是一个有意识的主体。

结识山货客，与此后的所有相遇都不尽相同，其象征意义极为明显。山货客到菇窝村来收红菇，小说这样写道："八十年代末的菇窝村，和一千年前的菇窝村一样吧，如果那时候有村庄的话。所有的新东西，都是木匠、裁缝、货郎流动带进去的。山货客带来了最了不起的东西：他给菇窝村带来的是酒心巧克力。"这一"酒心巧克力"与20世纪80年代

---

① 〔英〕安东尼·吉登斯：《社会的构成：结构化理论纲要》（引言），李康、李猛译，中国人民大学出版社2016年版，第11页。

初的另一部小说《哦，香雪》中的铅笔盒和发卡类似，但铅笔盒和发卡带给乡村小姑娘的想象与酒心巧克力不一样。香雪她们是凭借铅笔盒和发卡来想象城市的，铅笔盒和发卡带给她们的震惊效果只有短短的几分钟时间，而酒心巧克力显示出来的则是瞬间的窒息和直抵内心的感觉："舔尝的时候，孩子们不能呼吸，不能说话，连眼珠子都停滞了。那是令菇窝村窒息的巅峰时刻。"城市是直接以"酒心巧克力"这一物品的形式，呈现在乡村小姑娘五月的感觉中的。

这里需要注意的是，时间点乃"八十年代末"，而不是20世纪90年代市场经济进程加快之时。五月对城市的想象既不像香雪，也不像九月（关仁山《九月还乡》）。她对城市的想象仅仅限于"物质世界绮丽的魔光"，她最初并没有想过要走向城市，只是因为山货客凭借"酒心巧克力"这样一个吉登斯意义上的"象征标识"[1]，诱奸了她。这使五月发现她在菇窝村已经没有容身之地——村里人对她投以"憎恨鄙夷"的"打量的目光"。可见，对五月而言，结识山货客的意义在于，当她被视为乡村的"异类"或"他者"时，有了一个可以想象的被接纳之地：山货客答应娶五月，让她对走向山货客所在的城市——骊州——充满了期待。但事实上，在之前五月并没有来过骊州，她对城市还一无所知。她甚至不知道山货客家的地址，只知道在"中山路后面"，她是充满着对城市的想象来到骊州的。她身无长技，甚至也称不上勤快，因此，五月的进城之旅注定充满坎坷。

与大麦的相遇构成五月人生中的另一个关键时刻。大麦的未婚妻大闹足浴城，肆意羞辱五月，要她当场同大麦发生关系，这一表演情景最后促成了两个人，与大麦从相遇到相爱再到结婚，有一种戏中戏的感觉。入戏讲求的是似真、清醒和自觉，很难说五月多么喜欢大麦，只是因为两人的处境相当——都是外地人，都没有本地户口，都没有稳定的工作。五月与

---

[1] 〔英〕安东尼·吉登斯：《现代性与自我认同：晚期现代中的自我与社会》，夏璐译，中国人民大学出版社2016年版，第17页。

大麦的婚姻，是一种典型的"纯粹关系"①的体现。大麦以基本的信任来要求五月，五月则始终对大麦保持审视的态度，这样一种不对等关系决定了他们的婚姻存在潜在危机。当大麦得知五月瞒着他把8万块钱寄存在阿德那里时，他的决绝和毅然就显得理所当然了。与山货客带给她的"光晕"明显不同，大麦带给五月的是一种相似处境下的平视。这里面所显示出来的，是一个懵懂的乡村小姑娘向具有一定现代意识的年轻女性的转变；可以说，五月发生了天翻地覆的变化。这一切都是因为有阿德的存在。

遇到阿德前，五月先后在"丝丝美"美发店和东方之珠足浴城上班。在美发店上班时期的五月，经常遭受城市男性的骚扰，这是一种充满欲望的侵占姿态，五月对这种姿态反应暧昧，因此被迫从美发店辞职。至此不难发现，在面对城市充满欲望的凝视时，五月还没有充分考虑好以一种什么样的姿态或态度应对。在东方之珠足浴城工作时期的五月，虽仍不能摆脱被欲望凝视的困扰（大麦未婚妻大闹足浴城就表明了这点），但阿德的出现，使这一状况有了根本改观。在充满欲望的凝视下，只有占有的意图，而不可能有其他。在城市的乡村女性，只有在摆脱了充满欲望的凝视之后，才可能被真正塑造。阿德恰好充当了这一角色。阿德早年曾因腰肌损伤而性功能受损，但他无疑又是高傲的，因为曾有过一段充满荣光的礼宾生涯。这是无欲的身体和具有优越感的精神的奇怪结合。在他的审视下，五月到处都是缺陷，不仅有"剃刀背"，而且举止粗俗，因此他开始从身心两个方面对五月进行全面"规训"。也就是说，阿德想把五月塑造成一个与城里人一样的正常人。

这几个"具有决定意义的时刻"虽然对五月产生了重大的影响，但只是影响了她的命运，而没有影响五月的意识。五月仍旧是我行我素，即使深知阿德的严苛训练对身体的矫正有好处，也仍充满抵触情绪。可见，五月并不是具有主动性的人，但也不能说五月没有自己的意志，只能说她始终受到一种吉登斯意义上的"实践意识"的支配。"所谓实践意识，指的是行动者在社会生活的具体情境中，无须明言就知道如何'进行'的那些

---

① 〔英〕安东尼·吉登斯:《现代性与自我认同：晚期现代中的自我与社会》，夏璐译，中国人民大学出版社2016年版，第84页。

意识。对于这些意识，行动者并不能给出直接的话语表达。"①不难看出，"实践意识"是与日常生活联系在一起的，其概念的阐释力常常只能涵盖那些反传奇化的现实主义小说，而对那些具有传奇化色彩的小说中的主人公而言，其阐释力十分有限。《五月与阿德》显然属于前者。五月并不是一个像香雪那样的有主体性或主体性很强的个体，她只是受本能或无意识的驱动，被现代社会的商品的"光晕"所吸引。她没有要成为一个城里人的欲望，或走向城市。如果不是因为村里人的异样眼光，她不一定会离开乡村。她走向城市具有被动性，但她走向城市又具有象征性。在关仁山的《麦河》和孙惠芬的《吉宽的马车》等小说中，女性是到城里后被玷污的，这表明了城市的混杂性和现代文明的污浊。而五月是在乡村被城里人山货客强奸的。因此，当她走向城市的时候，已对城市有所免疫，但也具有了魅惑力。所以在她到"丝丝美"美发店做工的时候，会在老板山鸡和老板娘那里形成两种截然不同的印象：在老板眼里，五月是具有吸引力的；而在老板娘那里，五月则让人充满警惕。

五月想做城里人，但城里人在这里只是作为现代文明的表征，而不仅仅是纯粹意义上的身份。这才是最根本的。她寻求的是城里人所代表的现代文明。这是阿德所着力塑造的，也是五月潜意识中所倾慕的。这也就决定了当她结识大麦时，不再像初识山货客时那样失态，此时的五月经历了阿德的全方位的"规训"，大麦在她眼里只是寻常人；同样，当她再次看到山货客时，也就表现出了失望。"没想到，她心心念念的北斗星一样的存在，原来不过是城里最普通的老男人。看上去，他不过是一只龟鳖类的快乐小动物。五月瞬间心如枯木，困惑的目光，一直僵硬木然地随那个熟悉的背影走上三楼VIP的大楼梯。"之所以会出现这种逆转，是因为如下两点：第一，五月是以收银员的身份看待山货客的；第二，山货客的"光晕"其实是城市中的商品"酒心巧克力"所赋予的。在商品的眩晕效果消退后，山货客的本来面目——普通老男人——就显现出来了，而这时其所

---

① 〔英〕安东尼·吉登斯：《社会的构成：结构化理论纲要》（引言），李康、李猛译，中国人民大学出版社2016年版，第11页。

显示出来的就是"本我"。山货客走向三楼,其实是寻求欲望的满足去了。

## 二

五月与三个男人的关系,很容易让人想到杨沫的《青春之歌》中林道静与余永泽、卢嘉川和江华的关系。如果说林道静与三个男人之间构成一种否定之否定的关系的话,那么五月与这三个男人的关系也具有类似的性质。阿德的出现,让五月对城里人包括山货客具有了免疫力,当她再一次看到山货客的时候,表现得就很平淡,她想要嫁给城里人的意愿也并不强烈。同样,也是因为有阿德从旁指导,在面对大麦时,五月才会拥有自信并能以审视的目光从容对待。

阿德对五月的塑造是多方位的。既包括身体的矫正训练,也包括文明举止的纠正训练。他用来启蒙五月的书是一本《世界名人名言》。他想让五月改变的,并不是她的物质生活水平,因为他在这方面无能为力;他所擅长且能胜任的是改变五月的文明修养,即一整套言行举止,名人名言就是一种切实可行且见效快的方法,因为毕竟五月的文化水平有限,他自己的知识面也较窄。阿德终究不同于薛去疾(刘心武《飘窗》)。身为工程师的薛去疾启蒙保镖庞奇时用的是西方古典名著,他是通过讲故事的方式加以启蒙;这种方法很有效果,但其影响常常是潜移默化和深层次的(即作用于情感结构层面)。相比之下,名人名言显然具有奏效快和夸饰性的特点,而且也更加符合中国人的实情。阿德要求五月先背下来,不管懂与不懂或理解与不理解,这就像传统的背书的做法,"熟读唐诗三百首,不会作诗也会吟"——阿德想要达到的就是这个效果。五月也慢慢地从对名人名言的背诵中得到好处,她收获了越来越多的崇拜、敬仰或迷惑的复杂眼光。但五月学习的只是皮毛。她追求的只是实用,而不像庞奇收获的是人生观和世界观的改变。五月的学习是碎片化的,仅取其所需,庞奇的改变则是整体性的,这就是区别所在。

阿德想要从整体上重新塑造五月,但因为他采取的是名人名言式的启蒙法,所以其对五月的塑造只能以失败告终。名人名言虽看似富含人生哲理,颇具启示意义,但彼此之间并无逻辑上的连贯关系,因此,不能有效建构五月的世界观、人生观和价值观，而五月本身又混沌不明，随意性很强，其结果是只具有具体情境的实用性。形塑五月的最强大能量并不是名人名言，而是日常生活的惯例和"例行化特征"①。五月仍旧我行我素，仍旧没有自己的主体性。她既没有被名人名言所改变，也没有沉入商品的"光晕"中。五月从来到城市到跳楼自杀的那一刻，都还是原样，没有本质性的改变。她的脊柱侧弯变形——"剃刀背"——最终也没有好转，当然也没有恶化。

　　五月真正感兴趣的是对物的想象，而不是占有。她不像香雪（铁凝《哦，香雪》）和孙少平（路遥《平凡的世界》）那样对走向城市有明确的目的或目标，也不像宋家银的丈夫（刘庆邦《到城里去》）那样是被城市化或全球化的进程所推动的，她甚至也并不贪慕城市生活的富足和享乐，也没有因为好逸恶劳而走向堕落。五月走向城市带有极大的偶然性，就是说，她是以茫然无目的的状态走向城市的。她是一个方向感不明的人。五月的主体性因而在某种程度上是一种"主体间性"，这可能就是现实生活的本来面目。对大多数走向城市的农民而言，事实可能就是如此。山货客身上的"光晕"消失了，但现代文明的"光晕"仍旧存在，其表现在某些象征器物上，这才是城市真正吸引五月的地方。这在阿德的别墅这一象征物下得到一种想象性的满足。"五月觉得，在那些技师服务生们眼里，她就是城里人！她和这些外来妹外来弟们，当然不一样。即便整个骊州老百姓，又有几个人家有别墅的？！真武路的好处，谁也忽略不了。"这种吸引力与全球化无关，与城市化无关，它关乎的是文明，更确切地说是现代城市文明或者说现代化。五月所在乎的"城里人"身份，是由现代文明的一个个具体的物件组成的，比如，"进口的抽水马桶、自动电话、各种香港电器"。事实上，其中很多物件只是出自"电影录像里的港台新奇东西"。就是说，这些都是五月自造的幻觉效果，有些物品在这个城市别墅里并不存在，只是她虚构进去的。不难看出，五月其实是生活在城市物质文明所营造的"光晕"里的。真正吸引她的也只是这些，阿德

---

①〔英〕安东尼·吉登斯：《社会的构成：结构化理论纲要》（引言），李康、李猛译，中国人民大学出版社2016年版，第1页。

的别墅给五月提供了得以施展想象的空间。但也止于想象，五月并没有强烈的占有欲。她并不是一个特别爱慕虚荣的人，她的购买力所及，也只是那些外国倾销到中国的衣服。对五月而言，阿德的别墅比阿德更具有象征意义。

应该指出，五月与阿德的关系其实是对城市与乡村之间二元论命题的独特呈现。以前的小说写作，大都在一种理论预设的框架内思考和表现。20世纪50年代至70年代的文学，所呈现出来的是进步的农村和保守的城市的二元性；80年代以来，这种关系被城市化进程逆转，进而形成一种新的关系，农村青年男女受其制约和影响，并在其推动下走向城市。这集中表现在农村青年男女走向城市这一行动的推动力上，或是被知识所吸引（路遥的《平凡的世界》中的孙少平和《人生》中的高加林），或被商品的"光晕"所迷惑（贾平凹的《极花》中女主人公对高跟鞋的喜爱），或被全球化进程所推动（曹征路《问苍茫》）；或者表现为一种文化的优势所制造出来的压迫（孙频《同体》），或把城乡关系置于全球化的框架内做一种同构性的处理；等等。这都是理论框架下的表现方式。其好处是线索分明，对社会进程和走向能有一个明晰的呈现，极具象征性，但隐喻性的表现背后可能会牺牲掉现实生活本身的复杂性或丰富性，问题的复杂性并不能得到呈现。

在城市与乡村的关系构成中，确实存在着不平等性，而且这种不平等有着政治、经济和文化上的深刻内涵，但这种不平等，并不必然产生相应的具体行动。据吉登斯的"结构化理论"，人的行动受到三个层次的因素的影响，即"话语意识""实践意识"和"无意识的动机／认知"[1]。对现实生活中的芸芸众生而言，其大多受"实践意识"支配；而理论框架下的城乡叙事所呈现出来的，则大都被"话语意识"所左右（有主动走向城市的意愿和意识，比如说孙少平、高加林）或被"无意识的动机／认知"所推动（主人公走向城市没有明确的意识，大都是被推动或随波逐流，比如说刘庆邦的《到城里去》中的宋家银的丈夫）。《五月与阿德》中五月

---

[1]〔英〕安东尼·吉登斯：《社会的构成：结构化理论纲要》，李康、李猛译，中国人民大学出版社2016年版，第6页。

的行为所显示出来的正是"实践意识"层面的内涵。这在某种程度上印证了吉登斯的"结构化理论"。五月是一个主体性不强或者说目的始终不明确的人,其行为表现所显示出来的其实是"实践意识"的强大。现代文明的"光晕"吸引着五月,但只是在特定时刻具有迷惑作用,大多数时候五月仍旧受日常生活的"实践意识"支配。她比大多数农村青年男女要更早地走向城市,至少在她们村里是如此。但她走向城市,既无目的也无准备。这是一种在特定情境下的"进行",而特定情境在某种程度上也就构成了行动者的"周遭世界"①,它必须符合、适合或与行动者的身份相匹配。五月身上所显示出来的是一种"双向塑造"。她既被阿德所代表的城市底层所塑造,又用自己的人生经验来重塑、印证阿德所呈现给她的经验。

这种"实践意识"的存在,使得五月的人生中虽然出现几次戏剧化的逆转,但并不可能出现质变式的飞跃。"实践意识"的存在表明,一个人是生活在日常生活的洪流之中的,所谓意外、惊喜或传奇,虽可能出现,但不太可能真正改变一个人的命运。这也意味着,在城市与乡村的关系中,还存在另一种可能,即城市与乡村存在一种稳定性的定向关系,只有在同一阶层的人之间才会形成有效的相互性影响。五月只能以这样的方式被塑造,她不可能被塑造得更好,她也不可能真正改变自己的命运。这种"双向塑造"显示出来的实际上是定向塑造。在这方面,贾平凹在《极花》中有清醒的认识和思考。他之所以没有在小说结尾让被拐卖的女主人公获得解救,是因为他十分清醒一点,即小说女主人公期待的房东的儿子(大学生身份)喜欢上她并把她解救出去,终究只能是幻想。五月只能被与她相似的城市居民塑造,她不可能被工程师薛去疾(刘心武《飘窗》)那样的知识分子塑造,也不可能被铅笔盒(铁凝《哦,香雪》)所象征的知识塑造。五月的一切都处于暧昧中:作为足浴城收银员的暧昧身份,与阿德的暧昧关系(有欲而无性)。五月缺少主动性,因此不会想着去融入城市,不会想着去适应城市,不会想着改变自己;但她又照单全收,她会容忍客

---

① 〔英〕安东尼·吉登斯:《现代性与自我认同:晚期现代中的自我与社会》,夏璐译,中国人民大学出版社2016年版,第119页。

人的搂搂抱抱（在东方之珠足浴城上班期间），她会表现出对商品的"光晕"的痴迷，却也只是淘来外国倾销到中国的衣服，她对金钱并没有表现出强烈的兴趣。

无疑，小说除了表现城乡关系外，还涉及几重关系：一重是女性和男性的欲望关系；一重是正常与病态的关系；一重是全球化与地方化——香港与骊州——的关系。但这些关系的形成并发挥作用只能是以定向方式在具体情境下完成。所以，一遇到香港来的卫革，阿德的保姆小张纵使再跋扈嚣张，也立刻缴械投降。卫革所代表的全球化情境和香港空间，是小张所不能想象也不可能抗拒的。这一情景之于小张，只具备现代性意义上的震惊效果，而不具备形塑力量。震惊效果产生形塑力量，必须是针对有自觉意识的主体，比如说高加林、孙少平、田保根（浩然《苍生》）等；震惊效果对大多数普通民众只具备震慑作用，却不一定能改变其"实践意识"，更不用说"话语意识"。所以，五月生命中的几个关键时刻，虽然影响着五月的命运，但并不具备形塑力量。比如说山货客，酒心巧克力所显示出来的震惊效果，推动五月走向城市，但在"物我"分离后他就显示出了本来面目。比如说阿德，一旦其别墅所能激发的想象力耗尽，他所具有的对五月的形塑力量也将告终。比如说大麦，他的爱情想象在五月这样一个不谈爱情的人眼里，只是对利益的权衡与考量。从这个角度看，须一瓜的《五月与阿德》不可能不让人启发良多。

## 三

尽管五月常常受"实践意识"支配，但阿德对她的塑造，仍旧具有隐喻和象征意义。这种隐喻性集中体现在阿德与五月的年龄差所显示出来的时代错位上。阿德的高光时刻是20世纪50年代的部队经历及礼兵生涯，腰肢扭伤构成他人生的转折点。这一扭伤带来的影响是双重的。表面看来，阿德还是那么挺拔英武，但其实是外强中干，最明显的表征就是性能力严重受损。简言之，他的挺拔只具有象征意义。所以，他才会一再拒绝宝红的大胆追求，他不愿把自己的空皮囊的本相暴露出来；他妻子的性冷淡态度正好掩盖了他的虚弱。在年轻的五月面前则不存在这一窘迫。"阿德似乎就很享受对五月的优越落差。不仅是物质性差距，更是精神性的落差。没有对比，就没有对幸福的确认。"在五月面前，他的虚弱不成为虚弱，相反，他的优势却被凸显出来。他的虚弱在老年人的身体中具有天然合法性，但这虚弱的身体却具有精神上的崇高性：早年的礼兵经历和挺拔的身姿赋予了其这一崇高性。另外，城市与乡村的关系，也使得阿德具有精神上的优越感。事实上，他也只有这一层优越感，他在经济上并不比五月更宽裕（山货客因为诱奸赔付给五月 4 万元钱，这在 20 世纪 80 年代末并不是一笔小数目）。阿德作为一个城市居民所具有的优势，使他获得一种比欲望的满足更高的精神上的愉悦，他要以无私（不收房租）的崇高形象感动自己。毫无疑问，阿德又是有欲望的。他虽然对宝红的身体表现出抗拒，但他并不拒绝欲望，这种欲望在五月及保姆小张那里得到了转移性的满足。

在这里，两个时代——即 20 世纪 50 年代和 20 世纪 80 年代末以来——的关系问题，仍是关键。20 世纪 50 年代是一个高扬精神而轻视物质的时代，阿德在其礼兵生涯中所收获的正是这种精神性的崇高，这是通过拒绝物质而获得的身份认同。但这样一种精神认同，在 20 世纪 80 年代末——阿德遇到五月时——特别是 20 世纪 90 年代以来，显然遭到极大的挑战。阿德在市场化时代无疑会被迅速边缘化。阿德的优势变成劣势，而他的劣势终究使他远离时代和社会。这样一种转换，带来的只能是阿德对其过往高光时刻的不断回忆和对精神性崇高的执着守护。事实上，阿德除了精神上的优势，他并没有别的可以炫耀。他所住的别墅并不是他家的，他家祖上只是作为房屋主人的仆人在代主人看管。这样一种代理人身份，只有在 20 世纪 50 年代后的特定语境中才能显示出其主人翁意识和崇高色彩。他与五月，都属于 20 世纪 80 年代以来社会分化过程中的边缘人群。阿德只有在五月那里，才能收获认同，这是他和五月关系的实质。所以他想要始终控制五月，而不是真的想要侵吞五月暂存在他那里的 8 万块钱。从这个角度看，阿德与五月的相遇，带有浓重的挽歌意味。他只有通过不断向五月炫耀他的过往荣光，才能显示他的存在。而也正是在这种回忆和炫耀中，他们才真正达到互相认同和互相"确认"：一个曾经拥有，一个在想象中获得满足。五月与阿德之间具有某种程度的"镜像"关系。从这个角度看，小说结尾五月的跳楼显示出来的就不仅仅是阿德与五月彼此建构身份认同的失败，更是新的命题的提出，即在 21 世纪的今天，如何处理 20 世纪 50 年代留下的精神遗产，以及物质与精神的关系问题。这是一个亟待解决的命题，需要不断地被提起。就此而论，《五月与阿德》的出现，意义不可小觑。

路径与坐标——新时代
文学演变的空间构型

# 第五辑

## 坐标的重构

徐勇

# 如何在时间的迷宫中重返现实？

## ——关于李陀《无名指》的四个关键词

虽然《无名指》写的是知识分子的当下"奇幻旅程"，但我宁愿把它看成是一部深陷于时间的迷宫中难以重返现实或不能进入现实的失败者的精神备忘录。表面看来，是作者无意间构筑了时间的迷宫，时间成为这部小说中谜一样的存在，但恰恰又是时间，成为进入这部小说的最佳钥匙。这里的关键词有四个，它们分别是"历史""现实""失败者"和"精神救赎"。四者的交汇，构成了这部小说的独特风貌。在某种程度上，离开了这四个关键词与时间意象，便很难准确地把握小说中实写和虚写、呈现和隐蔽之间的起承转合。

一

小说的核心主人公是留美归国的心理学博士，回国后他在北京开了一家心理诊所，故事由此展开。通读全篇，我们不得不遗憾地看出，经主人公诊治或疏导过的"病人"，他们的心理问题无一例外都没有得到解决，反而似乎日趋严重。比如说周璎、苒苒、吴子君、石禹、严先生，等等。小说中苒苒因精神抑郁而遗世出家就是一例。

心理医生解决不了心理上的问题，这说明了什么？是心理学家专业不精，还是另有原因？这一小说其实是想通过心理医生的视角观察社会，以期告诉我们，这是一个繁华的世界，但也因为繁华和现代，其中的很多人甚至可以说大多数人在心理上都或多或少有问题。对于这些问题，仅凭心理医生的个人努力显然是无法解决的，其解决有赖于社会全体，其病因有必要从现实向历史深处追溯。这些问题并不仅仅指涉精神救赎的层面。

心理问题的出现，使得小说的主人公们一个个色厉内荏。他们在精神上和心理上敏感而脆弱，偏执却又自负。他们的形象让我们想起了失败者的角色。对，他们都是失败者。面对外部世界的坚硬和强大，他们无能为力，故而只能封闭自己的内心，顽固而自守。但这些人又并非通常意义上的失败者。用世俗的观点看，他们都是事业上的成功者。比如说莘莘，就是一个智商极高又极会挣钱的人，她足不出户，就能挣得盆满钵满。但他们却是精神上的失败者。莘莘是一个生活在自己的内心世界里的人，老公华森的出轨，让她对人世感到极度绝望，最终遗世出家。现代社会的繁荣，使得物质极为丰裕，但他们的内心却很孤独，不被理解，或者说不被认可。他们的失败源于他们与外在世界的格格不入，他们是一群活在自己的内心世界里的人。相反，小说中另一个人物角色值得重视，那就是底层工人王大海。他所代表的群体，虽生活困顿且充满风险，但他们却健康快乐且豁达开朗。他们虽日子过得很粗糙，但内心坚毅而笃定。为什么会有这样鲜明的反差？李陀通过他的小说，提出了这样一个严峻的社会问题。

可见，这里所谓的失败者形象在某种程度上是一个政治经济学课题，它提出的是经济与心理的关系命题。但问题是，这一问题的提出者，却是一个美国的心理学博士。他以他掌握的西方心理学资源来解释中国化的心理学问题，其无能为力也就格外具有症候性特征。从这个角度看，这里讲述的是两个层面的失败者的故事：一个层面是丰裕社会里的幽闭症患者的故事；一个层面是面对中国经验茫然失语的留学知识分子的故事。两个层面的失败者，以一种互为前提的方式显示其症候和彼此的存在。

## 二

这就涉及另外两个关键词，即"现实"和"历史"。小说中一个细节值得注意，那就是主人公杨博士站在北京中关村大街的天桥上，看着行驶的车流和四周闪耀的灯光，一时竟有重回芝加哥之感，甚至觉得这里比芝加哥更像芝加哥。小说的主人公为什么会不自觉地做这种对比，这种对比的背后隐含了什么样的意识形态？这就有必要考察杨博士的留学背景了。"十多年前一个冬天，我和华森两个人跑到了芝加哥……看到无数的车灯汇成的闪闪灯河，似乎一下子掉进了什么童话世界……一边看，一边想：要到什么时候，中国的城市也能有这样的夜景？"从这里不难揣测，主人公之所以要出国留学，除了要学习西方先进的心理学和社会学知识外，还有一种隐蔽的内在焦虑在支配着他，那就是内心中国的落后和以美国为代表的西方社会的高度发达所形成的鲜明对比。应该说，这样一种内在焦虑，是20世纪80年代以来中国人（包括知识分子）内心所普遍存在的，在某种程度上构成了彼时出国热的重要原因。但是这样一种焦虑在作者时隔多年回国后荡然无存。进入21世纪以来，特别是最近几年，中国城市社会的繁华不亚于世界上任何一个国家任何一个都市，但这样一个高度发达的社会，同样也带来了另一个问题，即高速发展和节奏快捷的社会，也会带来相应的社会精神症候。比如说抑郁症，比如说内心的孤独和无聊感，比如说内心的焦虑，等等。他们的精神疾患无不指向一点：社会高速发展，理想和信念却不可避免地被冷落了。苒苒找不到活着或者说活下去的意义就是典型的例子。另一个例子是周璎，对于她来说，必须要不断有新的刺激，才能让她对生活保有热情。所以，她会不断地寻找生活的新的兴奋点，必须让生活处于变化之中。变化是她生活的驱动力。与之相似的是小说中的另一个年轻女子吴子君。她有一个成功的丈夫，有一个可爱的儿子，但她的生活却极度空虚和无聊。她会在购物的时候突然无缘无故地抱头痛哭，她会为寻求刺激而犹豫要不要找情人，等等。这些不禁让人疑惑：到底是整个社会病了，还是仅仅他们病了？这就是当前时代人们普遍的精神生活。他们不知道为什么活着，或者说怎样活着。物质丰裕了，社会发展了，活着对他们而言却成了一个问题，一个需要不断追问的问题。这有点像哈姆莱特当年所面对的困惑——"活着或者死去，是一个问题"。只不过，这一问题的提出，与当时有着截然不同的语境。

  对于这些问题，心理学杨博士常常不免感到力不从心。他曾努力思考，通过多次阅读苒苒写给他的手信忽然醒悟，原来我们可以因为文字而"分裂成两个人"，"过着双重生活"：文字里的和日常语言里的。我们意识不到这种分裂，便是正常人；意识到这种分裂，便会出现精神上的问题。那么为什么会出现这种分裂呢？为什么我们不能生活在文字和日常语言（口语）相统一的生活之中呢？苒苒想寻求一种蕴于文字中的内心生活，她似乎做到了两者的统一，但她真的幸福吗？这是否是一种值得肯定的生活？苒苒真的能从佛学的智慧中寻找到"新的精神方向"吗？随着一连串问题的提出，主人公越来越疑虑重重。主人公再度陷入了困惑之中。

现实的精神问题既然无法从现实或精神层面解决，就只能退回到记忆中去了，于是"历史"自然而然地成为小说的核心的关键词。这样也就能理解何以一个心理学博士能和大老板金兆山桃园结义了。在这里，外在的现实中的身份和标志是不重要的，重要的是，他们拥有共同的记忆以及记忆的承载物——二锅头、猪头肉和卢沟桥。主人公随同金兆山踏进宛平的小酒馆，就感觉回到了"二十多年前"：

> 时光真的可以倒流。我一下子回到了二十多年前，一切都太熟悉了：很小的屋子，昏暗的灯光，呼呼呼作响的摇头风扇，糊了旧报纸的墙壁，摆满了廉价烟酒和日用小百货的木头货架，还有布满了刻痕和污迹的木头柜台，两张小方桌，几个小木凳……
> 
> 混杂着烟气的闷热里，二锅头的酒香挥之不去，一股暖烘烘的热气从小腹升起，直贯头顶……这感觉，太好了，太熟悉了。好像十多年的岁月不过是一道小河沟，能够一跃而过，于举步之间就又回到了在大学里读书的年代；这小屋还是学校西门外的那个小酒铺，对面坐着的还是同宿舍的王大屁和老白薯，两个人酒不过三巡，就开始为马尔克斯和博尔赫斯的小说孰优孰劣展开激烈的争论，不一会儿的工夫，已经大吕黄钟，声震屋瓦。还有，记忆里，酒铺的小店主和眼前这个老头儿也很像，眼睛也是混浊不清，虽然完全不明白这两个大学生胡说的是什么，可坐在柜台后面的他，花白的头一直伸到了柜台前面，聚精会神，连听带看，津津有味。①

---

① 李陀：《无名指》，中信出版社2018年版，第83—84页。

这里需要注意三个时间点：一个是"二十多年前"，一个是"十多年"前，一个是当下。除这三个时间点之外，还有一个时间点需要注意，那就是小说主人公出国时的1994年。四个时间点的缠绕构成了这部小说的时间的迷宫。需要追问的是，小说主人公清醒的时候，记忆是回到了"二十多年前"，为什么喝着喝着，又回到了"十多年"前？这中间的十余年的时间都到哪儿去了？中间的转折是如何完成的？

细细钩沉便会发现，"十多年"前应该就是指20世纪80年代。如按出国时的1994年这个节点推测，"十多年"前应该是20世纪80年代后期，但若依据小说主人公的回忆来判断，则应该是20世纪80年代中前期。那是杨博士在国内读大学的时候。小说主人公似乎对20世纪80年代念念不忘。那是一个多么荣光的年代啊！大学生们可以不带任何功利色彩地大谈文学，为争论博尔赫斯和马尔克斯谁更伟大而面红耳赤，广大民众也似乎给予了他们特权和关注的目光。那是文学具有轰动效应的时代，那是精神高扬的时代，那是知识无价的时代，那是大学生作为天之骄子的时代。但这样的年代，无疑已经成为历史，只能作为记忆点缀在沉重的现实中或者酒醉后。

这样，我们似乎不必纠结"二十多年前"和"十多年"前的区别。这里只要注意这样一种二元对立，即物质上的贫瘠和简朴与精神上的丰裕和醇厚。彼时，就物质的层面而言，中国是那么贫瘠和匮乏。但在精神上，无疑是极其高扬且富裕的。那是一个充实的年代。在这里，小说主人公之所以在清醒和微醺中让十多年的时间不经意地流走，其潜意识里是认为，这十多年来对于当时的中国而言，物质和精神的二元对立是一仍其旧的，并没有什么改变。

但这样又带来一个裂缝。当小说主人公看到美国芝加哥的繁华时，会不由自主地想起自己的祖国。这里面显然深藏着主人公的焦虑。那么问题是，这样一种焦虑是如何产生的呢？我们知道，20世纪80年代，物质上的贫乏背后是精神上的丰裕，这种精神上的丰裕怎么会演变成焦虑？这样的转换又是如何成为可能的？从这点来看，小说作者/叙述者把"二十多年前"和"十多年"前两个不同的时间段等同对待，实际上遮蔽了其中的时代转换过程。这样一种遮蔽在一定程度上暴露了作者/叙述者的内在矛盾：一方面有意无意地混淆其间十多年的时间差，一方面其实又以主人公的精神状态的反差凸显了时代转换的存在，一端是精神的笃定和丰裕，一端是内在的焦虑和茫然。精神上的极大反差，无疑是时代转换的精神表征。显然，这是分属两个时代的两种精神状态。认识不到这点，便不可能准确把握这一小说的精神演变史。时代精神的表征，对于20世纪80年代这十年而言，可能并无本质上的区别，但对于之后的转折，却是有天壤之别的。众所周知，20世纪80年代与90年代的转折标志着两个时代的分野。因此，不难看出，这一消失和被填平的时间差，当属于20世纪80年代，另一边则应该是20世纪90年代。

于是不难发现，这一小说背后，呈现的其实是小说主人公或叙述者的精神演变史——从20世纪80年代经由90年代而至21世纪上半叶。这是中国知识分子特别是那些出国留学的知识分子的精神演变史。在某种程度上，这也是作者李陀的精神演变史。

这就回到了互为因果的两个问题，即小说主人公大学毕业后为什么要出国？在外国待了十多年拿到心理学博士学位后，主人公为什么又要回国？对于这两个问题，小说叙述者始终语焉不详。另一个语焉不详的问题是，在国内的时候，小说主人公同女朋友海兰爱得死去活来，为什么一出国就没有理由地提出分手？这里的原因恐怕应该与小说主人公的初衷有关。主人公杨博士在一次回忆中无意透露，他是1994年到的美国。熟悉当代中国历史的人大都知道，那个时代中国的知识界出现了一个热潮，就是出国热，而且是想方设法出国并设法留下来不回国的那种。这可以以阎真的小说《曾在天涯》为例。以此推论，杨博士在收到海兰写的很多信而不回信的情况下没有理由地提出分手，其中一个重要原因是，他心里十分清楚，他再也不会（或不可能）回国了。他只能选择分手，就像《曾在天涯》中的男主人公被迫要同他的妻子分手一样。我们不明白小说主人公为什么要出国，但有一点是肯定的，在国内他的文学梦破灭了，他后来到美国学社会学和心理学，都是为了继续他的文学梦。为什么文学梦会破灭呢？是他不想写吗？是他写不出来吗？显然都不是。这可能要回溯到20世纪80年代与90年代的社会转型。20世纪80年代后期文学失去轰动效应，随着90年代的到来，文学时代走向终结，自然也带来了小说主人公文学梦的破灭。不难看出，他是带着失望、落寞甚至是绝望出国的。他同海兰的分手，只能从这点去理解。小说中对这些问题始终语焉不详，越是语焉不详，就越是暴露出这点。主人公是在时代的推动下远走他乡的。在芝加哥看到流动的灿烂的车灯，他之所以感叹和无奈，无不源于一种情结或纠结：中国为什么这么落后？中国何时才能强大起来？

但问题是，当小说主人公回到北京，看到夜晚车灯的河流不亚于任何一个国家的时候，他为什么又再次感到失落和茫然起来？中国的确是发展得很快，可人们的内心却越来越脆弱，越来越问题重重。比如说苒苒，她找不到活下去的理由。比如说冯筝，她认为活着不需要理由。在这里，苒苒和冯筝代表的是两种极端，更多的则是中间状态。这就是今天的中国现实。对于这样的现实，作为心理医生的杨博士感到无力和茫然不知道该怎么办。或许正是因为这种无力，才使他更沉湎于记忆之中吧。他想从记忆中获取抵抗现实的力量或能量。或者还可以这样理解，即他想通过对历史的过滤和对记忆的重启，来获得解决现实问题的途径。

## 三

这似乎只是小说主人公的一厢情愿。物质社会的发展所带来的问题，是精神所不能解决的。杨博士化解不了金兆山家族成员间的不睦和心结，在面对博士王颐时，他同样是束手无策，终究还是只能诉诸武力（拳头）。心理学解决不了资本所带来的问题！主人公的无力，不仅体现在他在面对苒苒出家时的措手不及和在面对海兰丈夫的偏执时的无能，更体现在他在面对挚友华森时的纠结，以至于最后毁在其手。小说最后一幕，主人公杨博士被KTV（卡拉OK）保安击昏，表面看来有结尾仓促匆忙之弊，但若从整部小说的情节来看，又顺理成章。因为作者李陀，越写到后面越不知道该怎么来结束小说。既然主人公是那么渺小和无力，一次偶然事件又何以不能让其就此毁灭？毁灭与无力无能之间又有什么区别呢？

作为知识分子，一个曾经有过梦想和追求的知识分子，他不可能像冯筝那样只求活着不问意义，他也不可能像苒苒那样遗世出家以回避现实。他必须直面现实，以寻找阐释或解决的路径！他曾经的文学梦，他出国留学，涉猎社会学，攻读心理学博士学位，都是想探析社会和人心，都是想寻找摆脱人生困境的钥匙或答案。但最终他发现，所有这些都是枉然！

小说最后一节，主人公被击昏后的一段精神恍惚的描写很值得玩味。其中出现了一个镜像：两个"我"的相遇和对话。一个"我"说，虽然"现在也不知道去哪儿，我是乱走"，但"我不怕迷路，我能找路"。另一个"我"却说，"你这么乱走，你走不出去，只能迷路迷路再迷路"。两个"我"各执一端，无法说服对方，最终只能是一个追着另一个，不停地跑和不停地追。这就是这部小说所深藏的分裂之处。小说的结尾，即使没有那狠狠的一击，也会出现这种精神分裂。此乃我们这个时代的宿命，是有精神追求的知识分子所必须面对而又无能为力的宿命。

小说所思考的是知识分子在物质丰裕时代的精神处境问题。对于这些问题，不是西方的心理学知识所能阐释和解释得通的。精神问题不是心理学所能解决的，这种错位和矛盾有必要引起我们的警醒和深思。小说作者/叙述者通过记忆回溯式的追叙让我们意识到，当今的精神问题，既有必要置于历史的脉络中去理解，也有必要放在政治经济学的角度加以审视。离开了政治经济学维度，而试图从心理学的层面加以阐释，这样的努力纵使艰苦卓绝，也只是枉然。这使我们看到另一种截然不同的精神状态。小说中底层工人王大海的目光坚毅而沉着。他虽然生活在社会的底层，但他的内心却是健康的和充满生机的。小说叙述者刻意让王大海所代表的底层工人群体同杨博士相遇，在某种程度上是想告诉杨博士和我们，这些知识分子的所谓"哼哼唧唧"，其实是苍白的和虚伪的。如果苒苒生活在温饱线上下，她的内心还会那样脆弱吗？她所思考的问题，从来都不可能是温饱问题和现实的生存问题。她所思考的也从不可能是自己之外的广大社会。她生活在自筑的宫殿里，奢侈而矜持，她对人生意义的追寻也注定了是苍白无力的和不及物的。她的眼睛虽然纯粹，但其实是无物的。对于这样的人生，需要的或许仅仅是生活的历练。从这个角度看，小说主人公杨博士的无力与无能，与他对王大海的存在视而不见有关。他的眼里或记忆里有的只是历史或心理学，他看不到这背后的政治经济学内涵。可见，是短视或盲视导致了他的死亡。被忽视的，可能就是最重要的。小说所谓的"无名指"，其意义或许正在于此。

# 怀旧、弥合与文化重建

## ——关于叶兆言的《很久以来》及其他

叶兆言向来擅长写遗老遗少市井民众的故事,他的小说距离革命或解放的宏大叙事向来很远,即使是以1937年南京的沦陷为背景,凸显的仍是倾国倾城的旷世爱情(《一九三七年的爱情》)。这一姿态在他的长篇小说《很久以来》(发表于《收获》2014年第1期,单行本出版时改名为《驰向黑夜的女人》)中仍有延续。虽然常被看作新历史写作的重要代表,他的小说一再书写正史之外的野史轶事,但作者似乎无意重写或重构历史,他并不与正史针锋相对,其所在意的仍是历史事变或变动中的个人命运的乖张悖谬及难以把捉。他笔下的主人公虽竭力进入历史/时代的进程,但总是若即若离,因而往往被历史嘲讽或遗弃,个人与时代之间总不能很好地重叠或重合在一起。在《很久以来》中,作者以将近六十年的时间跨度,历经两个时代的巨变,所欲思考或回答的仍是这样的问题。在此之前,在叶兆言的写作中,历史题材和现实题材之间大都处于一种分立状态,《很久以来》的出现,使得两大题材被整合在一起,仅此就已表明了这里作者对写作生涯的一次总结和新的思考。

就题材和主题而论,这部作品并没有什么新意,似乎很难超过《夜泊秦淮》(系列小说)或《一九三七年的爱情》,而作为现实语境中的叙述者的"我"的出现,也使得作品在整体风格上多少显得不伦不类。但这些皆非进入小说的通道,这部小说显然"别有怀抱"。

一

对于叶兆言的民国系列小说，评论者多从其"新历史"之"新"的角度加以解读，殊不知他的这些民国背景的小说，几乎无一例外地置于时代巨变的宏大背景之下。对于叶兆言而言，大时代与微不足道的个体之间的对照显然并非虚妄，而是切切实实的存在。或许，只有置身于大时代下的人生才是真的人生，才最具代表性。但反讽的是，即使是荣华富贵盛极一时的胡地（《花煞》），也会顿生荒谬苍凉之感，何况那些与时代保持距离的市井百姓们。时代背景对于主人公而言，既非点缀，亦非聚光，两者既像互不交涉的平行线，有着彼此独立的运行逻辑，又似折射后的镜面的反光，总在诉说或暗示着什么。叶兆言的写作不同于一般的新历史写作的地方正在于，他能在时代巨变的背景下展现和思考个人的命运，而不仅仅是任意重构或反写历史的寓言。

自近现代以来，关于时代巨变与个人之间的辩证关系的思考向来为作者们所倾慕，《阿Q正传》《财主底儿女们》《激流三部曲》等作品中都有表征。新中国成立以来，这一传统仍有延续，或演变为革命历史传奇，或演绎为历史寓言（如刘震云的《故乡相处流传》等），而至于叶兆言，竟又不同。他的民国系列小说，兼有传统话本小说以降的"世路人情"和浪漫主义的现代想象，其主人公即使投身时代洪流，抑或远离，都既不彻底也不甘心，而正是这种不彻底和不甘心，使得他笔下的主人公往往显得既新且旧、既旧还新。如此看来，《很久以来》同《夜泊秦淮》（系列小说）和《一九三七年的爱情》等前作似乎没有多大区别。这部小说前半部分写的是1941年至新中国成立前的民国旧事，仍旧是以历史事变作为时空背景的。但事实上，这部小说显然又非叶兆言的其他小说所能比的，小说在时间跨度上自1941年始，跨越大半个世纪直至2010年上海世博会。时间跨度之长，在其小说中还是第一次。不难看出，时空意识仍是理解这部小说的关键。

在这部小说中，叶兆言写出了历史巨变下个人命运的变故、偶然和新的必然。《追月楼》中仲祥的进步与堕落乃至改邪归正，既与时代精神息息相关，也是其个人气质的必然呈现。而《很久以来》中的欣慰，追求进步，倾向革命，积极入党，后造反，最终被枪毙，这些既为时代潮流所裹挟，同样也是她个人性格的外现。这一偶然和必然的重叠，彰显出作者的矛盾和犹豫。他既想与时代保持距离，又明知这不可能，这样一种矛盾心态，在其创造的遗老遗少形象中有鲜明的表征，这一谱系有丁老先生（《追月楼》）、南山先生（《十字铺》）、朱琇心（《很久以来》），等等。这些人都是生活在乱世和闹市中的隐居者。他们既想保持独立的人格，也深知现实的逻辑，故而南山先生和丁老先生也免不了答应他人的索字索画要求。他们自己把自己幽闭起来，但并不妨碍也不主张亲友也像他们一样自我放逐。在这里，时代巨变之于个人，显然并不像革命历史传奇中所显现的那样一致。时代的总体性或整体性要求，并不是个人的必然选择，叶兆言的小说写出了时代变故与个人选择之间的两难和悖论。而这正是中国20世纪的历史所呈现出来的景观，《很久以来》所欲表明或表露的也正是这样的困惑。

## 二

虽然得益于家风而趋于平易，但叶兆言并不像其祖父辈那样，大凡写到新中国，总是一派"跨到新的时代"的欢欣。而事实上，他笔下的主人公，往往因为历史遗留问题而与社会若即若离，甚至反被排挤。从民国至当下，他笔下的主人公们大都是以失败者的身份出现的，不论是《走进夜晚》中的马文，《一号命令》中的沈介眉、赵文麟，还是《很久以来》中的欣慰和春兰。显然，借用阶级分析的视角，叶兆言写的大都是关于"旧人"而非社会主义新人的故事。叶兆言无意表现社会进步，故而他的小说很难从"激进的现代性"的角度加以解读。他笔下的主人公们即使身处发生巨变的年代，仍自顾自地发展着自己的传奇或故事。他们活在自己的世界里，一旦时代发生巨变，便不可避免地被时代抛弃。但反过来，叶兆言其实也很清楚，即使投身于时代和社会进程中，时代的激变对个人的命运的影响也不会一成不变。其间的变数让人无法把捉，而人的命运似乎早已注定，任怎么努力都是徒劳。叶兆言的小说充满了宿命感和颓废气息。

所谓颓废，是指与激进的现代性不同的另一种感受时空变迁的方式，与进步或解放等宏大叙事坚信未来很美好截然不同的是，颓废表明了一种停滞和未来的缺失状态。颓废主义秉持着一种典型的当下主义和对历史的眷恋，颓废往往与怀旧缠绕在一起，难分彼此。这样来看，叶兆言执着于对时代巨变中的"旧人"旧事的营造，建构着自己的梦，显然别有寄托。变与不变，留不住的光影明灭，个人的内心坚守或许可以长存。这也是丁问渔（《一九三七年的爱情》）不顾南京的倾颓而毅然留下的原因。虽然时代的巨变可以改变个人的命运，但个人的内心却是不可改变的。从这点看，《很久以来》中欣慰和春兰两个人的命运的对照，思考的正是这样一个命题。欣慰之所以命途多舛，最终被消灭，正因为她的无定见和外向的性格。随波逐流或激流勇进的结果，是埋葬了自己。这一命题在她的女儿身上仍有延续。小芊的不安分和折腾继承了其母亲，其多舛的命运也一再显现出其母亲的影子，只不过时代更易，相同的命运以另一种形式呈现。相反，春兰则内向得多，即使身处激荡的环境中，亦能保持内心的平衡与平静，虽没有什么进步，但她始终与时代保持距离，故而最后能全身而退。

对"旧人"的塑造是新中国成立后叶兆言历史写作的重要特征，但若从更大的角度看，他的民国系列小说又何尝不是热衷于塑造"旧人"（遗老遗少）的典型呢？其实，只有置于不同的时代语境中所谓新旧才会有所指。但从叶兆言热衷于"旧人"的情感倾向中不难看出，他总是与时代主流保持距离。就像《没有玻璃的花房》这部小说，矛盾时刻变化并互相转变着，这早已超出了伤痕写作中正邪泾渭分明的二元对立的结构特点。这一倾向在《很久以来》中仍有延续并有所变化。欣慰虽是"旧人"，但她时刻追求进步，但反讽的是，她的被捕及被枪决，并不是因为出身问题，也非迫害，而是事出偶然，她死得不明不白。可以说，正是这种距离感，使得叶兆言的历史写作往往被冠以"新历史"的头衔，但这只是"新"的历史表象，叶兆言并无反写或重写的冲动。

叶兆言的小说既不追求题材上的出奇制胜，也无意于另辟蹊径重写或反写，他甚至执意于坚守写实的风格。他的小说追求的是另外一些东西，这使得叶兆言的小说既具有可读性，也往往不能让人印象深刻或警醒震惊。距离感是理解叶兆言小说的关键。这种距离感造就了叶兆言小说的一种格调，一种审慎而略带反讽的冷静及一种回味。这些或许与作者平实而稳健的心态不无关系。但这种距离感，在这部小说中有了微妙的变化。在这部小说中，出现了一个不小的变化，那就是叙述者"我"的出现，以及作为主人公介入故事的进展中。这种"元叙事信号"，在叶兆言的小说中并不少见，如《日本鬼子来了》和《枣树的故事》中都有。但在这些小说中，叙述者"我"要么不参与叙事的进程，要么只是作为一个旁观者出现，"我"整体上是作为客观而冷静的观察者和叙述者存在的。但在这部小说中，叙述者兼主人公"我"，一再表明小说叙事的意图，其心态也出现了微妙的变化，"我"的内心不再平实温和，而是不安且躁动。"我"的内心出现了失衡。

这也使得小说总体上呈现出一种反讽的结构特点。"我"所叙述的故事，并不是被视角本身所限，而是因为这是"主观视角"，其导致了"叙述的不可靠性"。叙述背后的情绪是我们解读这部小说的关键。小说在叙述欣慰和春兰等上一代人的时候，还能保持一种叙述者隐退的客观的姿态，这一部分与《夜泊秦淮》（系列小说）的风格相似，而一旦写到欣慰的女儿小芋，尤其是其成年后时，小说则表现出反讽的倾向。叙述者兼主人公"我"一方面介入与小芋的交往中，另一方面又想把小芋的形象表现出来，这之间的距离"我"并不能很好地把握。两种风格的杂糅、并置和游移，体现的其实是作者在面对历史和现实时的深深的犹豫、矛盾和无奈。

有评论家注意到叶兆言小说中出现"创作主体"的现象，并将其视为"消解"主题的方式之一，诚然，这一倾向在其他作品中确实存在，但在《很久以来》中却似乎相反。显然，这部作品确实延续了以前的"创作主体"介入的方法，这种"元叙事"的形式在20世纪以马原为代表的先锋小说中非常流行，叶兆言的这一倾向有其影子。如果说他此前的作品如《采红菱》等，意在以生活的多种可能"消解"主题的话，那么在《很久以来》这部作品中，"创作主体"的介入则带有为本就没有主题的、零碎的生活重新赋予意义的意图。这一意图尤其体现在对两个时代两代人的"断裂"的努力弥合上。"创作主体"穿插其间，其意正在彼此间的沟通、协调和重新叙述上。叙述的冲动在这里明显表现为一种和解的诉求和对效果的追求。在这里，作者完全可以只写欣慰和春兰的故事，但又写到小芋及其对母亲的不可化解的怨恨。在小说中，小芊的部分是尾声部分，这一结尾其实是作为欣慰命运的延续出现的。作者/叙述者力求写出两代人的不同命运，但事实上，小芊的命运仍是其母的命运的延续。两代人以命运相似的形式最终实现了和解。

## 三

对于叶兆言来说，时空是理解其小说的关键，作为六朝古都的南京永远是抹不去的背景或前景。《很久以来》虽落脚当下，情感取向却是久远的。在这个背景下，叶兆言虽长在新社会，却常表现出怀旧的情感倾向。其小说虽然很多写到新中国成立后，但其对南京曾有的短暂繁华总是念念不忘。在这里，南京的繁华与无可避免的衰落常是困扰作者的情结，这样来看，其虽常常写到抗战及抗战的意义，却无意于民族国家的重建，而着意于南京从此不可避免地衰败下去。南京在日本人入侵时的1937年，既是巅峰，也是衰败的开始，这一衰败随着新中国的建立及都城的北迁，更是有增无减。这是叶兆言的民国系列小说常被视为新历史小说的部分原因，而也正是在这一点上，叶兆言的小说常带有一种颓废的风格。

怀旧在中国当代文学史上并不陌生，王安忆的《长恨歌》、李杭育的《最后一个渔佬儿》及贾平凹的《腊月·正月》等都是其代表。如果说怀旧源于现代性的变动不居的话，那么怀旧显然包含现代性和矛盾性，怀旧并不是目的，甚至也不是主题，而是一种风格，其往往有具体的指向，不可一概而论。如果说《长恨歌》中的怀旧是在资本主义全球化的逻辑下催生的时尚的话，那么《最后一个渔佬儿》和《腊月·正月》中的怀旧指向的则是改革时代传统所显示出来的无可奈何之处。显然，怀旧在很多时候并不表示回到过去，在这里，对"旧"或传统的重启，都是为更好地介入当下服务的。这样来看，叶兆言在其民国系列小说及《很久以来》中所显示出的怀旧，同样应作如是观。怀旧也是一种"认同"建构，叶兆言虽一再通过"旧人"的塑造来象征和隐喻南京的无可奈何的历史宿命，但"旧"更是为一种文化厚度存在的，在这里，南京曾有的繁华是为重建南京的文化认同服务的。重建南京的文化认同才是叶兆言民国系列小说的隐秘意图所在。南京的命运不可改变，也不以个人的意志为转移，叶兆言无意歌颂国民政府，但通过怀旧所激起的，却可以用来重建南京的文化认同。

进入当代的失败者的经历，常常促使叶兆言思考如何弥合两个时代的裂缝。《走进夜晚》中的马文，通过性格的扭曲和性的病态所呈现出来的是两个时代的错位在个人经历上的投影。《一号命令》中的沈介眉和赵文麟，则以繁华过后的被冷落、被遗弃象征了旧时代的一去不返。如此种种，在《很久以来》中有综合性的考量。小说中以互为镜像关系的两个女主人公（欣慰和春兰）的大半个世纪的命运变迁，来思考两个时代的错位及其弥合的可能。她们互为镜像，对方的命运及种种可能，恰恰成为自己人生的镜子。欣慰积极投身于历史和时代的洪流（这当中有《一号命令》中赵文麟妻子的影子）中，但缺乏自省意识；春兰则相反，她最大的特点是始终保持冷静和距离，故而她能具有自我意识和反省精神，她看到了欣慰的过犹不及，时刻保持谨慎克制，最后得以全身而退。

表面看来，叶兆言确实是在努力弥合两个时代的历史裂缝，但历史何以表现得如此重复而充满宿命感？欣慰的命运并没有终结，而是在女儿小芋身上以另一种方式延续。但历史又不是简单的重复，其命运的重叠出现在新的全球化背景中及中国崛起的语境中，这一重复也就显得意味深长了。在这里，南京曾有的繁华与当下上海世博会显示出的复兴之间，是否有暗合之处，值得玩味。

南京的全盛年代还没开始，就已告结束。如此对照叶兆言的两大题材，便会发现其中耐人寻味之处。对于其人抑或其城（南京城），没落似乎早已注定，叶兆言的《很久以来》正在于写出了这其中的决绝、挣扎和无可奈何。《很久以来》中的感伤情调，很容易让人想起王安忆的《长恨歌》。但这一感伤又非王安忆所能比的。上海的崛起为王安忆所欲勾连起的怀旧铸就了厚重的底色，其怀旧常常成为时尚；而对叶兆言来说，作为六朝古都的南京既不可能再度成为都城，又在繁荣程度上逊色于上海，后又因为日本人的入侵，过往的辉煌竟如昙花一现或海市蜃楼，其民国书写所显示出来的怀旧和感伤，终只沦为苍凉。而这，或许正是南京城与人的命运的象征。任变与不变，南京兀自发展着自己的故事，其繁华或衰败早已在这种犹豫中注定。

# 如何传统，怎样重铸？

## ——论《家山》与现代中国故事的讲述

王跃文的《家山》是一部非常厚重且具有新的时代气息的长篇小说，虽然作品描写的是20世纪前半叶湖南的一个村庄的故事。在这里，"家山"，不仅有家乡之意，更蕴含着深厚的传统、浓郁的民俗与醇厚的家风，同时，又是"家国"的另一重表达。小说把传统的重铸这一命题纳入现代政治的框架内展开思考，很好地回应或解决了传统文化的重构和再造之难题。小说叙述告诉我们，家国情怀、民本立场、劳动美学和实干精神之间有着内在的关联，其统一关系在家族叙事和优良家风的层面得以彰显和表征；在某种程度上，这是一部将马克思主义基本原理与中华优秀传统文化相结合的尝试之作。

一

小说开头部分有两个细节值得分析：一是乡村间的械斗，一是月桂的缠足/放足。乡村间的械斗，在革命历史小说中多有呈现。比如高云览的《小城春秋》，主人公何剑平的父亲就死于村与村之间的某次械斗。革命历史题材的小说中常出现如下写法：村与村之间的械斗，并不是个人与个人之间的矛盾的表现，个人（常常是穷人）只是牺牲品，村庄之间的械斗是家族与家族之间的矛盾的表现，个人只有挣脱一己的恩怨，站在更广大的贫苦阶级或被压迫阶级的立场上，才能消弭这种仇恨。这是一种个人/家族恩怨的改写方式：用阶级仇改写家族恨。小说《小城春秋》中何剑平和杀父仇人的儿子李悦成为战友就是这种表征。《家山》显然没有这么去写。在这里,村庄与村庄之间的械斗演变成舅舅同外甥之间的搏斗。在混战中,外甥德志捉对缠住了舅舅四跛子,舅舅无奈之下杀死了外甥。外甥的一句话——"今朝没有舅舅外甥,只有陈家舒家",使得沙湾和舒家坪的械斗变成了舅舅与外甥的互相伤害。外甥的逻辑很明显,宗族认同要高于舅甥关系。这是一种典型的内外有别的逻辑。应该说,这种逻辑在中国古代并没有什么问题,是"单系的差序格局"的表征,"中国的家是一个事业组织,家的大小是依着事业的大小而决定。如果事业小,夫妇两人的合作已够应付,这个家也可以小得等于家庭;如果事业大,超过了夫妇两人所能担负时,兄弟伯叔全可以集合在一个大家里"①。在这种格局里,同宗是纵的关系,而舅甥是横的关系,两者是有差别的。不难看出,乡土中国特别重视内外关系的区分和确立,舅舅和外甥虽然血缘相近,但因为分属两个村庄(或宗族),他们的关系其实是一种外部关系。革命历史小说则是试图打破这种内外区分,以一种覆盖范围更广的阶级认同取代和超越家族认同。

村与村之间的械斗,在李师江的《黄金海岸》中也有所呈现。但《黄金海岸》中的渔民大多固守传统道德,村仇很难调和。村与村之间的矛盾持续发酵,最终演变成李师海的父亲被邻村设计杀死。有意味的是,这里写的是发生在中华人民共和国成立后的村与村之间的械斗,当代政治意识形态的强力,都对传统伦理束手无策,更不用说现代法律。只有那些现代渔民,诸如李师海、陈立春,才能跳出村与村之间宿仇的恶性循环。他们是现代之子,现代化的建设热情促使他们超越宗族的羁绊和束缚。《家山》中的械斗发生在民国初期,民国政府以法律的形式介入械斗引起的杀人事件。县知事刘子厚的判决是"舒家坪寻衅滋事",舅舅被判"无罪"。案件虽然结束了,但矛盾也埋下了:村仇变成了个人恩怨。如何破解这种矛盾呢?小说采取的做法是,四跛子再生一个儿子,送给姐姐喜英以代替死去的外甥。应该说,四跛子和他姐姐的逻辑与外甥德志的逻辑并无二致,

---

① 费孝通:《乡土中国》,人民文学出版社2019年版,第42页。

他们都是要确立内外亲疏关系：四跛子把儿子送给姐姐，儿子和他就变成了甥舅关系。

月桂的缠足／放足也是这部小说的关键点之一。桃香自己是大脚，但不愿自己的女儿月桂也是大脚。因为身处深山老林，远离市井，桃香得以保留了大脚。即使如此，大脚仍然耽搁了婚嫁，所以她极其反对女儿放足。有意味的是，桃香的天足是自然天性的表现，但她却以此为耻，因而百般阻挠女儿放足，结果导致女儿几经缠足、放足，脚有些畸形。不难看出，桃香的思想中有传统思想的异化成分在。这说明当女性的视角或思想仍旧没有打开或放开的时候，解放她们的身体的意义终究是有限的。解放了她们的脚，她们的心却仍是受封建思想禁锢的。虽然月桂缠足／放足的过程也有解放的时代意义，但月桂终究是旧时代的封建女性，半残疾的脚既严重影响了她的婚姻，也给她的人生和心理蒙上了挥之不去的阴影，她最后出家当尼姑正说明了这点。可见，只有当身心皆解放的时候，身体的解放才是有意义的。

小说以这两个情节开头，别具症候性和象征意义。这两个情节其实提出了传统的辩证法和有效性问题。传统的辩证法表现在，传统制造了矛盾，村与村之间的械斗就是传统的痼疾所在；传统也能消弭矛盾，四跛子把自己的儿子送给姐姐就是明证。在法律上，械斗有了解决的方案——沙湾胜诉，舒家坪败诉。但在伦理上，舅舅杀外甥是有所亏欠的。这是法律和伦理的冲突，也是传统乡村械斗与现代法律的冲突。小说并没有让村庄间的械斗往后演变，没有让矛盾愈演愈烈，而是在伦理上为其设想了解决之道。村庄械斗是传统宗族矛盾的表现，传统宗族矛盾需要通过传统伦理加以解决。从这里可以看出作者／叙述者的倾向。作者提出了传统矛盾的解决之道这一命题：传统能否解决传统的问题？四跛子杀死外甥，然后把儿子送给姐姐，是其中的一种解决之道。但对于月桂的大脚就不行了。桃香因为生活在深山里，较少受传统观念的束缚，所以就没有裹成小脚，但也因此晚婚。这样一种创伤，在她嫁到沙湾生下女儿月桂后，就想要在月桂身上得到弥补，所以就逼月桂裹脚。但她恰恰忘记了，她的认同感和尊严的得来并不是源自传统，而是源自现代。她自己成了传统的牺牲品，反过来又要女儿也成为牺牲品。何其悲也！月桂的悲剧让人明白一点，传统的痼疾的破除，既需要制度上的新的保障，也需要观念的更新。

## 二

　　小说以村仇开始，似乎预设了某种期待。个人恩怨、家族矛盾、村仇和外部世界，彼此连接在了一起。这是一条路径，在这个连接点上，有各种发展的可能。贾平凹的《山本》的做法是，把地方宗族矛盾和个人恩怨置于现代政党政治的框架内加以表现，三者之间的关系看似错综复杂，但其实有着相对简明的呼应关系。个人恩怨和地方宗族矛盾，总是直接或间接地反映在政党政治的变迁中。在某种程度上，《山本》仍旧延续了《白鹿原》的"翻烙饼"的写法。这是典型的把复杂问题简单化的做法。虽然说贾平凹和陈忠实也在尝试或努力塑造出具有优秀传统品格的主人公形象来，但因为传统品格与现代政党政治之间是一种彼此隔绝的关系，所以小说显示出了无法化解的内在矛盾。

　　与他们都不同的是，《家山》的作者尝试在现代政党政治和传统文化之间架设桥梁。外来政党政治虽然不可避免地介入和影响乡村社会的现代变迁，但政党政治和传统文化并不是彼此颉颃或互不包容的关系。首先，现代政党政治与乡村秩序之间并不总是一一对应或一一决定的关系，其中的复杂性需要具体分析。以前的小说典型的做法是，把乡村秩序与现代政治对应或对立起来。乡村社会在现代化进程中毫无疑问会受到现代政治的影响，但乡村社会凭借其自身的伦理、宗法制度，也具有自己的运行逻辑，两套逻辑之间存在一定程度的矛盾关系。其次，如果外来政党政治本身也是前后矛盾或变动不居的状态的话，那么它对乡土社会的影响就可能是另一种情况，即外来社会的变动性越强，传统中相对稳定的一面的重要性就越加凸显。小说中县长的频繁变动就表明国民党的政策的不统一。县长的不同个性和不同倾向，反映的是现代政党政治的复杂性。这些都使得乡村社会的稳定性命题被提出。再次，乡村社会的自身的自足性。这种自足性表现在宗族制度和传统品格等方面。乡村社会的治理具有二重性，即宗族制度和现代政党的二重性。当现代政党政治表现出明显的偏离的时候，宗族制度就会起到很好的纠偏的作用。小说中的陈扬高就是典型的现代政党政治的代表，早期加入农会，后又加入国民党，成为保长。他的行为较为激进，始终与社会的政党政治保持一致。这就导致了他同沙湾村宗族制度之间的矛盾冲突。但小说并没有沿着这一条道路设计情节或发展故事——贾平凹的《山本》是沿着这种思路发展的——小说呈现出宗族制度和现代政治之间的复杂关系。陈扬高虽然具有政治身份，但终究是生活在宗族社会，宗族制度的规定性成为他的行为的重要参照。就是说，他并不是一个彻底的人，他常常摇摆不定。这种不彻底性，使得他仍旧要以宗族制度的规则处事。这样一来，陈扬高同沙湾村里其他族人或村民的矛盾就没有演化成泾渭分明的对立关系，而是你中有我、我中有你的混融关系。因此在某种程度上，陈扬高既可以看成乡村社会的破坏者（现代政党政治介入乡村社会的代表），又可以看成乡村社会对抗外来社会的抗争者，随着具体情况的变化，两种角色是可以相互转换的。

这样来看就会发现，沙湾村的政治结构很有特色。表面看来，是三足鼎立的结构。沙湾村的政权由三人组成：修根，道士出生；保长扬高，凭借农会委员的名义介入乡村社会并迅速掌权；齐树，乡村册书知根老爷。在这当中，扬高的权势似乎很大，但细加分析便可看到，大凡发生在沙湾村的重大事情，比如说沙湾与舒家坪的矛盾、保护抗日烈属、乡村的税赋上缴等，背后多有佑德公和逸公的潜在影响。他们之所以能潜在地影响沙湾村的历史走向，是因为沙湾村有一套相对稳定和持续的传统。比如说齐树，就是知根老爷世家，他保管着附近各村的鱼鳞册，县政权曾一度逼迫齐树交出鱼鳞册，都被成功抵制。保长扬高虽然做派激进，是实际的沙湾领头人，但很多重大事情的解决还是有赖于宗族。这就是乡村社会的独特性。但仅仅提出了乡村社会的稳定性这一命题吗？显然不仅仅于此。乡村社会的稳定性是与现代社会的易变性连接在一起的。从械斗、村仇、家族矛盾、党派之争到国恨（日本入侵中国），其中有着错综复杂的关系。王跃文认识到了稳定性和易变性的共存及其两者的颉颃关系。县长更替频仍，这是变的一面，联系着外面的世界。县长的变动造成了县城与乡村的关系的改变。这既是决定与被决定的关系，同时也是一种再塑造。外来社会的变动，对于相对稳定的乡村社会来说，同样也可能是一种再塑造。如何在变动的政治中重塑自己，就成为一个问题。这一问题是与如下对立关系相符合的：变动的政权结构与不变的乡绅精神。这种不变一旦与政党政治的现代性结合起来，一旦被激活并得到有效动员，便会焕发生机。

那么，该如何重塑？是紧跟外来社会的变动而改变自己吗？扬高所要做的似乎就是这样。显然这是作者／叙述者所要批判的。扬高的摇摆不定和最后的反抗就证明了这点。固守传统可否？显然也是不够的，就像桃香固执地给女儿月桂裹脚，在现代社会肯定是行不通的。逸公把家里的房子送给扬高一家住，就可以看成是某种清醒态度的表征，因为他深深意识到现代文明势不可挡。让出房子的背后，就隐含了这一清醒的认识。但叙述者也意识到，现代社会有其纷乱不堪的一面，这从扬高一家入住后把逸公家弄得乱糟糟中就可以看出。因此，如何在这种纷乱之中重建秩序，就显得十分必要。小说中逸公和佑德公都急切地意识到了这点；但对于如何重建，他们其实也是颇为茫然的。

## 三

梁漱溟在《乡村建设理论》中指出："从来中国社会秩序所赖以维持者，不在武力统治而宁在教化；不在国家法律而宁在社会礼俗。质言之，不在他力而宁在自力。"[①]这样一种情况，利弊参半。"故我尝言中国有国有统治者而无统治阶级。唯阶级统治乃可有强大之国权；一个统治者其势孤弱无力。中国政治之趋于消极，正在其无力以事积极（非消极不可）。消极无为，盖所以善自韬养，保持其力。"[②]其结果是，一旦遭遇外来强敌，特别是西方列强的入侵，溃败就是难以避免的了。从这里的表述不难看出，梁漱溟其实是推崇政党政治的。虽然梁漱溟对传统中国的"孤弱无力"有所批评，但他对中国社会固有的稳定系统较为推崇；他充分认识到国民党的反动腐败，但对中国共产党的认识不足，因此看不到中国建立"强大的国家权力"[③]的可能，故而转去思考以乡村为组织展开中国社会的重

---

① 梁漱溟：《乡村建设理论》，上海人民出版社2011年版，第37页。
② 梁漱溟：《乡村建设理论》，上海人民出版社2011年版，第36页。
③ 梁漱溟：《乡村建设理论》，上海人民出版社2011年版，第131页。

建工作的可能。梁漱溟说:"中国将成为两个系统,一是乡村运动或曰文化运动的系统;一是现政权的系统。"①这两个系统在很大程度上是游离的,难以有效沟通。其原因或许就在于梁漱溟没有认识到中国共产党的整合组织能力。在某种程度上,王跃文的小说写作,正回应或者说解决了梁漱溟所没有解决的难题。沙湾村的现代史告诉我们,"强大的国家权力"只有掌握在以人民立场为宗旨的中国共产党的手中,才能真正实现乡村社会系统同国家行政系统的有效结合,而不是分离、冲突和决裂;只有在这个时候,传统社会的优良品质及其"教化""礼俗"和"自力"之功能,才能充分彰显并得到重铸。在某种程度上,这就是马克思主义基本原理同中华优秀传统文化的结合(即"第二个结合")。

罗伯特·芮德菲尔德曾提出两个传统的说法,对理解"第二个结合"颇为有用。"在某一种文明里面,总会存在着两个传统;其一是由为数很少的一些善于思考的人创造出的一种大传统,其二是由为数很大的,但基本上是不会思考的人们创造出的一种小传统。大传统是在学堂或庙堂之内培育出来的,而小传统则是自发地萌发出来的,然后它就在它诞生的那些乡村社区的无知的群众的生活里摸爬滚打挣扎着持续下去。"②在罗伯特·芮德菲尔德那里,两种传统似乎是彼此隔膜、难以沟通的。就中国传统社会而言,两个系统的区分其实十分勉强,因为庙堂文化常常是深深植根于"农村社区"的。不难看出,芮德菲尔德的"两个传统"说与梁漱溟提出的乡村组织和政权系统的"分离"说颇为类似。两种区分,都没有注意到现代政党(特别是中国共产党)有效联结两个系统的可能性。

传统的命题,在现代以来的小说创作中有集中呈现。在20世纪80年代的小说中,传统要么是以挽歌的形式存在(如《腊月·正月》《鲁班的子孙》等改革小说、《最后一个鱼佬儿》《小鲍庄》等寻根文学作品、《寻找画儿韩》等市井小说、汪曾祺所建立的小说传统等),要么被作为文明的对立面——愚昧——而加以去除(如冯骥才的《三寸金莲》《神鞭》),

---

① 梁漱溟:《乡村建设理论》,上海人民出版社2011年版,第188页。
② 〔美〕罗伯特·芮德菲尔德:《农民社会与文化:人类学对文明的一种诠释》,王莹译,中国社会科学出版社2013年版,第94—95页。

鲜有重构传统并获得成功的作品。陈忠实的《白鹿原》试图超越国共两党政治以重新激活传统（儒家传统），但最后发现，这种尝试终究难以实现。《白鹿原》的尝试的失败告诉我们，任何绕开政党政治的框架以重新激活传统的做法都是幼稚的和不切实际的。传统的重新激活，只有在现代政党政治的框架内才有可能。更具体地说，只有在以中国共产党为代表的现代政党的有效组织和动员下，传统才能重新焕发生命力。挽歌式的传统叙事之所以盛行，是因为那些小说的作者人为地在传统文化与现代政党或现代化之间划出了泾渭分明的界限。而事实上，当传统只是停留在个人的自我修养与家风或单方面的家国情怀上时，这样的传统也常常是柔弱无力的，传统的再生及获得蓬勃的生命力是需要有现代政党的组织动员的。近现代以来，传统的失去效力，在很大程度上和其与"修身、齐家、治国、平天下"之间的裂缝越来越大密不可分。在古代社会中，四者之间往往是内在统一、相互关联的，但是这样一种统一性，在现代性的冲击下遭遇了危机和挑战。概言之，就是"修身、齐家、治国、平天下"之间的裂痕越来越大，且越来越难以弥合。

在某种程度上，《家山》所要做的正是重铸传统和弥合四者的关系。四者关系的弥合表现为家国情怀、人民立场、劳动美学、实干精神和个人修养的内在统一性。这在佑德公身上有集中体现。佑德公并没有遵守"达则兼济天下、穷则独善其身"的原则，他宠辱不惊，常常为沙湾村的事奔走于乡村与县衙之间。而这些事大都与己无关，也不关乎村社宗族。《家山》充分显示出了乡土中国的美好的一面，这些美好的品质集中体现在佑德公和逸公两位老人身上。具体来说，主要有以下几个方面。第一是家国情怀。传统文化中最宝贵的就是家国情怀。家国情怀是一种凝聚力和询唤，农闲时或处在清明世界时，其弥散在个人的言行中；一旦国家需要，便会彰显出来。小说中，这一家国情怀表现在沙湾大部分村民的言行中。比如说扬卿，他不愿意给国民党政府办事，但一旦所从事的事如兴办新式村学和兴修水利等有益于民众，他就会义不容辞地站出来，且不计个人得失。第二就是人民立场和担当意识。人民立场是一种超越阶级对立的仁爱精神的体现。人民立场同家国情怀一样平时很少得以显现。在小说中，其主要表现在影响沙湾村的重大事件当中，比如说佑德公暗中保护抗日烈属的行为。

第三是劳动美学和实干精神。佑德公身体力行，自己能做的农事尽量自己去做，他又颇有商业头脑，开通且很实干，不故作高深。第四是个人修养。主要表现在佑德公和逸公身上，他们都很注重个人修养，行止谨慎、节制，都对自己要求很高，同时又包容他人，宽以待人。

如果说重铸传统只是聚焦于两位老人身上，那么这样的传统终究只是挽歌。小说《家山》显然在这方面有自己的尝试。传统的生命力集中体现在承继和询唤两个方面。就承继而言，最典型的莫过于义仆有喜。有喜是孤儿，被佑德公收养。可以说，也是佑德公重新塑造了有喜。有喜从一个孤儿成长为一个有情有义、有是非观念和担当且人际沟通能力强的人，离不开佑德公的影响。有喜的形象，在某种程度上就是佑德公的形象的延续。询唤关系，在佑德公和儿子勋夫之间有所呈现。佑德公不知道勋夫是不是共产党员，但他对勋夫的所作所为是有严格要求的，那就是要对得起列祖列宗并遵守做人的准则，这"人"的内涵体现了儒家的"仁者爱人"的人道主义精神。同样，勋夫对其父佑德公也有一重询唤关系存在。那就是勋夫作为一个能指——他在小说中常常是缺席的，只能通过只言片语和道听途说来显示他的存在——成了佑德公行止的重要参照和镜像关系。二者彼此影响，相互生成，典型的例子是贞一，她想去长沙读书，就是因为有了哥哥勋夫的支持，才获得父母的同意的。

虽然说家国常常是同构的，但这种同构关系是一种自我的想象方式，家与国之间相隔很远。就像冯友兰所说，这是因为"中国人在旧日之所以是如此者（即只有家族观念，没有国家观念——引注），并不是因为中国人是中国人，而是因为在往日中国人是生产家庭化底社会中底人"[①]。"生产家庭化"阻碍了中国民众把自己想象成中国人的转化，要想完成这一转化，既需要现代生产方式的变革，也需要现代政党的有效动员。相比"生产家庭化底社会"，现代政党能有效地动员民众以推动国家的建设。所不同的是，国民党采取的是强行和逼迫的做法，比如说强行征兵和强征租赋。体现在小说中，就是对桀骜不驯的身体的"规训"。小说中有抓兵的情节，

---

① 冯友兰：《新事论》，北京大学出版社2014年版，第75页。

村中有一个二流子五疤子,以代服兵役为生意。与之形成鲜明对照的是,沙湾村有十多户村民,偷偷参加了共产党的抗日队伍。五疤子的行为是典型的家国分离的象征。这自然遭到村里佑德公等老人的反对。但其实他们又很矛盾,逃兵役在他们眼里是不应该的,但为国民党这样腐朽的党派服务,他们又心有不甘。在五疤子那里,个人与国家是分离的,他可以为家族服务,但不愿为国家服务。这说明在他的眼里,国民党统治下的中国,是一种个人与国家相分离的存在形态。相反,共产党领导的革命追求的是个体与国家的统一,建立在最基本、最广泛的认同的基础上。只有在这种情况下,动员才是有效的。五疤子是一个桀骜不驯的人,传统礼教和宗族伦理规约不了他,国民党的现代政治也对他无能为力,但正义战争淬炼了他,使得他改邪归正。他后来跟随勋夫参加抗日战争就是明证。五疤子的被"规训",可以看作是现代民族国家认同的建构的标志,也可以看作是对传统家国伦理的再造的表现。

## 结　语

从前面的分析不难看出,《家山》中的沙湾民众,其国家认同的形成在很大程度上依赖于正义战争的展开,小说中所提出的国家认同命题是与现代战争、重铸传统密切联系在一起的。但如果换一个角度看,中国人的家国认同,其实也是马克思主义基本原理与中华优秀传统文化的结合这一命题的某种呈现。小说结尾,勋夫革命成功回到故乡,所要做的最重要的一件事就是祭拜祖宗。"拜祖宗"这几个字从佑德公的嘴里说出,而后得到了勋夫的呼应:"是的,新天新地,可以告慰祖宗了!"这种呼应体现了对传统的充分尊重,更暗含着对传统与当代之间内在关联的确认:中国共产党所从事的,既是开天辟地的伟大事业,也是优秀传统的当代传承。小说借贞一写给远在台湾的女儿的信,做了如下归纳:"自你祖父、舅父、父亲,到村中诸先进,如你齐峰叔、克文叔等,或为乡中贤达,或为英雄壮士,皆大丈夫也。最可感怀者,每遇家国急难大事,乡亭叔侄皆慷慨踊跃,极少宵小为乡人不齿。……明德尚义,崇贤向善,为沙湾乡人之传统。"《家山》以宗族为单位,思考优秀传统文化的重铸,提出了现代社会中变与不变的命题。贞一去乡四十六年,晚年"终老家山",体现的正是对这种不变传统的高度肯定。现代社会的变动不居,对传统是一种冲击,但也是浴火重生的机遇。如果说抗日战争和解放战争充分激发并建构了国家认同,最终实现了家国情怀的现代重构的话,那么随着中华民族伟大复兴征程的推进和文化自信的逐渐增强,优秀传统文化的重铸越来越成为一个命题被提出。李洱的《应物兄》也涉及以儒家为代表的传统的重铸问题,但因为儒家伦理与现代商业逻辑之间的对立关系,李洱的尝试终究以失败告终(矛盾的无法解决体现在小说结尾,应物兄在一场车祸中意外丧命)。但这一命题并没有失去其价值。诚如郑永年所说,中国正经历从"经济的思考"向"文化的思考"①的转型,中华优秀传统文化的正面价值正逐渐被挖掘出来,并被重构。相比《白鹿原》和《应物兄》,《家山》中传统的重铸命题有了更为坚实的基础和立足点,据此,也就可以很好地解决传统文化的重构和再造的难题了。这可以说是《家山》独有的贡献。

《家山》为我们提供了另一个思考的角度,那就是家庭关系和家风的传承。小说特别重视家风,尤其热衷于追根溯源,以寻找、确认和强化家族的核心价值。比如说佑德公一家,一脉相承下来,都是品质高洁、纯正的人物。除佑德公一家之外,逸公一家也是如此。其子扬卿虽然没有加入共产党,但他的爱人是共产党员,他们兄弟几个也都同情共产党或倾向于共产党。这两家人不仅倾向相似,德行相仿,而且关系和睦,之所以如此,是因为有良好的家风的长期浸染和影响。对作者而言,所谓传统的重铸,首先是以家庭作为单位的,并以家风的传承为依托。虽然作者是以宗族——沙湾村就是一个大的宗族——为切入点,但落脚点还是家庭。就是说,这是以家庭和家风为依托展开传统的重铸和再造的尝试的。这与马克思主义的民本立场是相符合的。这里的家风,既指家族品格,也可以理解为家国品格,家国同构在这里得到了体现。家风同时又与个人修养有关,因此,家风又可以看成是个人品格修养的传承。

费孝通在《乡土中国》中指出:"传统是社会所累积的经验。行为规

---

① 郑永年:《中国的文明复兴》,东方出版社2018年版,第236页。

范的目的是在配合人们的行为以完成社会的任务,社会的任务是在满足社会中各分子的生活需要。"①从这段话可以看出,传统是与经验问题密切相关的,经验的失效必然带来传统的失效。如若按照本雅明的观点,现代社会的到来必然导致经验的失效,但也会提出经验的重构这一命题。同样,在吉登斯等人看来,经验对社会的稳定和身份认同的建构十分重要。这就提出了经验的重构问题。传统是社会中的持久有效的经验,因此,经验的重铸在某种程度上也就是传统的重铸。《家山》主要从家族的赓续和优秀家风的传承等层面展开思考,提出的命题既具有地域性,小说有着浓厚的湘湖文化的底蕴,也深具时代性和现代性,小说把一个村庄的变迁置于时代的影响下展开。此外,还具有超越性,小说尝试把家族、家风和村庄的历史结合起来,以作为讲好中国故事、思考中国命题的路径。可以说,小说较为成功地完成了讲述什么和怎么讲的结合,如此种种都一再表明,《家山》是近些年来非常难得的一部作品,需要引起我们足够的重视。

---

① 费孝通:《乡土中国》,人民文学出版社2019年版,第54页。

# 生活政治、传统重造与社会转型

## ——关于西元小说的几个关键词

西元的小说，当然可以被视为"新生代军旅文学"的代表，但如果仅仅从军旅文学的角度立论显然失之偏颇，因为西元的小说写的首先是作为个体的人，他尤其关注转型时期个人的命运变迁及其选择问题。因此，在某种程度上，社会转型、个人命运变迁和军旅题材构成了其小说的关键词。而事实上，关键词也是有效把握西元小说的钥匙，因为他的小说，就题材论，有军旅题材、非军旅题材；就主题论，有批判现实主义之作和重构社会总体性的宏大叙事，亦有文明批判之作；就风格论，既有现代主义的荒诞异形，又有现实主义的形式实验。西元的小说虽然数量不多，但其丰富性和多面性，却是从以上任一角度都难以把握的。从关键词的角度入手，可以避免这种难题，而且某些关键词是贯穿其创作的始终的，对于充分认识西元的创作有不可替代的意义。

## 一

对西元的小说来说，社会转型可能是其最具症候性的关键词。因为离开了中国当代社会转型这一背景，就不能很好地理解部队的现代转型和个人命运的变迁等诸多问题。他是把个人的命运变迁置于社会转型的背景下展开，其小说多有成长小说的类型特征。

虽说西元小说的主人公多以"70后"为主，但与同为"70后"的诸多作家如徐则臣、路内、田耳相比，西元更多聚焦于主人公成年后的社会生活。这在某种程度上源于社会转型在他的小说中的核心地位。其小说中有一个颇具原型特征的母题：主人公从学校进入社会或军营，而后遭遇精神危机。这在《枯叶的海》《界碑》《遭遇一九五〇年的无名连》《色·魔》《壁下录》等小说中都有所呈现。此乃西元小说叙事的惯常起点：社会转型既构成主人公精神危机产生的背景，也是作者及其主人公思考的起点。从西元小说主人公的年龄来看，其所反映的社会转型当是指20世纪90年代市场化进程加快的情况下的社会分化趋势。这种分化现象的重要表征是，体制内外的反差日益明显且有扩大之势。

  西元的逻辑似乎是这样：社会分化现象及其带来的心理落差，使得此前形成的价值观遭到质疑和挑战，精神危机因而产生。不难看出，精神危机是西元小说的主人公成长过程中出现的一个关键点。没有精神危机的出现，其后的转变就显示不出意义。可见，这里的成长并不是指生理年龄上的成长，以十八岁为界；这里的成长是指精神上的成长，精神危机一旦被克服，在某种程度上也就意味着成长的完成，这是人生的第二次成长。在《枯叶的海》中，主人公王大心的天安门之行在西元的小说中极具症候性：

> 那是一个有点恍惚的中午，王大心被一个又一个豪华、昂贵、陌生而且琳琅满目多得数不清的商品所震惊，那种感觉又兴奋，又新鲜，就像一个儿童进了充满惊险刺激的游乐园一样。……街上的奔驰、宝马多得数不清，时不时还会经过一些法拉利、兰博基尼等真正的跑车，发动机轰响，很震撼地从王大心眼前开过去。他觉得这真是很美的景象，尽管其中有一丝古怪，甚至带着点惆怅，但他还是由衷地觉得，北京真好啊，能生活在这里真是我的福气！
> 
> 两点多钟，那种很高涨的情绪开始退去，王大心得往回走了。从天安门广场的人声鼎沸到城市边缘的冷冷清清，再到城乡接合部的杂乱无章，最后到营区所在地的寂静荒凉，王大心心里不由自主地生出一股惶恐。他想想每个月七百多块钱的工资，觉得自己异常渺小，这几个小时的路好像走了几辈子，而且可能几辈子也走不完。……那一夜，他躺在床铺上，像一片漂浮在波涛汹涌

大海上的叶子，不知向何处去。①

这里需要注意的是主人公情绪基调的变化：先是震惊和兴奋，然后是惶恐和迷惘。应该看到，情绪的变化是与空间的位移联系在一起的：从北京天安门到城乡接合部，再到营区所在地。这是从繁华到荒凉的转变，其不仅涉及空间位置的中心与边缘的关系，还涉及时间上的线性秩序：中心是高速发展的空间，营区所在地的时间进程则是缓慢的、没有变化的。他生活在营区，距离北京城区颇为遥远；他面对"豪华、昂贵、陌生而且琳琅满目的商品"，又只能旁观，因为每个月只有七百多块钱的工资，北京的繁华就显得和自己无关了。

应该看到，王大心的震惊所显示出来的其实是本雅明意义上的现代性体验，其在某种程度上源于中国城市化进程和全球化进程的加快。加速发展的社会导致"时空分离"及"再嵌入"，其结果是新的时空关系的形成。表现在西元的小说中，就是时空关系的等级秩序——中心和边缘——的形成。这是吉登斯所说的在多个层面上不断展开的"区域化过程"，其不仅发生于天安门所象征的北京市区，也发生于天安门、城郊接合部和郊区所形成的空间差异关系中。王大心正是在这种区域化过程中感到自己被时代抛弃了，心里有了深深的迷惘，对自己为何当兵和是否仍要当兵产生了困惑，精神危机由此产生。

## 二

回到前引《枯叶的海》中的段落不难发现，天安门之行在王大心那里实现的是一种可以称为"自我他者化"的过程：以一种差异化的方式确认自己作为时代之外的存在——空间上荒凉，时间进程上缓慢。这种"自我他者化"，既造成了精神危机，在某种程度上也是意识自觉的重要前提，它能使作者及主人公以一种审慎的态度观察社会，很多问题因而被凸显和强化。这当然不是说社会转型之前就不存在社会问题，而是说逢此社会转

---

① 西元：《枯叶的海》，《当代》2016年第6期。

型，很多问题被集中凸显和放大，比如说军人的工资偏低问题，部队腐败问题，人心浮躁问题，物欲横流现象，信任危机问题，等等。种种问题，既是西元小说的表现对象，也是他笔下的主人公们经常思考的命题。困惑、迷惘、矛盾甚至是愤慨，当然是西元及主人公们的情感结构，但他和主人公们更多的是在思考这些问题的解决之道及种种可能。

这种思考在人性命题上有集中的呈现。也正是从这一点出发，我们不能仅仅把西元视为军旅作家。虽然他小说的主人公多以军人的形象出现，虽然他一直在努力塑造当代军人新人典型，但这些都必须从人性的角度加以考察。

《壁下录》在这方面很有代表性。小说借部队领导之口，表达了作者对这一问题的兴趣和困惑："某某某说，你把人性也作为课题关注一下，收集收集资料，看看当下社会人性变得怎样了？军人们需要什么的人性？如何才能塑造出好的人性？"①"某某某"对人性话题很感兴趣，曾专门叫秘书"我"去收集材料，也就此问题和多人展开讨论。从人性的角度塑造军旅新人形象，也就意味着人性的弱点的存在及其合理性，这些弱点并不因为主人公是军人就不存在。《壁下录》中的部队领导"某某某"，虽然一直关心人性和军人形象及军队建设，但他自己却是一个软弱的人。他对金钱虽没有太大的贪欲，但耳根子软，原则性不强。西元小说中的部队官兵（包括其他主人公）大都有自己的弱点，这使得他们很难抵制社会上歪风邪气的侵蚀。

西元十分清楚，正视自己的弱点是一回事，但当这人性的弱点危害民族国家的利益和安全时，无论如何都是要把国家安全放在第一位的。因为对部队而言，人性的好坏最终指向的都是战斗力的强弱和国家的安危。这是西元军旅题材小说思考的核心。这种思考在《Z日》中有集中的表现；你可以说它是爱国主义的呈现，但仅此标签似乎不能说明问题。再比如说《界碑》中的魏大骡子，虽然他在面对金钱的诱惑时有过动摇，但当他看到其他官兵为了完成任务而置自身的安危于不顾时，羞耻心和责任担当使

---

① 西元：《壁下录》，《解放军文艺》2017年第5期。

他最终坚决抵制住了诱惑。这是他对人性的认识。在他的小说中，军人形象的"牺牲精神""国家民族整体命运的担当"和"崇高精神价值的坚守"[1]，都应该从这些方面加以理解。

在西元那里，有一种可贵的思考，即当人的欲望被充分释放或满足之后，会出现什么情况？这样一种思路，在《色·魔》和《疯园》中有持续的表现。在《色·魔》中，他塑造了一个可以称为"色魔"的被告黄某某。小说伊始，多名妇女告他性侵，但读完小说之后，我们不禁产生疑惑，他和诸多原告之间并无性关系。那些原告之所以恨他或告他，无不与一个原因有关，即他并没有试图阻遏她们身上的人性的弱点，相反，他在以他雄厚的财力或资源助长她们的欲望。其结果是，原本纯洁或纯粹的她们，在社会转型的过程中被拖下水而变得污浊不堪。不难看出，这里所显示出来的，其实是纯洁和污染之间的二元对立模式。她们之所以要告黄某某，正是因为对被玷污的愤慨和对原初纯洁的怀念。在延续了《色·魔》中欲望满足的母题后，《疯园》的思考集中在这样一种逻辑上，即被恐惧、罪责和焦虑笼罩控制下的个体，能否在撇开对错的道德判断之外（精神病院正好提供了这样一个撇开对错判断的空间），以一种自己的方式"重建自己的世界"（小说中精神病医院医生的话）。在西元的意识里，人性的弱点虽不可能忽略或无法忽视，但当这一弱点被充分释放之后，其对于承载者可能产生反作用力：在满足欲望之后，是对欲望的憎恶和深深的空虚。此种空虚感在《色·魔》和《疯园》中有极为深刻的表现。这可能是一种悖论：现实的窘境和诱惑，使得他们蠢蠢欲动、不能自已，可一旦欲望得到满足，他们又变得空虚迷惘。这种悖论可能也是人性的复杂之表征吧；或许也可以说是西元的独有发现，人的本性始终存在着向善的可能。从这点看，他是一个"性善主义"者。这可能是西元的本体论。

从社会学的角度看，社会转型当属于背景或情境，但对身处其中的个人而言，却是十分关键的，特别是对那些特别敏感的作者和主人公来说尤

---

[1] 参见徐向前、徐艺嘉、西元：《军旅文坛"拳击手"》，载傅逸尘编著：《"新生代军旅作家"面面观》，作家出版社2018年版，第407页。

其如此。就西元而言,他是把国家的社会转型、部队的现代转型和个人的命运变迁联系在一起来表现的,因而也就特别具有症候性,比如《枯叶的海》《壁下录》《界碑》等。在这些小说中,西元写出了社会转型期个人的卑微、迷惘、困惑和思考。也就是说,西元并没有仅仅从军人的角度展开叙述,而是从军人作为"人"的角度展开叙述的。他是把军人形象放在历时性和共时性的时空中加以表现的,军人形象与同时代的非军人形象之间构成一种互文性的共生对照关系,他们构成彼此的镜像和"他者"。比如,《枯叶的海》中的军人王大心和风尘女丫头,《界碑》中的军队文工团团员白洁和商人老总,《壁下录》中的军人"我"和霓云,《遭遇一九五〇年的无名连》中的当兵时的罗三闯和当兵前的罗三闯,等等。不难看出,在这些二元对照关系中,非军人形象构成"变"的力量,构成军人形象的"他者",具有诱导军人走入歧途的可能。他们之所以能构成"变"的力量,皆源于社会转型的表现角度:他们是从社会转型的角度被塑造的。这样一种对照结构,反映了西元的情感结构,即部队作为相对独立的时空,有相对稳定的传统、气质和精神,在社会转型期遭遇极大的挑战后,能很好地完成自我修复。

如果说"自我的他者化"是西元小说的主人公的精神危机产生的重要前提的话,那么它同时也是主人公克服精神危机的关键。在精神危机产生的时候,营区因其所在地的荒凉构成一种时间模糊的对象,一旦遭遇外面飞速发展的世界,主人公会感到被时代抛弃。但当主人公意识到自身的精神危机且表现出困惑、迷惘的时候,时间和空间的"自我的他者化"亦能成为"变"与"不变"的二律背反中"不变"因素的核心。西元认识到,要想在时代的飞速发展中完成自我的精神救赎,就必须重新认识自身和定位自身。对于军人而言,营区远离城区,但也相对独立和自足,而正是这种自足,使其免受"变"的因素的影响和诱惑。军营的相对保守和稳固及超时间性,同外在世界的瞬息万变及变动性特征构成一种鲜明的对照关系。这就为部队传统的复归提供了可能。对于军人而言,这既是一种自我定位,也是一种自我认知。不难看出,西元是把部队时空放在整个社会的时空背景下加以表现的,他并没有抽离出部队时空这一特定区域,而是以一种道德化叙事的方式表现军人形象。他充分认识到了现代社会转型对部队建设和军人生活所造成的冲击及影响。这是西元十分清醒的地方,也是他的小说读来格外触动人心的地方。

面对快速发展的现代社会,启用传统或许是很好的选择。这既是自觉,也是无奈。西元努力从人性的角度深入,但往往只是浅尝辄止,因为他十分清楚,面对诱惑,人性的弱点常常会更加暴露和彰显。这就出现一种悖论:一方面是启用军队传统,一方面是表现人性的复杂,作者摇摆其间。这种摇摆反映在情节设置上,就是偶然因素常常被挪用。或者说,西元是通过偶然和必然的辩证关系来思考"变"与"不变"的关系,偶然事件往往作为决定情节转变的契机。比如,《壁下录》中"我"和霓云多年后偶遇,《Z日》中的王大心看似无意地偶遇日本女间谍英子,《界碑》中文工团团员白洁在饭桌上遇到销售商老总。"变"是偶然,"不变"才是必然。偶然带来人性的波动,可能会带来动摇,使人做出错误的决定,但并不能真正改变人的本性。在西元这里,他是把人性的软弱和外界的诱惑放在一起表现的,外界的诱惑会诱发人性的软弱,但不会改变人的本性。比如,魏大骡子(《界碑》)一时受金钱所惑接受了销售商老总的回扣,但关键时刻大家表现出忘我精神时,他幡然醒悟,痛改前非。

就是说,人的本性是不会随着时代社会的转型而改变的。从这一点出发,西元开始思考新时代的军人形象的塑造和英雄品格的重塑。人心总会动摇,总会受到时代社会的影响,但有些东西却可以穿越历史的迷雾一直承续下去。正是在这个基础上,他才重启了部队传统和对传统的思考。这种传统不仅表现在对历史的态度上,还表现在现代军人的品格上,即到底是知识优先还是体能优先?军人的体能训练和体能技能在现代战争情境下是否变得无足轻重?这些似乎是制约现代军队发展的核心问题,也是西元军旅题材小说的情节模式。这在《壁下录》《界碑》《遭遇一九五〇年的无名连》等小说中都有表征。现代战争,无疑是要更加倚靠现代科技,传统体能或技能显然已无太大用武之地,但这并不意味着传统体能就失去了其价值。他小说的主人公王大心就是这样一位现代军人,在《界碑》《遭遇一九五〇年的无名连》中是大学生,在《枯叶的海》中甚至获得了硕士文凭。主人公进入部队,作为基层连队的指挥官或长官,不免遇到一个严峻的问题,那就是体质柔弱,难以树立威信。而对部队而言,威信往往比权力更为重要。因此，把自己训练得更粗壮有力就成为他们提升自己的重要途径。所以在小说中，西元多次表现体能训练的情节，比如说扛水泥（《遭遇一九五〇年的无名连》《界碑》）。这不仅仅是体能训练，更体现出了西元对自身作为知识军人（博士头衔文官）的充分自省和反思。

## 三

在西元那里，重启传统是与重写历史联系在一起的。西元的写作当然不是新历史写作的路数。他既无意解构历史，也无意赓续革命现实主义的宏大叙事。他思考的问题始终是，作为一个军人，如何在变动频仍的时代保持其应有的品格。这种品格，能否通过对历史的重写和对传统的重新阐释得以重构？在这一思路下，朝鲜战争进入西元的视野，《死亡重奏》《遭遇一九五〇年的无名连》《无名连》等对此均有涉及。应该说，朝鲜战争在西元的小说中始终是一个"超级能指"，它触动着作者，激发着他的思考。它是一种具有无限能指的资源，对于这一资源，至关重要的一点是，能否在当前时代重启及如何重启。当然，西元不是整体主义者，他无意重塑这场战争的全部，也无意重构这场战争中的重大战役、英雄事迹或英雄人物，他所感兴趣的是那些战斗中的无名英雄和一些细节。比如："整整一个连的志愿军战士，为伏击美国军队，竟全部冻死在了阵地上，无一人逃走生还。"他们虽然籍籍无名，没有在历史上留下浓墨重彩的一笔，但却是那样让人触动和引人深思。无名或许说明其更具普遍性，因而也更有阐释空间，更能对接当下现实。在《死亡重奏》中，有一段话如下：

> 有时我就在想，拼死拼活守这么一个鸟高地，这么一个兔子不拉屎的地方，到底是为什么？……
> ……
> 什么东西比死还他妈重要啊？是，你可以说我们这是给一二三师打穿插做准备，我们的牺牲，为更大的胜利做了贡献。可凭什么一二三师不来，我们就得死在这儿啊？……为国家死？……我是个庄稼人，国家在哪儿呢？……我他妈可没那么

崇高!

……

那你说我为啥？我也没想明白。但你让我投降，这事我不干，刀架在我脖子上我也不干。如果谁想投降，那他就去问问咱们连那些已经死了的人……死了之后，我怎么去见他们？①

上面所引出自志愿军连长魏大骡子之口。从表面上看，他的话与20世纪50年代至70年代的革命历史小说中的主人公的话截然不同，但西元无意否定普通战士的牺牲精神，相反，他仍想有所建设和加以肯定。在小说中，他笔下从现代民族悲情史中"死亡"重影的角度展开思考。他笔下的主人公们见识过或经历过太多的死亡——他们的父母、亲人的死亡——所以他们才格外珍惜生命，格外严肃地对待死亡，他们要以自己的生命换取更多生命活下去的权利。这是以死亡来赢得生命的权利。死亡是对生命的最高礼赞。在某种程度上，这也正是军人所应有的品格。西元通过重写朝鲜战争表明了这点。这也是一种朴素的人道主义，与战士们的普通身份如魏大骡子的农民身份相符。他们可能会有困惑、犹豫、矛盾甚至是愤慨，就像《遭遇一九五〇年的无名连》中的罗三闯；这些是普通人都会有的反应和情绪波动，并不影响他们的实际行动和人生选择。

这在某种程度上反映了西元的重构策略。他是从"生活政治"的角度重构历史和现实的，这种策略也被认为是"反英雄叙事与英雄主义建构"的辩证结合。②西元当然知道，在今天这样一个解构主义盛行的时代，宏大叙事的重构是多么困难和峻急③，不仅表现在如何重构上，还表现在读者的相信度上。从"生活政治"的角度展开，或能有效地弥合其中的裂缝。

---

① 西元：《死亡重奏》，载《2015中国年度中篇小说》（上下），漓江出版社2016年版，第383页。

② 参见西元：《反英雄叙事与英雄主义建构》，载傅逸尘编著：《"新生代军旅作家"面面观》，作家出版社2018年版，第306—312页。

③ 参见西元：《世界在虚妄处重生》，载傅逸尘编著：《"新生代军旅作家"面面观》，作家出版社2018年版，第402页。

"生活政治"是吉登斯社会学说中的重要概念,相比"解放政治"这一范畴,"生活政治"更具阐释力,也更具包容性。"生活政治是一种有关生活决策的政治","在给定的不断变化的外部背景下,以反身性方式而组织起来的自我身份认同叙事,为有限的生命历程提供了保持连贯性的手段。因此,从这一点来讲,生活政治关注的是由自我的反身性投射而产生的争论和角逐。"[1] 就普通民众和无名英雄而言,其"生活政治"层面的日常生活,大多受迥异于"话语意识"的"实践意识"所支配。"所谓实践意识,指的是行动者在社会生活的具体情境中,无须明言就知道如何'进行'的那些意识。对于这些意识,行动者并不能给出直接的话语表达。"[2] 就是说,虽然那些无名英雄有困惑、迷惘和不解,但当祖国需要的时候,他们会毫不犹豫地挺身而出。西元通过他的小说写作所努力思考和探索的,就是这样一种受"实践意识"支配的实际行动。

这一思考,在《遭遇一九五〇年的无名连》中的罗三闯的身上有象征性的体现。在当兵之前,他有过多年的打工经历,充分见识了贫富分化现象,因而常常愤慨道:"我他妈的保卫谁啊?保卫他们?"罗三闯的愤慨,既表明了他对当前的某些社会现象的批判,也表明了他对部队里某些风气的不满和对部队其他官兵们的不信任。他的愤慨在入伍以后并没有得到缓解,但在经历了长达一个多月的时间在"没水、没电、没人烟的地方,搬运了一万吨水泥"这一事件后,罗三闯逐渐恢复了对他人包括部队其他官兵的信任。小说写的就是这一信任恢复的过程。对罗三闯来说,信任关系的重建意义非凡,不仅意味着人与人之间"纯粹关系"的重建,还意味着价值观、世界观,开始意识到人生观的重建,他与"周遭世界"不再是格格不入的紧张关系,他开始相信这个世界,开始意识到入伍当兵的意义。

不难看出,罗三闯的愤慨反映出来的是现代社会中普遍存在的信任危机问题。这应该是困扰当代社会和当前部队的重大问题,《枯叶的海》中

---

[1] 〔英〕安东尼·吉登斯:《现代性与自我认同:晚期现代中的自我与社会》,夏璐译,中国人民大学出版社2016年版,第200—201页。

[2] 〔英〕安东尼·吉登斯:《社会的构成:结构化理论纲要》(引言),李康、李猛译,中国人民大学出版社2016年版,第11页。

的王大心的精神危机，在某种程度上也可以看成是信任危机的另一种表征。这与我们身处其中的"周遭世界"的流动性特征①息息相关。社会变迁带来"周遭世界"的巨变，一切看似"坚固的东西都烟消云散"，人与人、人与社会之间的紧张关系遂被凸显。从这个角度看，《遭遇一九五〇年的无名连》提出的就是信任危机的重建问题。搬运水泥之所以成为对参与其中的人的考验，是因为这是一个表面看来没有多大价值但却相当累人的活儿，单调重复且没有多少技术含量。因此，当这一任务被指派给王大心、罗三闯等五个人时，其实是把日常生活的无名特征和庸俗性置于性格迥异且文化出身颇不相同的几个人之间，其中的紧张关系从一开始就充分显露了出来。这样一种情境促使指导员王大心想起半个多世纪前的场景："在那个死亡的冬夜里，那个没留下番号的连队，他们的连长、指导员，他们的老兵、新兵们都在想些什么？是什么让他们如此整齐划一地接受了死亡？"相似的情境，反应却是千差万别。对西元和主人公而言，回答了这个问题，也就能对当前处境及当代的军人品格有自觉、清醒的认识。

受"实践意识"支配的罗三闯和魏大骡子可能想不明白这个问题，王大心（和作者）却必须面对。罗三闯想不清楚的，他需要努力去想；罗三闯解答不了的，他需要去解答。在经历了几天的艰苦劳动后，王大心逐渐明白："越是在艰苦的条件下，人仿佛就越能相互信任，越能不计回报地付出。……有时，这种境遇更像是一种诱惑，让你千方百计地想把纷乱繁杂的生活，还原成这里的简单纯粹，让精神有个安心徜徉的远方天堂，鲜有人能够拒绝。"这是连队指导员王大心的思考，在某种程度上也可以看成是作者的思考：看似原始简单的劳动，却能有效消除人们之间的芥蒂和隔膜，重建彼此的信任和"纯粹关系"。

就小说创作而言，"生活政治"不仅指涉现实生活题材及其内容，更指涉一种"自我的反身性投射"。就是说，小说所呈现的是经过"反身性投射"后的日常生活。西元聚焦社会转型期的人性命题和军营部队生活，意在凸显在社会转型影响下个人的生活选择及其困局。这种困局，既表现

---

① 参见〔英〕安东尼·吉登斯：《现代性与自我认同：晚期现代中的自我与社会》，夏璐译，中国人民大学出版社2016年版，第119—124页。

在现实生活中的选择难题上，也表现为对人生道路的思考和人生观的重构。《遭遇一九五〇年的无名连》结尾这样写道："这一刻，王大心又想起了一九五〇年冻死在雪夜里的无名连。他好像琢磨明白了，无论是一张印了字的旧纸片，或是一张旧照片，那背后都有一大堆活生生的故事。那些故事，对于大家来说其实并不陌生。"某种程度上，"活生生的故事"构成了吉登斯和戈夫曼所说的"周遭世界"的范围，文学写作在很大程度上所需要承担的，就是把那些"活生生的故事"写下来，启发读者去思考。

　　市场化、全球化的加速推进和现代性的"震惊"体验，让西元和他笔下的主人公们迷惘。作为现代知识军人，虽一时会自我迷失，但理性上的自主能力和反思精神终究让他们醒悟过来。对于西元而言，其小说特别是军旅小说的价值和意义，正体现在这种持续不断的思考和反思上。这是西元小说的独特之处，也是一种意识上的自觉，是从被动到主动、从自发到自觉的转变。其小说的意义或正体现于此。

# 重建失败者的尊严与感觉

## ——关于残雪《西双版纳的女神》

虽然说《西双版纳的女神》（短篇小说集）中的诸多作品大体延续了残雪一以贯之的实验探索风格，读来晦涩难懂，但仍旧给人以感动与触动，其原因大抵是以下两点，即对弱者的尊严的表现和尊重主题的充分表达。

一

小说集里的主人公们大都是底层民众或社会平民，诸如煤矿工厂、鞋厂工人、书籍装订工人（《宝藏地带》）、锅炉工（《兵马俑》）、机修工（《菜市场里的老人与猫》）、搬运工（《蛤蟆村》）、护林员（《钥匙》）、调酒师（《人防工程》）、修水管工（《书中宇宙》）、园林工（《烟城》）等。这与当前的小说创作大都聚焦中产阶级的生活颇为不同。这样一种选择和聚焦背后，不难看出残雪对底层民众的尊重与关怀。比如说《菜市场里的老人与猫》，该小说在集子中特别有症候性，应该说也是其中最具可读性的作品之一。小说讲述的是菜市场小摊贩麻爹的故事。麻爹原来是纺织厂的机修工，后来纺织厂倒闭，自己在菜市场摆了一个小摊位，专卖葱、姜、蒜和香菜，蒜也只卖蒜球，不卖蒜薹和蒜苗。麻爹的一生孤苦伶仃，自然可以称得上落魄、失败和失意，但残雪想要表达的却是另一个主题，即异化与尊严的重建的可能。麻爹并不关心生意的好坏，他所在乎的只有一点，即自己在他人眼中有无价值。

小说中有一段话对理解这部作品特别重要，摘引如下："对于自己如今的处境，麻爹一点都不后悔。可以说他对自己的生活很满意：他不是过上了自己喜欢的小日子吗？他不是有这么多顾客，而且每天给他们带来方便吗？这些顾客不是都对他评价很好，对他的货物很放心吗？最最重要的是，他每天都能见到他愿意见到的人们，同他们在随和的、相互关心的氛围中谈话。并不是每个人都能有这种机会的。从前在纺织厂做机修工时，他每天也能见到很多女工和男同事，可是在机器的轰鸣声中，或在大食堂的喧哗声中，人的大脑和身体都是麻木的。那种氛围根本就不对头，麻爹在那种氛围里完全失去了对周围人们的感知能力，这也是他从未结婚的原因之一。"对于这一段，有必要放在政治经济学的层面加以解读。从表面上看，麻爹追求的是对周围世界的感知能力，但其实他所重视的是弱者有无尊严的问题，弱者能否在平等的对话关系中建立起被需要的感觉。也就是说，大机器带来的"异化"主题——感知能力的丧失——其实关乎的是弱者的尊严。对麻爹来说，如果不能在内心世界建立起同周围世界的平等关系，这样的人生是很难接受的。正因为这样，麻爹才特别喜欢在暗夜中想象同各个熟客的对话，他在对话中重建了自己的尊严，即在关心别人和被需要的想象关系中，重建自己作为弱者或失败者的尊严。这是现实中的挫败与想象中的被需要的平衡，读者如果仍旧把这部小说理解为现代主义的"异化"主题，显然是对残雪的极大误解。残雪通过这部作品所要表达的是一种主体性诉求，而且是弱者甚至是失败者的主体性诉求。

## 二

因此可以说，这部小说集在以下三个方面有所拓展："异化"主题、弱者的尊严、主体性的彰显。而正是最后一点，使得作品集中的诸多作品看似荒诞、怪异和反写实，但其实是为主体性的表达服务的。就是说，形式的迷雾背后是主体性的凸显。这既与现代主义的"异化"主题不同，也不同于感觉现实主义。就前者而言，残雪的小说虽仍在表现现代主义的"异化"主题，但她思考或侧重的，是弱者或社会底层民众在异化的世界有无突破和摆脱异化的可能。也正是从这点出发，她笔下的主人公们才能不为实相世界所桎梏，才能随意出入地上与地下的世界(《宝藏地带》)，才能横跨悬崖与深渊（《钥匙》），才能出入书里与书外的世界（《书中宇宙》）。

就后者而言，《西双版纳的女神》在感觉的逻辑中随意跨越实相世界（或现实世界）与虚幻世界的边界，通过感知能力和感觉的逻辑的凸显试图重建主体的尊严。这是在对"异化"主题的克服的层面上展开的感觉重建工作。表面看来，是主人公们在幻象、幻觉和现实的迷宫中穿行，但其实穿行其间的是个人的主体性。在现实的逻辑层面，主人公们处于一种被压抑、被遮蔽与被塑造的状态；在感觉或想象的逻辑层面，个人的主体性却得到了极大的凸显。而这又是同弱者或社会底层民众的尊严的重建联系在一起的。比如说《蛤蟆村》，"我"身处社会底层，是体力劳动者，但喜欢做一件事，那就是写回忆录。"其实可回忆的事也不那么多，基本上是一些流水账，可我还是愿意将它们写下来给自己看。""我"之所以"愿意将它们写下来"，在很大程度上是因为回忆使得事物之间虚实真假的界限变得模糊不清。通过回忆录的写作，能在琐碎卑微中赋予平凡以不平凡，能够使得本已失去感觉的事物充盈着感觉和色彩。这既是回忆录的功能，也是"沉思默想"（《烟城》）的伟力所在。残雪的小说正是凭着"沉思默想"和感觉的逻辑，重建了弱者的尊严。

残雪的作品正在朝着更为阔大深厚的道路前行。

路径与坐标——新时代
文学演变的空间构型

# 结 语

## 在中国发现世界文学

一

在中国现当代文学史上,有两个经典段落对中国作家影响深巨且极具代表性。一个是《百年孤独》的开头:"多年以后,面对行刑队,奥雷里亚诺·布恩迪亚上校将会回想起父亲带他去见识冰块的那个遥远的下午。"另一个是列夫·托尔斯泰的《安娜·卡列尼娜》的开头:"幸福的家庭家家相似,不幸的家庭各各不同。"

对于前一个例子,其对中国作家的影响主要有两个方面:一是句式的模仿,一是时间意识。后一个例子对中国作家的影响则主要是在句式的模仿上。应该说,句式的模仿还仅仅停留在浅层次,这是世界文学影响中国文学的最初的方式。除了句式上,还有结构上、技巧上,等等。这是形式与内容的二分法时代借鉴世界文学的主要路径。技巧层面的模仿,在20世纪80年代曾很流行。现代主义在彼时就是以这种方式被"合法"地接受的。这种模仿在今天仍很普遍,比如说吕新的《下弦月》借鉴了略萨的《酒吧长谈》。这样一种模仿,虽有立竿见影的效果,但其与中国的经验(文学传统、阅读接受等方面)之间存在着如何对接的问题,以及阅读接受上的适应问题。

相对而言，时间意识方面的影响则是更深层次的。比如，前面引用的"多年以后""回想起""那个遥远的下午"，三个时间点以一种互相包含和彼此重叠的方式并置在一起，使得时间问题作为一个议题被凸显出来。而在中国传统现实主义文学中，时间往往隐而不彰，并不构成叙事上的重要议题。陈平原在具有开创意义的《中国小说叙事模式的转变》一书中曾谈到叙事时间的问题，在他看来，"故事时间"向"情节时间"转化，是中国传统小说向现代小说转变的重要标志。可见，叙事时间问题，是文学现代性的重要指标，其复杂程度在一定意义上决定了文学现代性的发展程度。中国文学常常被诟病，在某种程度上与作品对时间意识不够重视有一定的关联。

## 二

时间意识是一个深层次的问题。它涉及一系列问题，技巧和结构层面只是其中的一部分，而这其实提出了文学影响的方式方法和层次的问题。文学的影响如果仅仅停留在句式或技巧上，这样的影响就只是单方面的、浅层次的，中国文学就只能单方面地走向世界，而不是在中国发现世界文学。相反，时间意识层面则是深层次的，恰恰是这个层面，才可能在文学的影响间建立相互关系。

所谓时间意识，首先是一种指向或关于时间的自觉意识。时间意识不是时间观，虽然有时以时间观的形式表现出来。它不仅涉及如何看待世界和个人的关系，还在某种程度上决定着小说的技巧、结构的选择等。中国文学向来不太注重时间意识（在某种程度上受循环时间观的限制）。这可能也是中国文学一直以来传统现实主义特别发达的原因。中国古代如此（儒家传统讲究不语"怪力乱神"），"五四"以来依然。

我们知道，封建时代的叙事是一种封闭性的"连贯叙事"，故事看似首尾连贯，其实是头尾相接的。这是因为受循环时间的制约。可见，就叙事学的层面看，叙事模式是与时间意识紧密联系在一起的。对于这样一种叙事，如果不能从时间意识上根本改观，是很难有叙事模式上的根本改变的。"五四"以来的现代文学，虽然在时间意识上已有明显的改变，但因启蒙和救亡的双重主题的束缚，现代性意义上的宏大叙事一直占据主导，现实主义仍是主流。这告诉我们，如果现实主义不能从宏大叙事中剥离出来，现代性的线性时间观和线性叙事如果不被质疑地被接受，那么这样的文学并不能真正带来叙事上的现代革命，也不能真正摆脱现实主义。

在中国当代文学中，现实主义传统曾一度遭到质疑和打破，比如，20世纪80年代中期被称为现代主义的作品如《你别无选择》和《无主题变奏》，但因没有从根本上打破现代性的线性时间观，仍旧是现实主义传统的变体，不能看成是真正的现代派。从这个角度看，把它们视为"伪现代派"并没有错。可以看出，如果不能在时间意识上有很好的突破，是不可能有真正的现代主义或后现代主义作品的。在此前后的中国文学，比如，当时被称为魔幻现实主义的作品（吴亮、章平和宗仁发编的《魔幻现实主义小说》）和先锋派的作品，作家们关注的更多的还是叙事结构（所谓"叙事迷宫"和"叙事圈套"）的革命，而不太重视时间意识。在某种程度上，过度重视叙事结构而轻视叙事时间，是20世纪90年代先锋派转型后文学重又回到现实主义的重要原因。他们喜欢博尔赫斯的《小径分叉的花园》中迷宫式的叙事结构和技巧，但忽视了这背后的深邃的多重时间意识。究其原因，可能还是把叙事迷宫仅仅看成了空间问题，而没有意识到叙事迷宫是时间的穿插造成的，离开了时间维度，便不可能真正从迷宫中走出来。

余华可能是最有现代时间意识也最具传统特质的作家。他的《世事如烟》《四月三日事件》《往事与刑法》，甚至是《古典爱情》等，都涉及时间意识问题。甚至可以说，这些都可以看成是关于时间意识的故事。特别是《古典爱情》，其所传达出来的爱情的错位和不可能，在某种程度上正是时间意识的错位造成的。在这些小说中，余华表现出了对现代性宏大叙事的质疑，以及对线性时间观的颠覆，但他采用的却是传统的资源，也就是说，他是运用传统意义上的循环时间观来解构宏大叙事的。他的小说在某种程度上具有了前现代主义与后现代主义的耦合。这点，他的转型也相对成功，最具有中国经验。余华的转型，提出了世界文学与中国经验接轨或耦合的问题。

## 三

今天，当我们谈各国文学间的交流与影响及世界文学的话题的时候，不能仅仅从句式或结构及题材和主题方面加以谈论，而应从更深层着手。只有这样，才能使各国文学之间建立起交流和沟通，否则，就只能是单方面的或"影响的焦虑"。要想走出这种"影响的焦虑"和"民族国家寓言"的怪圈，就必须在时间意识和空间意识上建立真正的平等对话关系。只有这样，才能在中国发现世界文学，而不仅仅是中国文学单方面地走向世界文学。

附 录

# 近十年来青年批评的
# 整体趋势与潜在挑战

## 一

关于近十年来的青年批评,有两个事件不可不提:一个是中国现代文学馆客座研究员制度的建立(2011年),一个是"唐弢青年文学研究奖"的设立(2003年)。两者都聚焦青年和青年批评,彼此互为补充、相互促进,有力地推动了当代青年批评的顺利展开和快速发展。特别是中国现代文学馆客座研究员制度,迄今历时十三年,遴选出一百多位优秀青年批评家,他们已然成为当代中国青年批评的生力军。

之所以要把这两个事件放在一起分析,是因为这两个事件既标志着青年批评的制度保障的建立,也在某种程度上形塑了当前青年批评的整体面貌及其"历时"走向。说其为制度保障,是指这两个事件为青年批评的有效展开和青年批评家的顺利成长,搭建了重要平台。说其形塑了青年批评的整体面貌及其"历时"走向,则是指青年批评的成员构成、批评模式和身份认同等都与这两个事件息息相关。一直以来,我们总是强调并凸显学院批评和非学院批评、文学史研究和文学批评之间的区别,这固然是出于专业分工或职业分工的需要,但也在无形中严重束缚并阻碍了文学批评和文学史研究的深入展开。可以说,正是这两个事件,切实地打破了这一壁垒,真正实现了两种批评的有效结合与研究和批评的一体化。

历史地看,学院批评和非学院批评的形成有一定的合理性,两者之间若能形成良性的互动和互文关系,对文学批评的有效展开确能起到一定的推动作用。但事实是,学院批评越来越受学院体制约束,有演变成自说自话的趋势;而非学院批评则表现出对理论的拒绝和对话语体系的建构的反感,两者之间有渐行渐远的倾向。这两个事件都聚焦青年,并且把学院派批评家和非学院派批评家同等对待,对这一壁垒的打破起到了很好的推动作用。而且更重要的是,借助这一平台(因为是依托中国作协),可以很好地实现文学批评和创作之间的有效互动,使得文学批评真正介入文坛并同文坛保持良好互动成为可能。至于说研究和批评的界限被打破,是因为这两个事件都刻意抹平文学批评和文学史研究的界限,既把两类身份(批评家和文学史家)同等对待,也把两类文章同等对待。这其实是告诉我们,优秀的批评文章,当是建基于良好的文学史视野和眼光之上的,同样,优秀的文学史研究文章,如果没有敏锐的批评意识,也是难以想象的。

就青年批评的有效展开论,这两个事件之所以重要,还在于它们所起到的示范引领作用。可以说,在这两个事件的带动下,更是在习近平总书记《在文艺工作座谈会上的讲话》(2015年)的号召下和中国文艺评论家协会(2014年成立)的推动下,逐渐形成了以平台建设、奖励机制及签约评论家等为重要形式的青年批评制度,青年批评正以纵深发展的态势前进,涌现出一大批活跃的和有影响的青年批评家。从年龄构成看,近十年来较为活跃的青年批评家,大致以"70后""80后"和"90后"为主。

## 二

一个时代有一个时代的青年批评。近十年来的青年批评,在切实打破学院批评和非学院批评、研究和批评之间的壁垒的同时,也表现出不同于上一代青年批评的地方。"命题导向"模式、对话意识的增强和同代人批评等三个方面,有着最为集中的表征。

对上一代批评家或上一个十年的青年批评而言,追求创新、新锐和思想性,既是他们的自我期许,也是社会对他们的普遍期望和想象。或许也是因为世纪之交的转折,给予了他们命名和建构的热情。他们身处潮流之中,既被潮流所推动,也有意使自己的行动符合潮流。这使得命名和建构社团流派乃至制造话题,成为他们这代文学批评的重要特征。这种文学批评可以称为文学批评的"话题导向"。相比之下,近十年来的青年批评,则似乎显现出创新与锐气不足的倾向。这其中的原因,可能有如下两点。其一,在很大程度上与近十年来文学创作的和缓态势有关。近十年来,底层文学作为一股思潮已渐趋式微,或者说已从思潮扩散为一种题材和人物形象谱系叙事。纯文学写作逐渐驶入水流和缓的航道,虽成果不可小觑,但终究波澜不兴,这就使得文学批评的话题制造倾向难以为继或有效显现。这一大的趋势,是青年批评创新和锐气不足的重要背景。青年批评虽制造或设计了诸多话题,但很少引起持续的关注或争论。其二,与青年批评家的身份意识和知识背景有关。这一代的青年批评家大多是学院出身,多为现当代文学专业、比较文学专业或文艺理论专业的硕士和博士。他们自觉地追求批评的学理性,力求做到公允、严谨和自洽。如此种种,使得他们在面对鲜活和生动的文学创作时,表现出锐气不足、冲击力不够甚至不乏学究气的特点。前一代青年批评家所主导的"话题导向"逐渐向"命题导向"转变。

所谓"命题导向",是指批评家常常从某一作家作品入手或围绕某一作家作品,提出某些具有理论性或实践性的命题,据此援引相关的理论,以期做深入的阐发和论证。命题不是话题。话题带有制造的成分,或为引起争论与争鸣,或意在建构某一流派或思潮;命名、建构和编辑选本是前一代批评家的重要工作。"命题导向"则倾向于作品和理论之间的互相阐发,其落脚点常常是作品和理论的契合,或命题的提出与解答,而不再着意于命名或建构。这一倾向,也可以称为"追求批评的知识化"。与此相对应,分类、细读(再解读)和跟踪阐释就成为近十年来青年批评家文学批评实践的重要方式。在某种程度上,这种批评形成的是一种闭合式的结构,追求严谨,偏向于理论,学理性强,趣味较少,或者还可以说并不追求批评的"溢出效应";而这恰恰是前一代批评家所热衷和向往的。近两年来，青年批评家开始向"出圈"的方向努力。"文学脱口秀"成为青年批评的重要的生长点；相似的方式还有工作坊、直播间、新书分享会及公众号批评等。这些都是新媒体或全媒体带来的批评的新变。青年批评家在这方面可谓有得天独厚的优势，未来自然可期。

除"命题导向"之外，近十年来的青年批评还有一个倾向比较明显，那就是青年批评的对话意识增强。这可能是我们这个时代的青年批评最有代表性或症候性的特征。20世纪80年代，甚至是90年代，青年批评家大都有一种"舍我其谁"的豪气和使命感；时代的转折和现代化的呼唤也确实赋予了彼时的青年批评家这种豪气和使命。不破不立的现代性逻辑的驱动，使得他们的文学批评实践更趋向于在新和旧之间不断做着区分和建构的工作。相比之下，近十年来的中国社会，其发展虽然呈不断加速的态势，却没有出现思想和文化上的裂变。在这种背景下，所谓转折、断裂或颠倒等观念，并不构成近十年来青年批评的主线；相反，倒是延续、拓展或深化等观念，成为近十年来青年批评的主导色。这使得青年批评（家）更趋向于建构的工作。虽然他们有趋新的冲动和热情，有属于自己这一代青年的使命感，但立意却更多的是在建设、再造和赋能上。他们把当下的创作置于"历时"或历史的脉络，既给当下的价值增加了历史的重量，也是立足当下重新做着历史价值的挖掘工作。这固然不免招致非议和批评，比如，青年批评显示出创新不够、锐气不足、魄力不大的缺点，但须知青年批评的历史感、使命感和责任意识，却是显明而卓著的。他们既是针对当下的创作展开批评的，也是在建构当下和历史之间的连续性。这种立场使得他们对历史和当下多了一份宽容、一份理解，甚至是体认；青年批评的对话意识的增强正是基于这个立场的。青年批评的对话意识的增强，既表现在同前代批评家的对话意识上，也表现在同历史和传统的对话意识上。艾略特在《传统与个人才能》中提出的传统命题，其实有着开放性的一面。传统的建构固然常常与断裂和变革联系在一起，但同样也建基于连续和承续之上。青年批评在很大程度上是在民族复兴的意义上，做着传统的修复、承续和再造的工作——试图把当下作为传统的新的构成部分。他们建构起了文学传统的新的序列。这种建设工作，在某种程度上决定了他们更倾向于作家作品和题材、主题的研究。他们在命名文学现象和建构文学潮流方面表现出来的热情，普遍不如前代批评家。因为毕竟命名思潮和流派，其意常常在于革新和断裂的宣示上；他们更看重的是姿态和立场，而不是实际创作情况。

对话意识的增强，也使青年批评具有同代人批评的倾向。同代人批评并不是青年批评的专属特征，但在近十年来的青年批评中尤其突出。说其突出是因为，青年文学或青春写作是近十年来常被谈及的热门话题。其之所以热门，一方面与媒体制造热度有关，一方面与青春写作已然成为文学类型中的一个门类有关。同代人的批评实践，在某种程度上也使得青年批评备受关注。近十年来，青年批评家不仅与同代作家一起成长，同时，也表现出与同代作家和批评家对话的意识。这是一种自觉和不自觉的表现。所谓自觉，是指青年批评家十分清楚一点，即只有做同代人的批评，才是青年批评的最好出路；因此，他们会有意识地研究同代人。这使得青年批评家和青年作家之间构成一种良性的互动关系。但这种互动，也可以说是哲学家阿甘本所推崇的"同时代性"理念的体现——他们既拥抱同代人的文学写作，也对同代人的文学经验及其叙事倾向采取一种高度清醒甚至批评的态度。所谓不自觉，是指青年批评家对同代人的文学书写有某种特别的亲近感，他们在自己的批评实践中糅合了自己的经历、情感和体验；因此，也就特别具有对话特征和批评的指向性。

这种同代人批评的现象，还表现在对网络文学和类型文学的及时反应和有效阐释上。当网络文学或类型文学的高歌猛进已然超出了现有理论的阐释框架和评价系统时，如何同网络文学或类型文学保持一种同等速度的有效认知、分类和阐释，作为一个现实和理论问题就被提出来了。在这方面，青年批评可谓是表现出了应有的敏捷和敏锐，他们同网络文学或类型文学基本保持着一种同频不同振、同时不同代的辩证关系，这为他们有效介入网络／类型文学现场并做出自己的体察提供了保障。

## 三

近十年来，青年批评的不足也是比较明显的。首先，青年批评存在学养和修养上的后天不足。这种不足，既与青年批评家作品阅读量的不足有关，在某种程度上也是文学批评的理论自觉所导致的。追求理论自觉及理论的充分介入，会在无形之中忽略文学批评相当重要的一环，即经典作品的深厚储备和对当下作品的广泛阅读。青年批评家常常表现出对理论的极大兴趣和高度的敏感，而独对文学作品本身多有忽视。事实上，没有对经典作品和当下作品的广泛阅读作为基底，文学批评往往只会成为理论的附庸和为批评而批评。因此，文学批评在青年批评家那里，常常表现出"理论过剩"和"过度阐释"的倾向：既不针对作品，也不具有现实指向或现实情怀。其结果是，文学批评往往成为文学理论的操练所和试验场。

其次，青年批评的均质化现象比较突出，趣味性和风格化程度不够。这种同质化现象，在某种程度上也是文学批评的理论自觉所带来的副产品。青年批评家倾向于作品和理论之间的互相阐释，而往往忽略作品本身的美感，或者说文学批评的个人品格，风格化的文学批评并不常见。这也使得青年批评的区分度不高。青年批评家往往忽略了一点，即文学批评的展开，也是批评家个人才情与性情的表现。没有批评家的个性与才情的显现或流露，文学批评常常只会成为学术生产和知识生产的工具，独独与艺术无关。好的批评是要充分揉入自己的体验、感情和才情的，这样的批评才是有风格的批评。

最后，青年批评的现实针对性和时代感不强。学理性、学院化和知识化，常常使得青年批评呈现出脱离现实的指向。如果说文学活动是由作家、作品、读者和世界构成，那么作品同世界的关系，始终是读者包括批评家在内需要面对的重要课题。但青年批评家在这方面多有忽略。青年批评常常聚焦于对文本的耕耘和细读，或表现出超越现实的理论立场，却缺少了现实针对性与时代感。所谓现实针对性与时代感，最主要的课题就是对中国现实的阐释和有效言说，在这方面，青年批评显然力有不逮，明显表现出迟滞或失语的倾向。

## 四

对今天的青年批评（家）来说，挑战和机遇同在。挑战和机遇主要集中在以下三组关系中：一是社会的快速发展与民族复兴的实现之间的关系；一是国际局势的动荡不安与对世界和平的追求之间的关系；一是风险的增长与对社会稳定的进步想象之间的关系。在某种程度上，能不能处理好以上三个方面的关系，决定了青年批评和批评家可能达到的高度、深度和厚度。一个不能从当下汲取力量并从历史和未来的关系的角度赋予当下以价值的文学批评，往往是虚无的；而如果只以未来或抽象的原则为视角看待当下的文学批评，往往又是虚妄的。同样，一个不以民族国家的福祉为根基或依托的批评，显然又是虚伪的和不道德的。这其实是要求青年批评家，要有历史意识、使命担当和未来视野。只有把三者结合起来，才能创造美好未来。

路径与坐标——新时代
文学演变的空间构型

# 后 记

据说，文学批评被认为是轻的物事，甚至是轻飘的存在，而文学史研究或史料研究则被视作厚重的基底，两者形成强烈的反差；也有人认为文学批评是文学史研究的补充，是亚类型的形态。这些说法其实都忽略了一点，即文学批评的当代属性。众所周知，文学批评与文学现场之间构成互文关系，文学批评的同时性决定了其更多的是青年的事业，有必要在"批评"二字的前面加上"青年"二字。这不仅是因为文学批评工作相当辛苦，没有超强的体力和敏捷的文思颇难胜任；还因为文学批评确确实实不是文学史。文学史当然需要厚重、稳妥甚至保守，文学批评却不妨"幼稚""偏颇"和"前卫"些，文学批评一旦成为四平八稳、持论公允或者严谨克制的代名词，文学批评的活力也就丧失殆尽，文学批评就不再是文学批评了。这并不是说文学批评就可以胡说八道或自言自语，而是说文学批评天生具有轻灵的属性，它是青春的（当然可以是青年的，也可以是中老年的）、灵动的和具有生长力的。文学批评的活力正在于它的看似不严谨和看似偏颇。它是以"偏颇"和"幼稚"的方式介入当下文坛并显明自己的存在的。

或者还可以说，文学批评是一个窗口，它连接着文学创作和文学史书写。它是一种中间形态。通过这一窗口，可以了解与其有着同时代性的文学创作，同时，也可以将其作为文学史书写的观察角度和史料库存。而说它是一种中间形态，是指文学批评的进行时态。它是开放的、未完成的状态。这一未完成性是指文学批评与文学创作一样，都呈现了时代性和当代性的结合。文学批评不仅与文学创作有着互文关系，还与时代（或时代精神）之间构成语境上下文的关系。优秀的文学批评一定是具有时代属性的。而这，恰恰也对批评家提出了挑战：如果不能对自己的时代和时代精神始终保有敏感的状态，是很难做好文学批评的。正是从这个意义上讲，文学批评是青春时态的事业。

本书稿是我近几年从事 21 世纪以来的文学批评特别是新时代文学批评的成果。文中诸多观点不一定正确，甚至失之偏颇；但作为时代观察和记录的一部分，我仍将这些文章收录其中，以作为将来回顾时的凭借。这似乎足够证明曾经的年轻状态。谨以此纪念我正在消逝的青春！

因此，要特别感谢吴义勤老师和崔庆蕾老师。是他们的充分信任和热情邀约，才有了这部书稿。书稿中的文章大都在相关杂志或报纸上发表过。感谢刊发文章的诸多师友！他们有高建平、张燕玲、王尧、韩春燕、东西、赵雷、崔庆蕾、曾攀、陈凌霄、林超然、蔡家园、行超、康春华、刘小波、唐诗人、陈思、孙涛等。在我的学术之路上，他们的奖掖相伴始终，是他们的帮助和扶持，才有了我一步步的成长，感谢他们！最后要感谢那些关心、帮助和支持过我的诸多亲人和师友，感谢你们！

是为记！

2024 年春于厦门大学